Le domaine du loup

DEBBIE HERBERT

Le domaine du loup

Traduction française de
KAREN DEGRAVE

NOCTURNE

HARLEQUIN

Collection : NOCTURNE

Titre original :
BAYOU WOLF

HARPERCOLLINS FRANCE
83-85, boulevard Vincent-Auriol, 75646 PARIS CEDEX 13
Service Lectrices — Tél. : 01 45 82 47 47

www.harlequin.fr

ISBN 978-2-2803-7006-6 — ISSN 2104-662X

1

Tapie dans l'ombre, la créature l'observait depuis qu'elle était entrée dans la forêt. Tallulah entendait des bruits dans les buissons et voyait des arbrisseaux s'incliner sur son passage. Le soleil s'approchait de l'horizon et la bête était trop loin pour qu'elle devine sa silhouette, même si elle avait une vue exceptionnelle. Mais Tallulah sentait son énergie. Était-ce une biche ? Non, les biches n'étaient pas aussi audacieuses. Quelle que soit son espèce, cette créature ne semblait pas lui vouloir de mal — pour le moment.

La brise agita les rubans noirs et les plumes rouges de l'attrape-rêves, qu'elle accrocha à une branche de cyprès. Des dizaines d'autres étaient pendus alentour. C'était l'autel qu'elle avait dédié à son unique amour.

Bo était mort à cet endroit précis, huit cent trente-deux nuits plus tôt, dans ce recoin désolé des terres marécageuses, au milieu des vrombissements des moustiques, sans personne pour lui tenir la main. Bohpoli Leyland, l'un des plus courageux chasseurs d'ombres de la tribu des Choctaw, n'était plus.

Tallulah remit de l'ordre dans ses mandalas en coquillages et ses arrangements de cristaux. Cette activité lui procurait du réconfort, en général. Il arrivait même qu'elle parle à Bo, pour lui raconter sa journée ou lui donner des nouvelles de leurs amis, comme si ses mots n'étaient pas que des vibrations dénuées de sens emportées par la brise.

Mais la sensation d'être observée la perturbait de plus en plus. Cette créature était curieuse, affamée, stupide, ou une combinaison de ces éléments.

Elle retira les aiguilles de pins qui étaient tombées sur ses offrandes : un morceau de quartz, un chapelet, un ange de plâtre…

Une brindille craqua derrière elle.

Elle dégaina son couteau par réflexe et scruta les ombres de la forêt. La créature était bien cachée. Seule une légère vibration sous la plante de ses pieds assurait à Tallulah qu'elle était là.

Elle ouvrit lentement son sac à dos de sa main gauche pour en sortir son lance-pierre. Tous ses sens en alerte, elle ramassa plusieurs cailloux et les fourra dans la bourse en cuir attachée à sa ceinture. Le lance-pierre était l'arme la plus efficace contre les Ishkitini, les oiseaux de la nuit, et le seul moyen de tuer un feu follet.

Mais elle avait affaire à autre chose. Les feux follets étaient trahis par leur halo lumineux et les vibrations qu'elle ressentait sous ses pieds ne pouvaient pas être causées par un Ishkitini, puisqu'ils attaquaient d'en haut.

Mais il y avait bien quelque chose dans les bois, qui s'approchait sans faire de bruit.

Elle se redressa lentement et plaça un caillou dans son lance-pierre. Quoi qu'il arrive, elle ne fuirait pas. Un chasseur d'ombres affrontait le danger sans hésiter, en se fiant à la précision de ses sens. Tallulah, qui était la seule chasseuse, s'était entraînée avec acharnement pour devenir deux fois plus courageuse et plus efficace que ses camarades masculins dans leur lutte contre les esprits maléfiques qui hantaient le bayou La Siryna.

Une odeur métallique qu'elle ne connaissait pas se mêla à celles de la forêt. Qu'était donc cette créature ?

Alors qu'elle réfléchissait à ce mystère, un grognement menaçant résonna. Elle déglutit. Si c'était un lynx, il suffirait sans doute qu'elle lance une pierre près de lui pour l'effrayer.

Le grognement devint assez fort pour qu'elle repère sa source — dans des buissons, à une cinquantaine de mètres. Elle plissa les yeux. Sa vue était excellente, même si elle n'était pas aussi bonne que celle d'une chouette ou d'un chat. Elle était quand même assez perçante pour lui permettre de repérer un prédateur au crépuscule. C'était un don que Bo, elle et une dizaine d'autres avaient reçu à la naissance, un don qui s'accompagnait du devoir de maintenir l'équilibre entre le bien et le mal dans le bayou.

Elle scruta les ombres jusqu'à voir deux énormes pattes sortir d'un buisson. Les yeux de la créature brillaient dans le noir. Ce n'était pas un lynx. C'était un coyote gigantesque — le plus gros qu'elle ait jamais vu.

— Va-t'en ! lui cria-t-elle.

Mais la maudite bête continua à avancer. Ce n'était pas un coyote ordinaire. Si Tallulah n'avait pas été certaine que Nalusa Falaya était emprisonnée dans l'arbre sacré des Choctaw, elle aurait cru que le plus puissant esprit maléfique du bayou était revenu sous une nouvelle forme.

Tallulah tendit l'élastique de son lance-pierre.

— J'ai dit « va-t'en » ! cria-t-elle un peu plus fort.

La créature continua à avancer sans peur. Elle devait être enragée pour être aussi intrépide. Tallulah l'observa plus attentivement. Elle avait des oreilles arrondies et un museau large, alors que les coyotes avaient un museau fin et des oreilles pointues. Et elle était bien plus grosse qu'un coyote.

Elle avait la taille d'un loup.

Mais c'était impossible… Il n'y avait pas de loups en Alabama.

La créature grogna encore et lui montra ses crocs.

Tallulah relâcha l'élastique et atteignit la bête en plein poitrail. Celle-ci poussa un petit jappement de surprise, mais elle ne s'enfuit pas. Elle plia les pattes comme si elle s'apprêtait à bondir.

C'était étrange. La plupart des bêtes sauvages se méfiaient des humains et de leurs armes. Mais si celle-ci voulait y goûter…

Tallulah la mitrailla de cailloux avec la rapidité et la précision d'une chasseuse d'ombres bien entraînée. La créature la fixa si méchamment que Tallulah crut deviner une intelligence presque humaine dans son regard. Elle grogna de plus belle, mais elle finit par faire demi-tour et disparaître dans les buissons.

Tallulah se retrouva seule, le souffle court. Les muscles de ses bras tremblaient.

— Tu as vu ça, Bo ? murmura-t-elle.

Il aurait été ironique qu'elle meure exactement au même endroit que lui. Il avait été tué par le grand esprit maléfique, Nalusa Falaya, qui avait pris la forme d'un serpent à sonnette. Être déchiquetée par ce coyote monstrueux aurait été une mort tout aussi douloureuse.

Elle posa ses mains sur ses hanches et secoua la tête.

— Cet endroit est de plus en plus inquiétant, soupira-t-elle. Il n'y a plus seulement les Ishkitini et les feux follets que nous avons combattus ensemble. Maintenant, il y a aussi des fées et Dieu sait quoi d'autre.

Dire qu'elle croyait avoir tout vu… Elle aurait dû comprendre qu'elle n'était encore qu'une débutante quand ils avaient découvert l'existence du monde secret des fées juste sous leur nez, l'année précédente. Les fées n'étaient pas des esprits maléfiques, mais elles avaient leurs propres règles de survie qui en faisaient des alliées peu fiables dans la lutte pour préserver l'équilibre du bayou.

La créature de ce soir n'était peut-être qu'une anomalie qu'elle ne reverrait pas.

Et elle allait peut-être se transformer en fée Clochette, songea-t-elle en pouffant. Tous ceux qui la connaissaient savaient que sa personnalité ressemblait plus à celle d'un troll grincheux qu'à celle d'une fée. Ceux qui tenaient à elle la disaient franche et brutale. Les autres — c'est-à-dire la majorité — la traitaient de garce.

Tallulah rangea son lance-pierre et mit son sac à dos sur son épaule.

— Au revoir, Bo, murmura-t-elle. Je t'aimerai toujours.

Le moment des adieux lui brisait toujours le cœur. Elle releva le menton et s'éloigna à grands pas. L'expérience lui avait appris qu'il valait mieux que ce moment soit court.

— À demain! lança-t-elle par-dessus son épaule.

Elle eut l'impression que le silence de la forêt se moquait d'elle. Et elle n'arrivait pas à oublier le regard de la créature. Leurs chemins allaient se recroiser, c'était certain.

Vroum, vroum, vroum.

Le vrombissement assourdissant de la pelleteuse couvrit tous les autres bruits. Payton ne put s'empêcher de sourire en se mettant à vibrer avec la machine. Il était bon de se remettre au travail après une semaine à voyager du Montana jusqu'à ce nouveau site. Un nouveau départ… C'était exactement ce dont ils avaient tous besoin après les accusations injustes et les conflits territoriaux qui avaient fini par forcer la meute à déménager.

Et il devenait vite claustrophobe quand il restait enfermé. Être dehors lui remontait le moral, même s'il travaillait comme une bête de somme. Passer ses journées en costume derrière un bureau lui semblait une torture insoutenable.

Payton déblayait les arbres abattus pour les placer dans les camions qui attendaient au bord de la propriété. Sa pelleteuse de vingt-trois tonnes creusait de larges sillons dans les broussailles. Il travaillait en gardant toujours conscience de la position des autres membres de sa meute, dont la plupart étaient à pied, armés de tronçonneuses. Ils appartenaient tous à cette équipe de bûcherons, dirigée par leur alpha. Les autres risquaient de rencontrer quelques serpents, sur ces terres marécageuses. Comme souvent, Payton se réjouit de manier la pelleteuse. Il préférait largement un accident à une morsure de serpent.

Matt, leur alpha, criait des ordres par-dessus le vacarme des machines.

Payton souleva le bord de son T-shirt pour s'essuyer le visage. Il n'était que sept heures du matin et il faisait déjà une chaleur d'enfer. Il leur faudrait un certain temps pour s'adapter au climat de l'Alabama. Il n'osa pas imaginer ce que ce serait deux mois plus tard, au cœur de l'été.

Aveuglé par la sueur, il cligna plusieurs fois des yeux. Merde ! Qu'y avait-il devant lui ?

Une superbe femme à la peau hâlée était plantée à dix mètres de la pelleteuse, les poings sur les hanches et les yeux étincelants de colère. Il écrasa la pédale de frein et lui fit de grands gestes.

— Écartez-vous !

Elle ne fit que froncer davantage les sourcils. Était-elle folle ? Suicidaire ?

Payton leva le frein à main.

— Superbe ou non, cette femme est une nuisance, grommela-t-il en retirant sa ceinture de sécurité. Il sauta dans la boue rouge et fonça vers elle.

— C'est un chantier ! lui lança-t-il. Vous n'avez rien à faire là.

— Ah oui ? Eh bien, je *suis* là, répliqua-t-elle. Et je ne bougerai pas.

La chaleur et l'audace de cette femme lui tapèrent sur les nerfs.

— Êtes-vous folle ? cria-t-il. Dégagez !

Elle croisa les bras sur sa poitrine — une très belle poitrine, ne put-il s'empêcher de remarquer.

— Non, répondit-elle.

Non ? Elle ne manquait pas de culot !

— Comment ça, « non » ? Essayez-vous de vous faire tuer ?

— J'essaie de vous empêcher de détruire notre terre.

Il fronça les sourcils.

— Êtes-vous la propriétaire ?

— Pas légalement, mais…

C'était donc une écolo. Ce n'était pas la première fois qu'ils avaient affaire à des individus de son espèce. Il se força à sourire et reprit d'une voix plus douce.

— Écoutez-moi, mademoiselle… Comment vous appelez-vous ?

— Tallulah, répondit-elle avec méfiance. Tallulah Silver.

— Payton Rodgers, dit-il en faisant un bref signe de la main. Je suis désolé, mademoiselle Silver, mais vous ne pouvez rien faire si vous n'êtes pas la propriétaire des lieux.

— Autrefois, le bayou tout entier appartenait à mon peuple, les Choctaw. Je ne bougerai pas.

Le silence se fit autour d'eux. Les hommes avaient éteint leurs tronçonneuses et les observaient avec curiosité. Certains se rinçaient l'œil sans scrupule.

De fait, cette femme était agréable à regarder. Elle était grande et mince — mais avec des courbes. Elle avait de longs cheveux noirs et des traits anguleux. Certains hommes devaient percevoir son attitude hostile comme un défi. Il n'était pas l'un d'eux. Il aimait les femmes douces et attentionnées, qui ne posaient pas trop de questions et n'avaient pas trop d'exigences.

— Très bien, restez là ! bluffa-t-il avant de remonter dans la cabine de la pelleteuse.

Il fit vrombir le moteur et avança de quelques mètres.

Elle resta clouée où elle était, un sourire provocant aux lèvres.

Payton soupira et redescendit de l'engin, vaincu. Les regards de ses camarades le firent rougir.

— Que voulez-vous que je fasse ? lança-t-il à la femme en écartant les bras. Vous comptez rester plantée là toute la journée ?

— Aussi longtemps qu'il le faudra.

Il fallait lui accorder qu'elle savait ce qu'elle voulait.

— Vous vous rendez bien compte que vous perdez votre temps ? On travaillera autour de vous, c'est tout.

Un instant, il lut du doute dans ses yeux noirs et s'en voulut. Il n'était pas indifférent à sa cause. Si quelqu'un avait le droit de s'opposer aux projets de déboisement, c'étaient bien les Indiens.

— On ne fait que récolter le bois, expliqua-t-il le plus calmement possible. On replantera quand on aura fini.

Tallulah releva le menton.

— Je connais vos méthodes, répliqua-t-elle. Vous récoltez des essences rares et vous ne replantez que du pin. Ça détruit l'écosystème de la région.

— Notre compagnie replante les mêmes arbres, dans les mêmes pourcentages, riposta-t-il.

Il avait la conscience tranquille sur ce point. Il n'aurait pas fait ce métier sans cela.

Tallulah pouffa.

— Comme si je vous croyais ! Même si c'était vrai, vous perturbez la faune en abattant les arbres.

Payton baissa les yeux. C'était vrai et cela le contrariait. Mais d'autres abattraient ces arbres s'ils ne le faisaient pas. C'était le gagne-pain que sa meute avait choisi. Il était parfait sur bien des plans. Ils allaient d'un chantier à l'autre et ne restaient jamais plus de quelques mois au même endroit. De cette manière, les gens n'avaient pas le temps de faire leur connaissance et de découvrir leur secret. Si ce travail chatouillait sa conscience, c'était son problème. Ce n'était pas cher payé en échange de la sécurité de la meute.

— Je suis désolé, mais ça ne change rien au fait que vous n'avez pas le droit d'être là, insista-t-il. C'est dangereux.

— Je ne crains pas le danger.

Parce qu'elle était stupide. Il essaya de faire appel à son instinct de survie.

— Vous risquez de recevoir un coup de tronçonneuse ou de vous faire renverser par un engin. Avez-vous remarqué qu'on porte tous des casques et des lunettes de protection ? Il y a une bonne raison à cela.

Tallulah haussa les épaules.

Il changea de tactique et fit appel à sa dignité.

— Si vous ne partez pas de votre plein gré, nous vous ferons arrêter par la police, la menaça-t-il.

— Vous pouvez toujours essayer, répliqua-t-elle sans ciller.

Du coin de l'œil, il vit Matt s'approcher d'eux. Génial. Elle le faisait passer pour un idiot devant son alpha.

— Il y a un problème ? demanda-t-il calmement avant d'ordonner aux autres de se remettre au travail.

Le vacarme reprit.

— Oui, le fait que vous détruisiez ce bois me pose un problème, répondit Tallulah en rejetant sa chevelure noire derrière ses épaules. Certains de ces arbres ont plus d'un siècle.

— Nous abattrons ces arbres, sauf si vous avez une ordonnance du tribunal qui dit le contraire, déclara Matt avec assurance.

Les joues de Tallulah s'empourprèrent.

— Non. Pas encore. Ce chantier s'est organisé discrètement… Je n'ai découvert son existence qu'en passant dans le coin par hasard.

— Je vous suggère de protester par les voies légales, grommela Matt.

— Il sera trop tard ! cracha Tallulah. Vous aurez déjà rasé toute la zone.

Matt ne répondit rien. Sa seule présence était suffisamment intimidante, en général. Il n'était pas l'alpha pour rien.

Tallulah les fusilla du regard à tour de rôle.

— Je reviendrai, jura-t-elle. Et je ne serai pas seule.

Payton retira son casque pour se passer la main dans les cheveux. Il salua Tallulah d'un signe de la main, mais elle avait déjà tourné les talons et elle s'éloignait, le dos bien droit.

Bien sûr qu'elle reviendrait ! Ce contrat allait être une vraie partie de plaisir : un été interminable de chaleur, d'humidité, de conflits avec les gens du coin et de culpabilité pour avoir détruit un morceau de forêt de plus.

Il ne fut pas le seul à regarder les hanches de Tallulah se balancer jusqu'à sa voiture. Eli vint lui donner un coup de coude dans les côtes.

— Quelle beauté ! s'exclama-t-il. Elle t'a donné son numéro ?

Payton ricana.

— Je pense qu'elle préférerait me cracher au visage — ou m'arracher les yeux.

— N'en sois pas si sûr, répliqua Eli. Il n'y a pas d'étincelles sans alchimie.

— N'est-ce pas plutôt : « Il n'y a pas de fumée sans feu » ? pouffa Payton.

C'est-à-dire sans une occasion de plus de se brûler quand il faudrait partir pour le prochain chantier. Non merci.

2

De gros nuages obscurcissaient le ciel et les coups de tonnerre résonnaient dans les bois. Des gouttes tombaient des branches des pins et des magnolias.

Tallulah s'en moquait. La pluie la rafraîchissait et lui donnait envie d'agir. Il y aurait des feux follets, ce soir. Leur nature chaotique était attirée par les orages. Ils étaient plus actifs que d'habitude depuis une semaine. Les Ishkitini aussi. Ils volaient de branche en branche en guettant une occasion d'attaquer.

Elle n'était pas la seule à percevoir la menace croissante. Son frère, Tombi, et les autres chasseurs la sentaient aussi. Ils chasseraient tous ensemble à la prochaine pleine lune. Pour le moment, ils étaient occupés par leurs nouvelles vies et leurs nouvelles amours. Tallulah réprima un élan de jalousie. Elle aurait pu choisir cette vie, l'année précédente, quand Chulah, un ami d'enfance, l'avait demandée en mariage. Elle avait même regretté d'avoir refusé, pendant un moment… Mais Chulah était tombé amoureux d'une fée, et cela avait mis un terme à cette histoire.

C'était aussi bien ainsi. Personne n'arrivait à la cheville de Bo. Il n'aurait pas été juste pour Chulah de n'être qu'un deuxième choix.

Whoosh.

Tallulah s'accroupit et chargea son lance-pierre d'un même mouvement, mais elle ne fut pas assez rapide pour échapper aux griffes qui lui lacérèrent la gorge. Elle ignora la douleur et tira. Une boule de plumes grises et marron tomba à quelques pas d'elle.

Excellent. Mais le maudit oiseau l'avait touchée. Elle effleura sa gorge et observa ses doigts couverts de sang. Ce n'était pas très grave. Elle n'aurait peut-être même pas besoin de se faire recoudre. Elle tira une lingette désinfectante de son sac et la posa sur ses entailles. C'était douloureux, mais rien en comparaison de ce que cela deviendrait si la blessure s'infectait. Elle banda rapidement la plaie et se remit en chasse.

Quand les Ishkitini apparaissaient, les feux follets n'étaient pas loin. Elle n'aurait pas perdu sa soirée si elle en tuait un. Chaque victoire rendait la prochaine pleine lune un peu moins dangereuse. Elle inspira profondément l'air humide en faisant abstraction de l'odeur métallique de son sang et elle tendit l'oreille.

De petites créatures — des écureuils, des lapins, des souris — couraient dans les broussailles. Tous ses sens en alerte, Tallulah s'enfonça lentement au cœur de la forêt.

Elle devina une lueur bleue entre les arbres — un feu follet. Son cœur battit plus vite. Elle devait se rapprocher… Elle avança sans faire de bruit en se cachant derrière les troncs.

La lumière bleue l'éblouit subitement. Le feu follet flottait à moins de trois mètres d'elle. Il l'avait repérée.

Elle chargea son lance-pierre.

C'est inutile, chuchota une petite voix dans sa tête.

Elle était trop près — assez pour que le feu follet envahisse ses pensées pour la pousser au désespoir.

Ces esprits se nourrissaient de la souffrance des humains. Elle les rendait plus forts, plus dangereux.

Ta mort est imminente. À quoi bon résister ?

Pas question ! Tallulah tendit l'élastique du lance-pierre.

Rejoins Bo.

Son biceps se mit à trembler et sa poitrine se contracta comme si un serpent s'était enroulé autour d'elle.

Tu as envie de le revoir et c'est si simple… Il te suffit de renoncer.

Bo. Il osait mentionner son nom. Elle scruta le centre du feu follet, où son cœur bleu-vert palpitait. C'était là que l'âme qu'il avait emprisonnée menait son existence misérable. Les feux follets tuaient des humains et piégeaient leur âme dans leur corps translucide. C'était arrivé à Bo. L'un d'eux avait avalé son âme quand Nalusa Falaya l'avait tué. Il était resté emprisonné quelques jours avant qu'elle ne tue le feu follet et le libère.

Bo était mort, mais Tallulah pouvait au moins tirer du réconfort de l'idée qu'il était parti pour l'Au-Delà.

Des larmes lui brouillèrent la vue, mais elles ne l'empêchèrent pas de tirer une volée de pierres.

Le feu follet implosa dans un nuage de fumée grise qu'une bourrasque emporta. Tallulah s'essuya les yeux pour ne pas rater la libération de l'âme emprisonnée. C'était l'un des plus grands plaisirs d'un chasseur d'ombres.

Le cœur bleu du feu follet se transforma en une étincelle blanche aussi petite que celle d'un briquet et s'envola vers l'Au-Delà. Tallulah la regarda s'éloigner en priant. C'était un moment sacré. Elle regretta qu'April, la fée, ne soit pas là. April était capable de communiquer avec les âmes libérées. Tallulah ne saurait jamais à qui appartenait celle-ci, mais elle lui souhaita bon voyage vers le monde de ses ancêtres.

Le cri d'un animal à l'agonie déchira la nuit avant que Tallulah n'ait rangé son lance-pierre. Elle tourna vivement la tête et essaya de localiser son origine. La nature était ainsi : divine un instant, cruelle l'instant suivant.

Ce n'était pas l'espèce de la victime qui l'intéressait, mais la taille et la férocité du prédateur. Était-elle en danger ?

Comme elle était assez loin et que la victime était petite, sans doute pas. Elle prit le chemin du retour. Un Ishkitini, un feu follet et une blessure suffisaient à remplir une journée. Une journée qui avait mal commencé, quand elle avait découvert l'équipe de bûcherons en allant au travail.

Le visage de Payton lui revint à l'esprit. Elle revit l'éclat provocant de ses yeux gris, son corps puissant… Bien sûr, quelqu'un qui avait une profession aussi méprisable ne l'intéressait pas du tout. Ce qu'elle voulait, c'était un homme comme Bo : généreux, sensible et attentionné. Les mâles dominants comme Payton n'avaient aucun charme à ses yeux.

Alors pourquoi songeait-elle à lui ? Elle chassa son image de son esprit avec impatience et pressa le pas. Si elle se dépêchait, elle avait une chance de rentrer avant que l'orage n'éclate pour de bon.

Un nouveau cri d'agonie la fit grimacer. La nature était décidément cruelle… Le cri s'arrêta brusquement quelques instants plus tard. L'animal était mort. Elle se détendit un peu. Ce n'était pas parce qu'elle connaissait les lois de la nature qu'elle était immunisée contre sa violence.

Un coup de tonnerre l'incita à se mettre à courir. Ses pensées s'orientèrent vers des sujets triviaux : son dîner et l'émission qu'elle regarderait. Une nouvelle soirée de solitude…

Elle ralentit pour franchir un détour du sentier et s'arrêta net en découvrant la créature qui ressemblait à un loup à une dizaine de mètres d'elle. Elle ne l'avait pas entendue approcher. Elle ne se serait sûrement pas laissée surprendre si elle n'avait pas autorisé son esprit à vagabonder.

Concentre-toi !

La concentration était vitale pour un chasseur d'ombres. Sans elle, il devenait une proie.

La bête avait du sang et un morceau de carcasse de lapin dans la gueule. Le mystère des cris d'agonie était résolu et la bête devait être rassasiée. Tallulah porta la main à son bandage quand la créature regarda sa gorge. Sentait-elle son sang ? La colère l'emporta sur la peur. Elle était plus grande et plus intelligente que cet animal. C'était une chasseuse expérimentée et armée. Si quelqu'un était en position de force, c'était bien elle.

— Veux-tu regoûter à ça ? lança-t-elle à la bête en sortant son lance-pierre de son sac.

L'animal grogna, mais il baissa la tête. Bien. Il n'avait pas oublié.

— Va-t'en ! cria-t-elle.

Il grogna une nouvelle fois avant de s'éloigner.

Y avait-il d'autres créatures de son espèce dans la région ? Était-elle sur son territoire ? Sur un coup de tête, elle décida de le suivre. Elle resta à bonne distance et ne fit aucun bruit. L'animal ne jeta même pas un coup d'œil derrière lui.

Elle savait que la curiosité pouvait lui coûter cher,

mais la connaissance était précieuse. Elle avait croisé le chemin de cette créature deux fois en une journée. Elle devait en savoir plus sur elle.

À l'orée des bois, la créature quitta le sentier pour traverser un champ de coton. Tallulah n'eut aucun mal à la suivre des yeux entre les jeunes pousses, ce qui lui permit de l'observer d'encore plus loin. Il y avait de la lumière dans la vieille ferme de Jeb, de l'autre côté du champ. Il l'avait quittée l'année précédente pour s'installer en ville et l'avait mise en location. Il avait envie d'être moins isolé, maintenant que ses fils avaient repris l'exploitation.

Tallulah ne savait pas que la maison avait été vendue. C'était une vieille monstruosité en bois de deux étages, dans laquelle avaient logé de nombreux travailleurs saisonniers. Presque toutes les fenêtres étaient éclairées et il y avait une dizaine de véhicules garés dans la cour.

L'animal obliqua vers la porte de derrière. Que se passerait-il si quelqu'un sortait pour prendre l'air ou fumer une cigarette ? Tallulah s'engagea dans le champ, prête à se battre en cas de besoin. La créature grimpa les marches du perron avec assurance.

Tallulah accéléra. Elle n'avait jamais vu un animal aussi peu effrayé par les humains. Alors qu'elle atteignait le bout du champ, la bête se glissa à l'intérieur par une énorme chatière.

Elle était *dans* la maison. Tallulah reprit son souffle et essaya de comprendre ce qu'elle venait de voir. Cet animal *n'était pas* un chien. Il ressemblait davantage à un coyote. Soit : même si c'était aberrant, il ressemblait surtout à un loup. Il n'était pas censé y avoir de loups en Alabama, mais elle avait vu bien des choses étranges dans le bayou.

Alors qu'elle s'attendait à entendre des cris et de l'agitation, le silence régnait.

C'était insensé. L'arrivée d'une bête sauvage dans une maison ne pouvait pas manquer de provoquer une réaction… Les gens qui vivaient là étaient-ils sortis en laissant toutes les lumières allumées ?

La curiosité la poussa vers la maison. Elle entendit des voix en s'approchant d'une fenêtre et se redressa un bref instant pour jeter un coup d'œil à l'intérieur.

Il y avait une quinzaine d'hommes dans la pièce. Certains jouaient aux cartes ou au billard, d'autres regardaient la télévision.

Elle n'avait pas eu le temps de scruter tous les recoins de la pièce, mais elle n'avait pas vu le loup et personne ne paniquait.

Elle contourna la maison en luttant contre sa mauvaise conscience. Elle n'avait pas l'habitude d'épier les gens.

C'est nécessaire, songea-t-elle. *Ce loup est un danger et j'ai le devoir de protéger mes semblables.*

Elle longea le mur jusqu'à la cour. Reconnaîtrait-elle l'une des voitures ?

Elle se glissa entre les véhicules en restant accroupie. Tous avaient des plaques d'immatriculation du Montana. C'était curieux. Les travailleurs saisonniers venaient rarement d'aussi loin.

Et maintenant ? se demanda-t-elle en se redressant. Elle pouvait essayer d'entrer dans la maison par la ruse. Il suffisait qu'elle frappe à la porte et qu'elle prétende avoir perdu son chien. Ce n'était sans doute pas très malin… Elle n'était pas une faible femme, mais se retrouver seule avec une quinzaine d'hommes qu'elle ne connaissait pas en pleine nuit était un risque absurde. Non, il valait mieux qu'elle s'en aille. Elle avait d'autres moyens d'en savoir plus.

Une porte grinça.

Merde.

Le cœur affolé, Tallulah s'accroupit derrière la voiture la plus proche et tendit l'oreille. Des pas s'approchèrent. L'homme qui était sorti voulait-il prendre *cette* voiture ? Pouvait-elle atteindre une autre cachette sans se faire repérer ? Elle pria pour que l'homme ait juste eu envie de prendre l'air — et qu'il le fasse dans une autre direction.

Elle s'enveloppa de son énergie mystique pour camoufler son odeur, au cas où le loup réapparaîtrait.

Les pas continuèrent à s'approcher. L'homme fonçait droit vers elle. Encore quelques secondes et ils se retrouveraient nez à nez.

Danger.

L'odeur de l'humain était discrète, mais elle n'était vraiment pas à sa place dans ce coin perdu à une heure pareille. Payton avait déjà senti cette odeur… Récemment. Qui cela pouvait-il être ?

Il renonça à aller chercher des renforts. L'intrus filerait sûrement avant qu'il ressorte.

Il suivit son odorat en se tenant prêt à se battre si nécessaire. Le danger les suivait depuis des centaines de kilomètres. Il serra les poings. S'il lui fallait se transformer, après tout tant pis !

L'humain était caché derrière la voiture de Darryl. Payton reconnut subitement son odeur quand il ne fut plus qu'à quelques pas.

Nom de Dieu !

Il contourna la voiture de Darryl et se planta devant l'intruse.

— Que faites-vous sur ma propriété, Tallulah Silver ? lui lança-t-il.

Elle écarquilla les yeux, puis se releva lentement en essuyant ses mains sur son jean.

— Vous m'avez trouvée, balbutia-t-elle. Comment avez-vous fait ?

— Répondez à ma question, grogna-t-il, estimant qu'il n'avait aucune raison de se montrer aimable. Êtes-vous venue pour mettre du sucre dans nos réservoirs ? Ou pour crever nos pneus ?

— Bien sûr que non ! répondit-elle en relevant le menton. Pourquoi ferais-je une chose pareille ? Je ne suis pas une criminelle.

— Pour ralentir notre chantier alors, suggéra-t-il. Les militants écologistes étaient des gens passionnés et elle n'avait pas caché son hostilité.

— Ne soyez pas ridicule ! s'écria-t-elle. Je me promenais et vous m'avez fait peur quand vous êtes sorti. Je m'en vais.

Elle, peur ? Il ricana.

— Vous mentez.

— Croyez ce que vous voulez.

Il attrapa son sac pour la retenir quand elle lui tourna le dos. Il était étonnamment lourd, comme si elle l'avait rempli de cailloux.

— Pas si vite ! Qu'est-ce que vous avez, là-dedans ?

— Ça ne vous regarde pas.

Elle essaya de lui échapper, mais il la tenait fermement.

— Ça me regarde, puisque vous furetez autour de notre maison, répliqua-t-il.

— Vous êtes le propriétaire des lieux ? Parce que

je suis à peu près sûre que cette maison appartient à Jeb, pas à vous.

La garce lui décocha un sourire ironique.

— C'est un détail technique. Nous louons cette maison, ce qui fait que j'ai une bonne raison d'être là. Pas vous. Alors, que faites-vous là ?

— Je vous l'ai dit : je me promenais, répondit-elle en lui arrachant son sac avec une force qui le surprit. Si vous voulez appeler la police, ne vous gênez pas. Il se trouve que je connais très bien le shérif.

Génial. Elle avait des liens avec la police locale. C'était bien la dernière chose dont ils avaient besoin. Si le shérif s'intéressait à eux, il risquait d'appeler ses collègues du Montana et d'entendre parler de plusieurs meurtres. Sa meute n'y était pour rien mais, innocents ou non, ils avaient mauvaise réputation.

— Il ne me paraît pas nécessaire d'appeler la police. Une dernière fois : que faites-vous là ?

— Et si ma réponse n'a pas changé ?

Elle était exaspérante. Elle était aussi très sexy. Les yeux de Payton glissèrent vers la poitrine de Tallulah, mise en valeur par le col en V de son T-shirt. Un pendentif orné de plumes reposait entre ses seins. Il tendit la main comme si ses doigts étaient aimantés par l'objet et effleura la peau de Tallulah en l'attrapant.

Il eut l'impression de recevoir une décharge électrique et lâcha brusquement le pendentif. Un instant, il crut lire du désir dans le regard de Tallulah avant qu'elle ne retrouve son expression hostile.

— Qu'est-ce que c'est ? demanda-t-il, la gorge sèche.

— Un petit attrape-rêves que j'ai fabriqué. Et vous avez intérêt à ne plus jamais me toucher.

Était-il le jouet de son imagination ou avait-elle la voix un peu rauque ? Une érection soudaine rendit son jean inconfortable.

— Vous l'avez senti aussi, n'est-ce pas ? murmura-t-il. Il s'est passé quelque chose quand je vous ai touchée.

Elle esquiva la question.

— Je méprise votre travail, déclara-t-elle.

— Mais mon travail n'est pas moi. Je suis un homme et je vous trouve… intrigante.

— Ah bon ? Pas exaspérante ?

— Ce sont les deux côtés d'une même pièce. Pouvons-nous faire une trêve ?

— Je ne renoncerai à mes principes pour aucun homme, répliqua Tallulah en croisant les bras. Et il se passe quelque chose de louche par ici.

— Oui : vous fouinez autour de notre maison avec un alibi ridicule.

— Il n'est pas ridicule. Je me promène souvent dans les bois la nuit.

— C'est ridicule et dangereux. Je peux peut-être vous forcer à dire la vérité…

Elle ne bougea pas quand il se pencha vers elle — preuve qu'elle sentait aussi l'alchimie qu'il y avait entre eux.

Parce que son travail le forçait à se déplacer souvent, il ne s'investissait jamais émotionnellement dans une relation avec une femme. Mais physiquement… C'était autre chose. Comment Tallulah faisait-elle l'amour ? Elle était passionnée, c'était certain… Il fallait juste réussir à la faire taire.

Il pressa ses lèvres contre les siennes.

Alors qu'il avait fait le premier pas, des doutes l'assaillirent. À quoi jouait-il ?

Elle se lova contre lui et poussa un petit gémissement qui le rendit fou. Cela faisait bien trop longtemps qu'il n'avait pas touché une femme. Il posa ses mains sur ses hanches. C'était bon… Non : c'était fantastique. Ils étaient faits pour se comprendre, dans un lit.

— Arrêtez ! ordonna Tallulah en le repoussant.

Payton cligna des yeux. Il avait suffi d'un baiser pour qu'il se laisse emporter par la passion. Que se passait-il ?

— Désolé, dit-il. Je suis allé trop vite ?

Elle le dévisagea de longues secondes avant de répondre :

— Vous ne me connaissez pas. Je vous exaspère.

Il ne pouvait pas le nier.

— Je commence à m'attacher, répondit-il en lui décochant un sourire.

Les lèvres de Tallulah tremblèrent, comme si elle était sur le point de lui rendre son sourire, mais elle fronça les sourcils.

— Est-ce que je suis folle, ou est-ce qu'un loup est entré dans votre maison il y a environ dix minutes ? demanda-t-elle.

Le sang de Payton se glaça assez pour qu'il prenne conscience de la pluie qui s'intensifiait. L'appréhension remplaça instantanément le désir.

— Un loup ? répéta-t-il bêtement pour gagner du temps. Il n'y a pas de loups dans cette région.

— Précisément, répondit Tallulah en croisant les bras. Mais je sais ce que j'ai vu.

Quelqu'un s'était transformé en douce, ce qui violait les nouvelles règles de la meute. Par précaution, Matt avait ordonné qu'ils se transforment par paires. Si quelqu'un développait la fièvre lycanthropique, celui qui l'accompagnait ne manquerait pas de s'en apercevoir. L'un d'eux n'avait pas respecté cette règle. Pourquoi ?

— Non, tu t'es trompé, dit-il avec assurance. Une bête sauvage ne t'aurait pas laissée t'approcher d'elle. Elle se serait enfuie dès qu'elle t'aurait sentie.

Comment avait-elle pu suivre un membre de sa meute sans qu'il s'en aperçoive ? À la réflexion, il n'avait lui-même senti qu'une trace de son odeur quand il était sorti. Elle aurait dû être nettement plus forte. Tallulah soutint son regard sans ciller. Il contempla sa beauté exotique en se grattant le menton. Cette femme était bien mystérieuse…

— Je n'ai jamais rencontré quelqu'un comme vous, avoua-t-il.

— Effectivement, répondit-elle. Maintenant, en ce qui concerne ce loup…

— Il n'y avait pas de loup.

— Il y en avait un.

Ils se fixèrent un long moment sous la pluie, dont elle ne semblait pas se soucier plus que lui.

— On est dans une impasse, on dirait, finit-il par conclure.

— Pour le moment, répondit-elle. Je m'en vais.

Il ne la laisserait pas s'échapper si facilement. Il était toujours bon de connaître son ennemi. Il devait en savoir plus sur elle, gagner sa confiance et peut-être obtenir son silence.

— Une minute ! Nous sommes partis du mauvais pied, tous les deux. Il fait un temps de chien. Laissez-moi au moins vous raccompagner chez vous.

Tallulah hésita. Sa compagnie lui était-elle si pénible qu'elle préférait rentrer à pied, de nuit, sous l'orage ?

— Allons ! ajouta-t-il. Ne soyez pas stupide.

Elle releva le menton — un geste qu'il commençait à trouver familier. Il venait de commettre une erreur et devait réparer les dégâts de toute urgence. Il lui décocha son sourire le plus charmant.

— Quel genre d'homme laisserait une femme rentrer à pied sous une pluie battante ? demanda-t-il.

— Un homme qui insulte ladite femme en l'accusant de stupidité ?

Il s'inclina galamment.

— Je n'aurais pas dû dire ça, reconnut-il. Si vous ne me laissez pas vous raccompagner, je vais m'inquiéter toute la nuit.

— C'est ça ! ricana-t-elle. Vous êtes très loin de l'idée que je me fais d'un chevalier servant.

Il réussit à garder son sourire, mais cela lui coûta.

— Je vous crois particulièrement exigeante, répliqua-t-il. Par ailleurs, personne ne vous prendrait pour une demoiselle en détresse.

— Vous avez parfaitement raison. Je suis capable de me défendre.

Sur ces mots, elle tourna les talons et s'éloigna, le dos aussi droit que lorsqu'elle avait quitté le chantier. La pluie la faisait paraître encore plus mince qu'elle ne l'était. Elle marchait d'un pas tranquille. C'était une femme habituée à faire face aux éléments.

Ce côté sauvage plut au loup de Payton. Le cœur affolé, il s'imagina faisant l'amour à Tallulah dans la forêt au clair de lune.

Il secoua la tête pour s'arracher à sa transe hormonale. Décidément, elle avait un curieux effet sur lui. Tallulah avait déjà atteint la route. Il passa sa main dans ses cheveux mouillés, grimpa dans sa camionnette et la suivit.

Elle ne tourna pas la tête une seule fois. Il ralentit en arrivant à son niveau et baissa la vitre du passager.

— Montez ! aboya-t-il.

— Non merci, répondit-elle sans tourner la tête vers lui.

Les mâchoires crispées, Payton se gara en travers de la route et se planta devant elle comme elle s'était plantée devant lui le matin même.

— Allons, Tallulah ! C'est ridicule !

Il n'insistait pas seulement à cause de la pluie. Il faisait nuit et un membre de sa meute était sorti sans permission. Il y en avait peut-être d'autres… Et il ne pouvait pas laisser une femme se promener seule dans l'obscurité, même si elle était aussi forte et entêtée que Tallulah.

Une idée germa dans son esprit.

— Vous n'avez pas peur de monter en voiture avec moi, quand même ? demanda-t-il.

Elle releva le menton.

— Bien sûr que non !

Payton ouvrit la portière du passager en réprimant un sourire et l'invita à entrer. Comme il l'avait deviné, elle était vulnérable aux défis.

— Il est vrai que je serai plus vite rentrée si vous me raccompagnez, dit-elle de mauvaise grâce. Si ça ne vous dérange pas…

Il ferma sa portière et s'empressa de se remettre au volant, à l'abri de la pluie.

Elle s'assit le plus loin possible de lui.

— Est-ce que toute votre équipe vit là ? demanda-t-elle en indiquant la ferme du menton.

Il lui jeta un regard méfiant. Il n'était clairement pas le seul à chercher des informations.

— Oui. C'est plus pratique qu'on vive tous ensemble. Et vous ? Vous vivez seule ?

— Oui.

— Il n'y a pas de *monsieur* Silver ?

— Seulement mon frère jumeau. Pas de père et pas de mari. Et vous ? Êtes-vous marié ?

— Non, répondit-il en s'arrêtant à un stop. Droite ou gauche ?

— Prenez à droite. Je vis à une dizaine de kilomètres de ce côté.

— Ça fait une sacrée promenade, lâcha-t-il.

Et elle était prête à faire tout ce chemin sous la pluie ? Simplement pour le contrarier ?

— Je suis en très bonne santé, répondit-elle d'un ton glacial.

Il observa à la dérobée sa poitrine, ses bras bronzés et ses longues jambes. Il aurait payé cher pour la voir sans ses vêtements. Quelque chose en elle réveillait sa part la plus bestiale et l'incitait à penser au sexe autant qu'un adolescent en plein pic de testostérone.

Les essuie-glaces battaient une mesure soutenue qui soulignait leur silence. Tallulah ne reprit la parole que plusieurs minutes plus tard, et seulement pour lui donner des instructions brèves.

— On approche. Vous prendrez le prochain chemin de terre sur votre droite.

Le chemin de terre en question serpentait dans la forêt sur plusieurs centaines de mètres. Finalement, Payton vit apparaître une cabane en bois entourée de chênes et de magnolias. Elle n'était pas très grande, mais elle n'était pas non plus trop rustique.

— Jolie maison, dit-il.

Cela lui valut un sourire sans ironie, le premier

qu'il ait jamais vu sur son visage. Il lui donna une beauté radieuse.

— Merci. C'est mon frère Tombi qui l'a construite. Il est charpentier.

Elle avait déjà la main sur la poignée.

— Pourrait-on se revoir, un de ces jours ? demanda-t-il avant qu'elle ne s'échappe.

Subitement, il lui parut vital de gagner sa confiance et de découvrir si elle avait des secrets, elle aussi.

Elle haussa un sourcil.

— C'est une petite ville. On va forcément tomber l'un sur l'autre.

Il la regarda claquer la portière et se diriger vers la cabane sans un regard en arrière. Voilà ce qu'il gagnait à se montrer galant ? Au moins, il savait où elle vivait. C'était un début.

Bien sûr qu'on tombera l'un sur l'autre, mademoiselle Tallulah Silver, songea-t-il en faisant demi-tour. *Je n'en ai pas fini avec toi.*

3

Tallulah sortit de sa voiture avec sa tasse de café pour rejoindre son frère et une dizaine de leurs amis — des chasseurs d'ombres, pour la plupart — qui s'étaient rassemblés près du chantier.

Le jour se levait à peine, mais les bûcherons seraient bientôt là. Elle s'approcha de son jumeau.

— As-tu appris quelque chose sur ce terrain ? lui demanda-t-elle sans préambule.

— Il appartient à Hank et Sashy Potts, répondit Tombi. On raconte qu'ils espèrent le vendre à des promoteurs qui veulent construire un centre commercial. Ils déboisent pour rendre le terrain plus attrayant — et pour empocher une jolie somme grâce à la vente du bois.

— C'est une idée de Hank, dit-elle avec assurance. Il n'a pas beaucoup de scrupules dès qu'il s'agit de gagner de l'argent facilement.

— Tu dois avoir raison, répondit Tombi en passant sa main dans ses longs cheveux noirs. Mais Sashy a des principes. On devrait peut-être faire pression sur eux plutôt que sur les bûcherons. Que ça nous plaise ou non, ils ne font que leur travail.

— On peut aussi attaquer sur les deux fronts, lui fit-elle remarquer.

— On ne peut pas venir tous les jours, intervint Chulah. On a tous un travail, y compris toi.

— Il reste les week-ends, grommela-t-elle.

Plusieurs voitures — dont une vieille Chevrolet rouge — se garèrent au bord de la route. Payton et ses collègues étaient là.

Tallulah le regarda sortir de sa voiture et s'approcher d'eux avec Matt, le chef de l'équipe. Elle sentit son cœur manquer un battement. Si elle espérait que le revoir à la lumière du jour lui rendrait son bon sens, elle se trompait lourdement. Le soleil levant mettait ses cheveux blonds et ses yeux gris en valeur. Il n'y avait aucune trace de sa bonne humeur et de son désir de la veille dans son regard. Il ne semblait vraiment pas ravi de la revoir. L'avait-elle réellement embrassé quelques heures plus tôt ?

— Que faites-vous là ? leur demanda Matt.

— Nous protestons contre la profanation de notre terre, répondit-elle. Je vous ai dit que je reviendrais et que je ne serais pas seule.

Matt l'ignora pour s'adresser à Tombi.

— Avez-vous une autorisation pour manifester ?

Les deux hommes se défièrent du regard. C'étaient deux meneurs d'hommes qui s'étaient reconnus instinctivement. L'air devait être surchargé de testostérone.

— Nous n'avons pas besoin d'une autorisation, répondit calmement Tombi. L'endroit où nous nous trouvons appartient à la mairie. Nous ne sommes pas sur votre chantier.

— Tant mieux. Nous n'aimons pas les intrus, grogna Matt en la fusillant du regard.

Elle jeta un bref coup d'œil à Payton. Il avait donc raconté leur rencontre de la veille à Matt.

— Si c'est une menace, vous ne me faites pas peur, répondit-elle en soutenant le regard du chef de chantier sans ciller.

— Que se passe-t-il ? intervint Tombi.

— Payton l'a surprise près de notre maison, hier soir, répondit Matt. Si l'un de nos véhicules a un problème, nous saurons d'où ça vient.

— Ce n'est pas votre maison, protesta-t-elle. Elle appartient à Jeb Johnson. Et je ne sabote pas…

— Nous ne nous en prendrons ni à vous ni à votre matériel, la coupa Tombi. Ce ne sont pas nos méthodes.

— J'espère, grommela Matt.

Il lui jeta un dernier regard menaçant avant de s'éloigner.

— La journée commence bien, dit-elle en dévisageant Payton.

— Je devais le lui dire, répondit-il froidement.

— J'aimerais que quelqu'un *me* dise ce qui se passe, insista Tombi.

Payton haussa un sourcil.

— Et vous êtes ?

— Tombi Silver, le frère de Tallulah.

— Ravi de vous rencontrer, dit Payton en lui tendant la main. Tallulah m'a parlé de vous hier soir.

Son frère lui jeta un regard interrogateur avant de serrer la main de Payton.

— Nous nous sommes rencontrés hier matin, quand elle s'est plantée devant ma pelleteuse, poursuivit celui-ci sur un ton amical. Puis nous nous sommes revus hier soir, quand je l'ai trouvée cachée derrière l'une de nos voitures.

Tallulah se sentit rougir. Le tableau que Payton dressait n'était pas très flatteur.

— C'est vrai ? lui demanda Tombi.

Il était parfaitement impassible, ce qui signifiait qu'il commençait à s'énerver.

— Oui, mais...

— Ça ne se reproduira pas, dit Tombi à Payton.

— Tu ne peux rien promettre en mon nom ! s'insurgea-t-elle.

Ce n'était pas parce qu'il était le chef des chasseurs d'ombres qu'il avait le droit de lui marcher sur les pieds.

Payton hocha la tête.

— Merci. J'apprécie. Je ne demande qu'à tirer un trait sur cet épisode déplaisant.

Il se tourna vers elle, un demi-sourire aux lèvres. Se moquait-il d'elle ? Elle regarda la main qu'il lui tendit comme si c'était un serpent venimeux. Tous ses camarades observaient la scène avec curiosité. Si elle refusait de serrer la main de Payton, on l'accuserait d'être déraisonnable et de compliquer les choses. Cela risquait d'en dissuader certains de manifester.

Elle plaça sa main dans celle de Payton à contrecœur et tenta de la retirer aussitôt, mais il l'agrippa fermement.

— J'aimerais vous croiser dans d'autres circonstances si vous avez un peu de temps de libre, lui dit-il.

Quelqu'un ricana derrière elle.

Elle serra les dents. À l'entendre, il y avait déjà quelque chose entre eux. Soit, elle l'avait embrassé... Mais elle n'avait pas accepté de sortir avec lui.

Payton lâcha sa main et décocha un sourire cordial à Tombi.

— Nous pourrions peut-être dîner tous ensemble pour faire connaissance, un de ces jours, suggéra-t-il.

— Avec plaisir, répondit Tombi. Et si vous veniez dîner chez nous ce soir ? Sept heures, ça vous va ?

— C'est parfait. Merci, dit Payton avant de se tourner vers Tallulah avec un sourire triomphal. Je passe vous chercher à sept heures moins le quart ? Je me souviens du chemin.

Il s'éloigna sur ces mots.

— Mais qu'est-ce qui t'a pris ? s'écria Tallulah en fusillant son frère du regard.

— On ferait bien de s'en aller, suggéra Chulah. J'ai réparé la moto de Hank une ou deux fois. Je vais lui rendre une petite visite et essayer d'en savoir plus.

— Je préfère rester, répondit un autre chasseur d'ombres. Puisqu'on est là, autant essayer de les empêcher de travailler, au moins aujourd'hui.

— Pourquoi l'as-tu invité ? insista Tallulah. Je ne veux pas le voir.

Tombi haussa un sourcil.

— Tu en es sûre ? J'ai bien vu la manière dont tu l'as regardé quand il s'est approché de nous.

Elle se sentit rougir une nouvelle fois.

— Ce n'est pas la question. Il détruit notre terre et…

— Es-tu allée fouiner près de leur maison, oui ou non ? la coupa Tombi.

— Oui, mais…

— Nous en reparlerons ce soir, d'accord ? J'ai une journée chargée, dit-il avant de poursuivre d'une voix plus douce. Ecoute, petite sœur… Je suis content que tu t'intéresses à un homme. Je sais que tu as traversé une période difficile entre la mort de Bo et cette histoire avec Hanan. Ce Payton a l'air honnête… Laisse-lui une chance.

Il lui tourna le dos et se dirigea vers sa voiture

en la laissant bouche bée. Que s'était-il passé ? Un bruit de moteur lui fit tourner la tête.

Payton, au volant de sa pelleteuse, la salua avec un grand sourire.

Jillian, qui remuait une soupe, observa Payton à la dérobée quand il entra dans la cuisine. Elle était la seule femelle de la meute et contribuait autant qu'elle le pouvait à leur confort, de résidence provisoire en résidence provisoire.

Payton réprima un grognement. Puisqu'elle l'avait repéré, autant poursuivre son chemin jusqu'au frigo. Il fit semblant de ne pas percevoir le parfum de désir qui enveloppa Jillian quand il passa près d'elle.

Il se servit un verre de thé glacé et rangea la bouteille.

— Je ne t'ai pas beaucoup vu depuis qu'on est arrivés en Alabama, lui dit Jillian avec un sourire timide.

— Je suis occupé, grommela-t-il en se rendant bien compte que c'était une réponse lamentable.

Jillian perdit son sourire.

— Est-ce que tu m'en veux pour quelque chose ? demanda-t-elle.

— Bien sûr que non. J'ai besoin d'un peu de temps pour m'adapter à ce nouveau chantier, c'est tout.

Merde. Comment pouvait-il se tirer de là sans la blesser ? Il l'avait embrassée quelques fois au cours des derniers mois, mais elle ne l'excitait pas. Pas comme Tallulah. Pourquoi ne la désirait-il pas ? C'était la sœur de l'alpha, une compagne idéale. Comme c'était la seule femelle du groupe, plusieurs des hommes sauteraient sur l'occasion si elle se présentait à eux.

Il était stupide.

Il but une grande gorgée de thé. Il devait trouver un moyen de la décourager avec tact, mais il craignait autant le chagrin de Jillian que la colère de Matt.

— J'ai préparé ton ragoût préféré et j'ai fait cuire du pain, annonça-t-elle.

— Désolé, j'ai des projets pour ce soir.

— Des projets ? répéta-t-elle en pinçant un peu les lèvres. Quels projets ?

Il réprima un soupir.

— Je vais dîner chez des amis.

Il ne lui disait pas tout, mais ce n'était pas un mensonge.

— Nous ne sommes là que depuis une semaine, lui rappela-t-elle. Tu te fais des amis rapidement...

Avait-elle un ton réprobateur ? Sans qu'il comprenne pourquoi, tout ce qu'elle disait lui donnait vaguement mauvaise conscience.

— Je suis un garçon aimable, grommela-t-il.

Russell, qui passait dans le couloir, s'arrêta pour lui décocher un clin d'œil. La situation n'avait rien d'amusant ! Son ami entra dans la cuisine.

— Il te reste encore trois heures avant ton rendez-vous, Payton, lui lança-t-il. Si on allait explorer les environs ?

— Un rendez-vous ? demanda Jillian. Je croyais que tu dînais chez des amis.

— Un rendez-vous avec des amis, grommela-t-il.

Il fusilla Russell du regard, même s'il lui était reconnaissant de lui fournir une diversion.

— C'est une bonne idée, dit-il. À plus tard, Jillian !

Ils s'empressèrent de quitter la cuisine.

— Merci, soupira Payton quand ils se furent

éloignés. Même si rien ne t'obligeait à parler de rendez-vous.

Russell pouffa.

— J'essayais de t'aider à la ramener à la réalité, répondit-il. Je me suis déjà retrouvé dans ta situation. Tu veux qu'elle comprenne le message, mais tu ne veux pas lui briser le cœur et t'attirer les foudres de Matt.

Et comment pouvait-il réussir cette prouesse ? La mauvaise conscience le gagna. Il n'avait jamais encouragé Jillian. Pour être honnête, il ne l'avait pas découragée non plus. Il espérait que ses sentiments changeraient au fil du temps et qu'il finirait par avoir envie de se caser avec une compagne acceptable. Ce qui n'était pas juste pour Jillian. Elle méritait mieux.

Il suivit Russell à travers le champ de coton. Son ami avait eu plus de temps que lui pour explorer les environs.

— Ce chantier sera pénible, dit Russell. Comment peut-il y avoir autant de gens pour manifester dans une si petite ville ?

Payton réprima un sourire. Tallulah avait ramené une dizaine de personnes sur le chantier. Ils étaient restés pacifiques, mais ils n'avaient pas manqué une occasion de leur compliquer la tâche. L'équipe avait travaillé si lentement que Matt avait décidé d'arrêter plus tôt que prévu.

« Ils se lasseront au bout de quelques jours », avait-il prédit.

Payton n'en était pas si sûr. Les autres se lasseraient peut-être, mais Tallulah, elle, semblait déterminée.

— T'arrive-t-il d'avoir mauvaise conscience à cause de notre métier ? demanda-t-il à Russell.

S'il y avait une personne au monde avec qui il pouvait en parler, c'était son meilleur ami.

Russell haussa les épaules.

— Non. Si on ne le fait pas, quelqu'un d'autre s'en chargera.

Cet argument, qu'il employait souvent lui-même, ne suffisait pas à apaiser sa conscience. Combien de crimes avait-il justifiés par le passé ?

— Et les études de vétérinaire dont tu parlais quand on était au lycée ?

— C'était un rêve idiot, répondit Russell. Je n'avais pas le niveau. Tu me connais.

— Assez bien pour savoir que tu aurais réussi, si tu t'en étais donné la peine. Tu es intelligent.

Contrairement à lui-même. Il n'avait jamais été doué pour rien, sauf pour la mécanique.

— Tu n'es pas condamné à conduire une pelleteuse toute ta vie, tu sais, lui dit Russell. Il y a assez de bras dans l'équipe, si tu as envie d'essayer autre chose.

— Qu'est-ce que ça veut dire ? grommela Payton. Que la meute n'a pas besoin de moi ?

— Détends-toi. Ça veut juste dire que tu ne compliqueras la vie de personne si tu veux voler de tes propres ailes.

Russell secoua la tête, sans doute parce qu'il sentait ses réticences.

— Je comprends. Tu crois que tu as une dette envers Matt et les autres parce qu'ils t'ont accepté dans la meute. Mais personne ne t'en voudrait si tu quittais l'équipe pour faire autre chose.

— Toi, peut-être pas. Mais d'autres si.

Russell avait toujours été un véritable ami. C'était l'un des rares à l'avoir accepté sans restrictions. Payton n'était encore qu'un adolescent quand ses parents étaient morts dans un accident de bateau. Il s'était retrouvé seul au monde jusqu'à ce que la meute de Matt l'accepte. Compte tenu du passé criminel de son père, Matt et Russell s'étaient montrés très généreux. Il leur en serait toujours reconnaissant.

— Qui se soucie de ce que pensent les autres ? répliqua Russell. Matt comprendra et c'est tout ce qui compte.

— J'y réfléchirai.

Ils savaient l'un et l'autre que c'était un mensonge. Payton ne ferait jamais rien qui l'éloignerait de la meute. Il n'était pas son père.

Lorsqu'ils quittèrent le champ pour entrer dans la forêt, Payton se détendit un peu. Il faisait plus frais à l'ombre et le paysage était magnifique.

— C'est très différent de là d'où l'on vient, mais c'est beau, par ici, commenta-t-il. Un peu inquiétant mais beau.

— Attends de voir ce que j'ai trouvé, répondit Russell.

Payton le suivit avec curiosité.

— On y est ! annonça Russell quelques centaines de mètres plus loin.

Il y avait des plumes et des rubans accrochés aux branches d'arbres sur un périmètre d'environ cinq mètres de diamètre délimité par des coquillages. Il y avait un amoncellement de branches au milieu, comme si on avait préparé un feu. Des cristaux avaient été posés à intervalle régulier sur le sol soigneusement ratissé.

Payton entra dans le cercle en ayant l'impression de violer un lieu sacré. Il effleura un ruban délavé et examina les différents objets qui pendaient des branches.

— Ce sont des attrape-rêves, dit-il en se souvenant de celui que Tallulah portait en pendentif.

— Je le sais, grommela Russell. Mais que font-ils au milieu de nulle part ? C'est bizarre. Et *inquiétant*, comme tu dis.

Oui, c'était étrange. Mais l'endroit semblait paisible à Payton, quoiqu'un peu mélancolique.

— Je ne vois pas du tout ce que peut être cet endroit, murmura-t-il.

Un ruban rouge vif attira son attention. Il avait été placé là récemment, tout comme la plume de dinde à laquelle il était attaché. Payton y découvrit quelques mots brodés avec des perles : « Pour Bo. Je t'aimerai toujours. Tallulah. »

Son cœur manqua un battement. Qui était Bo ? Sa Tallulah était amoureuse. La jalousie, puis la stupeur le submergèrent. Tallulah n'était certainement pas *sa* Tallulah. Il lâcha le ruban et observa l'endroit avec un regard neuf. Était-ce un lieu de rendez-vous ? Mais pourquoi tant de mystères ? Et tant de décorations ?

— Eh ! Viens voir ça ! lui lança Russell.

Il lui montra une inscription gravée dans l'écorce d'un chêne : « Repose en paix, Bohpoli. »

Bohpoli. Bo ?

Bien sûr ! Ce n'était pas un lieu de rendez-vous, mais un autel dédié à un homme qu'elle avait perdu.

— Qu'est-ce qu'un Bohpoli ? demanda Russell.

— Je pense que c'est le nom de quelqu'un et que cette personne est morte ici. Tu sais, c'est un peu comme les croix qu'on voit au bord des routes là où il y a eu des accidents de voiture…

— Je comprends. Mais le survivant en fait un peu trop, tu ne trouves pas ?

Payton observa les attrape-rêves. Tallulah avait aimé profondément et longtemps. Une femme sensible se cachait sous son allure agressive. Décidément, elle l'intriguait autant qu'elle l'agaçait.

— Un peu trop ? murmura-t-il. Peut-être. Mais ne serais-tu pas heureux que quelqu'un t'aime à ce point-là ?

Annie servit la salade et le dîner commença.

Payton et Tombi, qui était plutôt réservé, en général, semblaient s'entendre à merveille. Ils discutèrent de motos et des endroits à voir au bayou La Siryna — qui n'étaient pas très nombreux, sauf si on aimait la nature. Tallulah ne voyait pas comment un bûcheron pouvait aimer la nature.

— Le Sanctuaire de la vie sauvage n'est ouvert que le samedi, dit Tombi en se resservant de la salade.

— Je ne crois pas que la vie sauvage intéresse Payton, vu qu'il passe son temps à détruire son habitat, intervint-elle.

— Je dérange les serpents, les moustiques et les opossums ? Parce que je n'ai rien vu d'autre, pour le moment, répondit Payton.

— Nous avons aussi des crocodiles, des daims, des pics dorés…

Elle s'interrompit net en le voyant sourire. Elle avait mordu à l'hameçon… Elle posa sa fourchette.

— Et ça ne vous dérange vraiment pas de couper des arbres ?

— Tallulah…, murmura Annie.

— Payton est notre invité, lui rappela Tombi avec un regard sévère.

— Ce n'est pas grave, dit Payton en posant son

verre de thé glacé. J'avoue que ça me dérange un peu. Mais c'est un travail honnête et je n'en ai pas honte.

— Au moins, vous ne prétendez pas que quelqu'un d'autre le ferait si vous ne le faisiez pas, grommela Tallulah.

— Ce qui n'est pas faux, répliqua Payton.

— Chulah a parlé à Hank, cet après-midi, intervint Tombi pour détourner l'attention de Payton. Hank dit qu'il vendra si les promoteurs lui proposent un bon prix. On ne peut pas lui reprocher de faire ce qu'il veut de son terrain…

— Et la préservation de notre forêt ? s'écria-t-elle. Ça créerait un précédent dangereux.

— Hank et Sashy ont deux enfants qui vont bientôt entrer à l'université, dit doucement Annie. Les choses sont toujours plus compliquées qu'on ne le croit.

— Ça ne me plaît quand même pas, grommela Tallulah.

— J'espère que vous aimez le rôti aux pommes de terre, dit Annie à Payton en se levant pour ramasser les assiettes.

— J'adore ça !

Tallulah se leva aussi pour aider Annie et la suivit dans la cuisine.

— Tu devrais être un peu plus gentille avec ton petit ami, dit Annie sans préambule.

— Ce n'est pas mon… D'accord. Je n'insisterai plus ce soir. Mais je continuerai à manifester !

Annie sortit le rôti du four et le posa sur le plan de travail.

— Ce ne sera peut-être pas nécessaire, répondit-elle. Je pense qu'il suffit d'envoyer April parler à Sashy.

Elle réussira à la convaincre que cette vente est une mauvaise idée.

— Tu as raison ! s'écria Tallulah. Si April y met un peu de sa magie…

— De la magie ? répéta Payton sur le pas de la porte.

Tallulah et Annie échangèrent un regard entendu.

— Façon de parler, répondit Annie.

— Que faites-vous là ? demanda Tallulah.

Les espionnait-il ?

— Je viens proposer mon aide.

Annie lui tendit des maniques.

— Vous pouvez emporter ce plat à côté, si ça ne vous dérange pas.

Tallulah faillit éclater de rire en voyant le grand bûcheron enfiler les gants. Il était… adorable. Elle le suivit dans le salon avec le pain.

Le reste du dîner se déroula sans accroc. Quand il fut terminé, Payton et elle restèrent encore une heure à boire du whisky et à bavarder.

La douce chaleur qui engourdit Tallulah sur le chemin du retour n'était pas due qu'à l'excellent whisky de Tombi. Le géant blond qui conduisait contribuait à son bien-être.

— Je suis contente que nous ayons pu laisser nos différends de côté pour la soirée, lui dit-elle, brusquement timide.

— Je suis plein d'espoir pour notre relation, répondit Payton en posant une main sur sa cuisse.

Elle regarda sa main avec méfiance. S'il espérait coucher avec elle dès le premier rendez-vous, il allait être déçu.

Quand il se gara devant chez elle, il s'empressa

de sortir de la voiture pour lui ouvrir sa portière et la raccompagna jusqu'à la porte.

Le moment délicat était arrivé.

— Voulez-vous entrer pour boire un café ? lui proposa-t-elle.

— Ce n'est pas une bonne idée, répondit-il en plongeant son regard dans le sien. Vous êtes bien trop tentante.

— Ah oui ? murmura-t-elle.

— Oui. Et je crois qu'il vaut mieux s'en tenir à un baiser pour un premier rendez-vous.

Elle éclata de rire.

— Je suis sérieux, insista-t-il.

Tallulah inclina la tête sur le côté et l'observa un long moment. Oui, il était sérieux. Elle trouva son attitude chevaleresque irrésistible.

— On peut aussi se serrer la main, suggéra-t-elle.

— Sûrement pas !

Il se pencha vers elle et l'enivra d'un long baiser sensuel. Alors qu'elle songeait que ce baiser aurait dû durer éternellement, Payton l'interrompit et posa son front contre le sien.

— Je ferais bien d'y aller, Lulu, murmura-t-il.

— D'accord, répondit-elle, tout étourdie.

Elle avait déjà ouvert la porte quand quelque chose la frappa. Elle se retourna vivement.

— Comment m'avez-vous appelée ?

— Lulu, répondit Payton. Tallulah est joli, mais un peu long.

Elle fronça les sourcils.

— Je n'aime pas ce surnom. Il... manque de dignité.

— Il est adorable et il vous va à merveille, répliqua-t-il.

Elle ne trouva qu'un grognement à répondre avant

de lui fermer la porte au nez, ce qui ne l'empêcha pas d'aller à la fenêtre pour le regarder partir. Cet homme avait l'art de la faire passer de la joie à l'agacement en deux secondes. Alors pourquoi le désirait-elle ?

Il entama sa lente évasion — un exploit sous le nez d'une dizaine de loups-garous. Même endormis, ils gardaient des sens particulièrement affûtés. Il se leva sans faire de bruit et descendit l'escalier pieds nus. Il s'arrêta plusieurs minutes près de la porte de derrière pour être sûr que rien ne bougeait dans la maison.

Ils ne pouvaient pas comprendre.

Rien n'apaisait sa soif de sang.

Quand il fut certain que personne ne s'était réveillé, il tourna la poignée avec une lenteur douloureuse. Il aurait pu se transformer maintenant et passer par la chatière, mais elle était trop bruyante. Il se glissa prudemment dehors et fonça se cacher dans les buissons les plus proches. Il s'y transforma sans baisser sa garde un seul instant. Dès qu'il fut sur quatre pattes, il fila ventre à terre jusqu'au champ de coton, au cas où quelqu'un se serait réveillé et aurait regardé par la fenêtre.

Un mélange de répulsion et d'excitation fit battre son cœur plus vite. Enfin, il était libre ! Il courut à travers bois, langue pendante, enivré par les sons et les odeurs de la nuit.

Ça ira, s'assura-t-il. *Je trouverai un petit animal. Je peux contrôler la soif.*

L'Alabama était une page blanche. Il ne tuerait plus jamais d'humain. C'était trop dangereux pour lui et pour toute la meute. Si les autres découvraient son secret, sa vie serait fichue. Dorénavant, il se contenterait de petit gibier.

Ainsi, une fois de plus, il était en chasse.

Il repéra vite un groupe de lièvres, mais ils lui échappèrent. Le fait de chasser seul réduisait ses chances de succès. Les loups étaient faits pour vivre et pour chasser en meute.

Deux heures plus tard, l'inquiétude le gagna. Chaque minute qu'il passait dehors le mettait en péril… Mais il ne pouvait pas rentrer sans avoir trouvé quelque chose à dévorer pour apaiser ses crampes d'estomac. Il se rapprocha du champ de coton la truffe au sol, résigné à déterrer une souris ou un mulot.

Ce n'était pas comme cela qu'il avait imaginé son avenir, mais il ne pouvait pas avouer qu'il avait attrapé la fièvre lycanthropique. Les autres l'emmèneraient dans le centre de réhabilitation qu'on avait construit dans le désert. À sa connaissance, aucun loup infecté n'avait jamais été guéri. Cela revenait à une condamnation à perpétuité.

Il préférait mourir.

Il tourna autour du cercle de coquillages sans rien dénicher. Heureusement, la salope n'était pas là. Il avait encore des bleus là où elle l'avait frappé avec son lance-pierre. Il avait de la chance de ne pas avoir été plus gravement blessé.

Un bruit attira son attention vers la gauche. Son estomac gargouilla. C'était un gros animal maladroit… Qui avait l'odeur d'un humain.

Merde. C'était une torture — comme tendre un verre d'eau à un homme qui meurt de soif. Il hésita. Cela ne coûtait rien de jeter un coup d'œil…

Ce pouvait être un membre de la meute qui violait aussi les règles et se promenait seul. Il s'approcha de l'endroit d'où venaient les bruits.

Il aperçut un vieil homme qui jetait du maïs par terre — sans doute un braconnier qui essayait d'attirer des daims.

Il ne réfléchit pas et se jeta sur le vieillard, enfonçant ses crocs dans sa gorge, avalant goulûment son sang chaud qui l'enivra et apaisa sa souffrance.

C'était fait.

Il s'assit, repu et serein, jusqu'à ce que ses yeux tombent sur le cadavre.

Non ! Qu'ai-je fait ?

Il recula en gémissant. Quand ce corps serait découvert, les questions et les accusations recommenceraient. La nausée le gagna. Il se haïssait. Il haïssait ce qu'il était devenu.

Il songea brièvement à tout avouer à la meute. C'était la manière la plus simple d'échapper à l'enfer que sa vie était devenue depuis trois ans.

Mais la honte et la peur triomphèrent vite de ses bonnes intentions. Il ne pouvait pas vivre comme une bête en cage.

Il ne recommencerait pas, se jura-t-il. Il trouverait un moyen de contrôler sa soif.

4

Le samedi était le jour le plus long de la semaine. Le centre culturel des Amérindiens, où Tallulah travaillait, était fermé. Cela lui laissait une journée entière à consacrer aux tâches domestiques — et elle avait horreur des tâches domestiques.

Après avoir lancé une lessive, elle regarda par la fenêtre. Il n'y avait plus un nuage dans le ciel, comme si la nature avait été purifiée par l'orage qui avait éclaté pendant la nuit. Il faisait bien trop beau pour rester à l'intérieur. Elle décida de faire une longue promenade avant d'aller dîner chez Tombi.

Elle se précipita dehors avec l'enthousiasme d'une enfant, puis s'arrêta net et se toucha les cheveux. Son chignon approximatif était presque défait. Et elle portait un short et un vieux T-shirt. C'était parfait pour faire du ménage, mais… Elle rentra se changer et se brosser les cheveux.

Je ne fais pas ça parce que j'espère tomber sur Payton, s'assura-t-elle en se mettant du rouge à lèvres.

Ce n'était qu'un effort dérisoire pour ne pas avoir l'air d'une souillon.

Et depuis quand t'en soucies-tu ?

— La ferme ! lança-t-elle à son reflet.

Elle se parfuma et ressortit. Elle s'enfonça dans les bois en faisant rouler ses épaules. Elle n'avait pas pris son sac à dos, qui était une précaution inutile pendant la journée.

À moins qu'elle ne retombe sur ce loup…

Elle secoua la tête. C'était peu probable de jour. Après sa longue promenade dans les bois, elle irait dîner avec Tombi et Annie, puis elle se mettrait au lit de bonne heure et lirait jusqu'à ce qu'elle s'endorme. Sa routine du samedi était bien en place.

Alors pourquoi n'était-elle pas plus joyeuse ?

Elle essaya d'ignorer sa mélancolie. Depuis qu'elle avait rencontré Payton, sa vie tranquille et prévisible la déprimait, ce qui était absurde. Elle le connaissait à peine — et c'était un bûcheron ! Comme il appartenait à une équipe qui se déplaçait de chantier en chantier, il pouvait disparaître n'importe quand.

Elle ne tarda pas à avoir les mollets couverts de boue. Dire qu'elle avait fait un effort pour se rendre présentable… Elle s'arrêta à une fourche du sentier et hésita. Non, il valait mieux qu'elle n'aille pas au sanctuaire de Bo. L'orage avait sans doute tout chamboulé et elle n'avait pas le cœur à le remettre en ordre.

Elle continua tout droit jusqu'au champ de coton. Aucune créature étrange ne s'y promenait — et Payton n'était pas dans les parages.

Ce qui ne lui faisait ni chaud ni froid.

Une odeur de putréfaction la fit grimacer. Ce devait être un daim… Elle perçut une autre odeur qui lui était vaguement familière. Était-ce le loup qui avait tué cet animal ? Si c'était le cas, il devait avoir le ventre plein. Elle n'avait rien à craindre de lui dans l'immédiat.

Sans réfléchir, elle suivit l'odeur pour savoir de quelle espèce était la victime. Cela n'exigeait pas un odorat aussi développé que le sien. L'odeur devint si puissante que ses yeux s'emplirent de larmes. Elle releva son T-shirt pour se couvrir le bas du visage et respira par la bouche autant qu'elle le pouvait. Elle s'arrêta brusquement lorsqu'elle découvrit un essaim de mouches au bord du champ. C'était là.

Elle s'approcha lentement.

Il y avait du maïs éparpillé par terre. Elle devina un morceau de jean, puis un T-shirt noir et une barbe grise. C'était un humain. Elle réprima un haut-le-cœur. Elle était habituée aux feux follets, aux Ishkitini et à toutes sortes d'esprits maléfiques, mais pas à voir ce genre de carnage. Connaissait-elle cet homme ? Elle fit quelques pas de plus. Il avait la gorge déchiquetée, du sang plein la barbe et les traits déformés par la douleur, mais elle le reconnut immédiatement.

C'était Jeb Johnson, le propriétaire de la maison. Quelqu'un devait l'avoir attaqué alors qu'il appâtait des daims. Et ce quelqu'un l'avait tué très brutalement. Mais pourquoi ? Jeb avait une vie tranquille. Il travaillait sa terre, chassait et pêchait sans fréquenter grand monde. Il était veuf et il semblait bien s'entendre avec ses deux fils.

Les yeux jaunes d'un loup apparurent dans son esprit. Mais cela n'avait aucun sens… Les loups n'attaquaient pas les humains, à moins d'être affamés et de n'avoir aucune autre proie à se mettre sous la dent. La forêt était pleine d'écureuils, de lapins et de souris. Cette créature avait largement de quoi remplir son estomac.

Elle en avait vu assez. Elle courut vers la maison pour chercher du secours. Plus vite la police examinerait le corps de Jeb, plus elle avait de chances de découvrir qui l'avait tué. Elle tambourina à la porte.

Un bel homme lui ouvrit. Il haussa les sourcils, puis lui décocha un grand sourire.

— Bonjour, ma petite dame ! Que puis-je faire pour vous ?

— Il y a un mort, là-bas, répondit-elle, le souffle court. Appelez la police !

Pourquoi n'avait-elle pas le réflexe de toujours prendre son portable quand elle sortait ?

L'homme perdit son sourire.

— Quoi ? Un mort ?

— Appelez la police ! répéta-t-elle.

— Bien sûr.

Alors qu'il s'apprêtait à lui fermer la porte au nez, elle y donna un coup d'épaule et se faufila à l'intérieur. L'homme était bien plus fort qu'elle, mais elle avait été assez rapide pour le surprendre.

Il y avait une dizaine d'hommes dans la pièce, la plupart torse nu et mal rasés. Ils se levaient tout juste, apparemment. Une odeur de café et de bacon flottait dans l'air. Payton n'était pas là.

L'homme qui lui avait ouvert se planta devant elle et s'adressa à ses camarades en lui bouchant la vue.

— Mauvaise nouvelle, les gars : quelqu'un s'est fait tuer.

Elle fit un pas de côté pour observer les réactions des autres.

— Quoi ?

— Merde !

— Ça ne va pas recommencer ! s'écria l'un des bûcherons en bondissant sur ses pieds.

Tallulah le dévisagea.

— Qu'est-ce que ça veut dire ? lui demanda-t-elle. Ça s'est déjà produit ?

Un silence de mort s'abattit sur la pièce.

Le chef de l'équipe s'approcha d'elle.

— Qui est mort ? lui demanda-t-il. Où se trouve le corps ?

— Au bout du champ, derrière votre maison. Appelez la police !

Personne ne bougea.

Tallulah se raidit. Leur réaction était bizarre — *très* bizarre. La moitié de ces hommes auraient déjà dû sortir leur téléphone. Elle se souvint trop tard qu'elle avait vu le loup entrer dans cette maison. Un frisson la parcourut.

— On s'occupe de tout, lui assura le chef avant de plisser les yeux. J'ai l'impression de vous connaître… Ah ! Vous êtes l'une des manifestantes. Mademoiselle Silver, c'est ça ?

Il se tourna vers l'homme qui avait ouvert la porte.

— Eli ! Va chercher Payton !

Le chef lui prit le bras alors qu'Eli s'engageait dans l'escalier.

— Montrez-moi le corps, lui ordonna-t-il.

— Quand vous aurez appelé la police, insista-t-elle.

Les grosses brutes dans son genre ne l'intimidaient pas.

— Appelle la police, Adam ! ordonna-t-il à l'un des hommes sans la quitter des yeux. Maintenant, mademoiselle Silver, j'aimerais voir le corps.

— Vous pourrez le voir quand le shérif sera là, répliqua-t-elle.

Il écarquilla les yeux. Il avait l'habitude que tout le monde lui obéisse, apparemment. Au moins, Adam avait sorti son téléphone et rapportait le meurtre à la personne qu'il avait au bout du fil.

Le chef lâcha le bras de Tallulah et se tourna vers ses hommes.

— Répartissez-vous par groupes de deux et inspectez tout le périmètre ! ordonna-t-il.

Alors que les hommes se levaient pour lui obéir, Eli et Payton apparurent dans l'escalier. Payton avait les cheveux mouillés et il ne portait qu'un jean. Il était sublime à la sortie de la douche.

Il lui décocha un grand sourire.

— J'aurais dû me douter que c'était vous qui semiez le trouble dès le matin, lui lança-t-il.

— Il n'y a pas de quoi rire, aboya le chef. Elle a trouvé un autre mort.

Un *autre* mort ?

Payton perdit son sourire et pâlit.

— Non..., murmura-t-il.

— Parce qu'il y a eu d'autres meurtres ? demanda-t-elle.

Les mâchoires du chef se crispèrent.

— Vous êtes la seule à parler de meurtre, répondit-il. Comment pouvez-vous être sûre que cet homme n'est pas mort de cause naturelle ?

Elle revit la gorge déchiquetée de Jeb et frissonna.

Payton se précipita auprès d'elle.

— Venez vous asseoir ! ordonna-t-il. Vous êtes blanche comme un linge. Vous devez être en état de choc.

Il enroula un bras autour de ses épaules et l'entraîna vers un vieux canapé. Elle baissa les yeux vers ses mains, qui tremblaient violemment.

Payton devait avoir raison... Même si sa réaction

nerveuse la surprenait. Mais elle était habituée aux animaux et aux esprits, pas aux humains égorgés.

Pauvre Jeb. Il avait presque tout perdu l'année précédente, quand ses champs de coton avaient pris feu, et maintenant… Il était mort.

— Eli et moi allons rejoindre les autres, dit le chef. Tiens compagnie à notre invitée jusqu'à l'arrivée de la police.

— Je n'ai pas besoin qu'on s'occupe de moi, grommela-t-elle.

Payton acquiesça.

Eli et le chef sortirent en claquant la porte.

— Vous n'avez pas besoin de jouer les baby-sitters, insista-t-elle. Je vais bien.

Un doute l'assaillit. Ce n'était peut-être pas l'état de ses nerfs qui les inquiétait… Pourquoi tenaient-ils tant à trouver le corps avant la police ?

— Oui, vous allez bien, ironisa Payton. C'est pour ça que vous tremblez comme une biche devant un fusil.

Il s'assit à côté d'elle et lui massa doucement les épaules. Était-il chargé de la surveiller pendant que les autres cachaient le corps ou faisaient disparaître des indices ?

— Vous venez de subir un traumatisme, reprit-il sans cesser de la masser. N'importe qui serait secoué à votre place. Ne faites pas semblant de ne pas l'être.

Elle repoussa ses mains. Elle n'était pas idiote. Payton ne lui inspirait pas plus confiance que ses camarades. Ses baisers l'étourdissaient, mais ce n'était pas une raison suffisante pour baisser sa garde.

— Ne me traitez pas comme une enfant ! grommela-t-elle. Je suis capable de gérer une situation d'urgence avec calme et logique.

Payton se leva et se mit à faire les cent pas — sans doute pour éviter de l'étrangler.

— Allez rejoindre les autres, lui dit-elle. Vous en mourez d'envie. Je peux attendre la police sans vous.

Elle balaya la pièce du regard. C'était clairement une tanière d'hommes. Il y avait une table de billard, une télévision à l'écran gigantesque, un bar, des meubles en cuir, et pas un bibelot ni une plante verte à l'horizon. Si Payton sortait, elle pourrait en profiter pour explorer un peu. Ces hommes avaient quelque chose de louche. Son jugement était-il faussé parce qu'elle avait vu un loup entrer dans cette maison ? Un loup que personne n'avait remarqué — y compris Payton. S'en irait-il si elle lui disait qu'elle avait besoin de rester un peu seule pour se remettre de ses émotions ? Cela lui permettrait de fouiner et d'appeler le shérif Angier.

Payton se planta brusquement en face d'elle.

— Pourquoi êtes-vous toujours sur la défensive ? demanda-t-il.

Elle se raidit.

— Je ne suis pas sur la défensive ! s'écria-t-elle avant de baisser les yeux.

Elle venait de prouver le contraire.

— Si, insista-t-il. Tout ce que je dis vous offense.

Elle compta jusqu'à dix dans sa tête. Provoquer Payton ne la mènerait nulle part. Et il n'avait peut-être pas tort. Il n'était pas le premier à lui faire remarquer qu'elle était un peu agressive depuis deux ans.

— Je suis désolée, répondit-elle. Vous avez raison. La découverte du corps m'a secouée et je me défoule sur vous.

Payton se calma aussitôt.

— Je comprends, lui assura-t-il.

— Je crois que je vous ai dérangé pendant votre douche. Voulez-vous retourner dans la salle de bains ?

Il hésita.

— Vous êtes sûre ? Voulez-vous que je vous serve quelque chose d'abord ?

— Je crois qu'un café me ferait du bien, répondit-elle en lui souriant.

— Sucre ? Lait ?

— Les deux.

— C'est comme si c'était fait. Pendant que vous le boirez, je finirai de m'habiller pour être présentable quand la police prendra la maison d'assaut.

— Ça vous est déjà arrivé d'avoir affaire à la police ? ne put-elle s'empêcher de demander.

Il disparut dans la cuisine sans lui répondre. Elle tendit l'oreille pour épier ses moindres gestes tout en ramassant un portable abandonné sur la table basse.

Merde. Il fallait un mot de passe pour l'utiliser. Elle en ramassa un autre, découvrit avec soulagement qu'il n'exigeait pas de mot de passe et s'empressa de le cacher entre deux coussins quand Payton réapparut.

— Votre café, annonça-t-il en lui tendant une grande tasse en terre cuite.

Malgré les circonstances, ce geste lui alla droit au cœur. Il était rare qu'on la traite avec douceur depuis la mort de Bo… Mais ce n'était pas le moment de penser à lui. Elle était de nouveau seule. La plupart du temps, elle acceptait cet état de fait. Sauf quand une gentillesse la faisait craquer…

Elle n'allait quand même pas pleurer ! Elle baissa

la tête pour que ses cheveux couvrent son visage, but une gorgée de café et s'essuya discrètement les yeux.

— Vous pleurez ? demanda Payton en s'asseyant à côté d'elle.

— Bien sûr que non ! répondit-elle en posant la tasse pour faire semblant de tousser. J'ai avalé de travers. Allez vous habiller !

Comme il hésitait encore, elle agita les mains pour le chasser.

— Quelques minutes de solitude me feront du bien, lui assura-t-elle.

— Si vous le dites.

Elle tira le téléphone d'entre les coussins dès que Payton eut disparu et composa un numéro familier.

— Bonjour, je voudrais parler au shérif Angier, s'il vous plaît, chuchota-t-elle. C'est une urgence.

Cela recommençait, songea Payton en mettant un T-shirt, des chaussettes et des chaussures.

Il essaya d'imaginer des scénarios moins déplaisants. L'homme pouvait être mort d'une cause naturelle ou bien avoir été mordu par un serpent. Un crocodile ? Tallulah avait dit qu'il y en avait dans le bayou.

Oui, mais le corps avait été trouvé sur *leur* propriété. C'était comme dans le Montana. Il n'avait pas pensé à demander des détails à Tallulah. C'était stupide. Il avait besoin d'en savoir le plus possible pour inventer une explication rationnelle qui n'ait rien à voir avec *eux*.

Il redescendit dès qu'il s'estima présentable.

Tallulah fit un geste brusque avant de se tourner vers lui. Avait-elle laissé tomber quelque chose ?

Elle se passa la main dans les cheveux avec un sourire forcé.

— C'était rapide, commenta-t-elle.

— Est-ce que le café vous a fait du bien ? demanda-t-il.

— Oui, merci.

— Tant mieux, parce que j'ai quelques questions à vous poser.

Il remarqua qu'il y avait un téléphone à côté d'elle dès qu'il s'installa dans le fauteuil qui faisait face au canapé.

— Vous avez appelé quelqu'un ?

— Qu'est-ce qui vous fait croire que c'est mon téléphone ?

Elle avait retrouvé ses réflexes défensifs.

— Est-ce que c'est votre téléphone ?

— Non. Alors, que vouliez-vous me demander ?

— Connaissiez-vous le mort ?

— C'est Jeb Johnson, votre propriétaire.

— Je ne l'ai jamais vu. Nous avons eu affaire à l'un de ses fils.

— Jeb ne sortait plus beaucoup depuis un an ou deux. Sa santé déclinait.

Payton reprit espoir. C'était un vieil homme. Il pouvait avoir eu une crise cardiaque.

— C'est peut-être une crise cardiaque…

Elle pinça les lèvres.

— Non. Il a été égorgé par un animal.

Merde. Le cauchemar continuait.

— Quel genre d'animal ? demanda-t-il du ton le plus neutre possible. Un chien errant ? Un ours ?

Elle but une gorgée de café et reposa sa tasse.

— Il n'y a plus d'ours dans la région depuis des

décennies, répondit-elle. Et je n'ai pas entendu parler d'un chien errant.

Un silence pesant s'ensuivit.

— Je n'arrête pas de penser à la créature que j'ai vue près de votre maison, finit-elle par ajouter.

Il se força à sourire.

— Si un loup était entré ici, l'un d'entre nous s'en serait aperçu.

— Je sais ce que j'ai vu.

— Ce que vous *croyez* avoir vu, rétorqua-t-il.

— Il se passe des choses bizarres par ici. Voulez-vous profiter du fait que nous sommes seuls pour me faire des confidences ?

Le cœur de Payton se serra. Oui, il aurait aimé pouvoir se confier à quelqu'un, mais c'était inenvisageable. Avant tout, il devait être loyal envers sa meute — et sa meute avait de gros ennuis.

— Il n'y a rien à dire, répondit-il. Nous sommes là pour faire un travail et nous partirons dans quelques mois.

— Vous mentez, déclara-t-elle d'une voix neutre.

Payton serra les dents. Il faisait ce qu'il devait faire pour se protéger et protéger sa meute. Les humains se lanceraient dans une chasse aux sorcières s'ils découvraient l'existence des loups-garous.

— Qui avez-vous appelé ? demanda-t-il pour renverser les rôles.

— Je ne sais pas de quoi vous parlez.

— Vous avez appelé quelqu'un pendant que j'étais en haut. Qui ? Et pourquoi ?

— Je n'ai appelé personne, répondit-elle, parfaitement impassible.

— Vous mentez, déclara-t-il à son tour.

Des hurlements de sirènes mirent fin à leur

conversation. Les policiers étaient arrivés. Presque au même instant, plusieurs membres de la meute rentrèrent par la porte de derrière.

La journée s'annonçait pénible.

5

— Alors c'est toi qui as trouvé le corps ? demanda le shérif Angier en entraînant Tallulah à l'écart.

Le jeune policier qui l'interrogeait fronça les sourcils.

— Je peux prendre sa déposition, protesta-t-il.

— Détends-toi, répliqua Angier. Nous voulons tous découvrir ce qui est arrivé à M. Johnson. Va donc interroger les autres.

L'autre rougit et s'éloigna en grommelant.

— Pourquoi voulais-tu me parler en personne ? demanda le shérif. As-tu des soupçons sur quelqu'un ?

— Je voulais vous parler parce que vous étiez un ami de mon père et que j'ai confiance en vous, répondit-elle. Mais ce que je vais vous dire va vous sembler bizarre.

Angier haussa un sourcil.

— Ce ne serait pas la première chose bizarre qui se produirait dans le bayou.

Elle était bien placée pour le savoir. Angier l'était-il aussi ? Annie prétendait que sa femme était « différente », qu'elle venait peut-être d'un autre monde. Annie, qui était la petite-fille de la grande prêtresse vaudoue locale, Tia Henrietta, avait le pouvoir d'entendre les auras.

« Quand je suis près de Shelly Angier, j'entends

l'océan, lui avait-elle dit un jour. Je l'entends aussi près de ses cousines, Jet et Lily. Avec Jet, c'est le son de l'océan déchaîné pendant une tempête. Avec Lily, j'entends une voix mélodieuse portée par les vagues… »

Tallulah avait ri et elle lui avait demandé si elle pensait qu'Angier avait épousé une sirène. Annie n'avait pas ri et elle lui avait répondu que tout était possible dans le bayou.

Que signifiait la réponse énigmatique du shérif ? Elle voyait son image se refléter dans ses lunettes de soleil. Les policiers portaient-ils ce genre de lunettes pour empêcher les gens de deviner ce qu'ils pensaient ?

Peu importait. Elle devait lui dire ce qu'elle avait vu. S'il se moquait d'elle, tant pis.

— Je n'ai jamais vu une blessure comme celle de Jeb, commença-t-elle prudemment. Pensez-vous que ce soit l'œuvre d'une bête sauvage ? D'un chien errant ?

— C'est le médecin légiste qui nous le dira.

Il esquivait sa question…

— Je vous demande ce que *vous* en pensez, insista-t-elle.

— Je pense que tu sais quelque chose, répondit-il. Quoi ?

— J'ai vu un loup dans les parages.

— Je n'en ai jamais vu dans le bayou, répondit Angier après quelques secondes de silence. C'est tout ce que tu as à me dire ?

— Ce loup est menaçant et il a un comportement étrange. Il est sauvage à certains moments, et à d'autres… Il…

— Quoi ? l'encouragea le shérif.

Elle inspira profondément et montra la maison.

— Je l'ai vu entrer dans cette maison et tout le monde prétend qu'il ne s'est rien passé.

— C'est tout ?

— Ne trouvez-vous pas étrange que ça se produise juste après l'arrivée de ces bûcherons ?

Voilà. Elle l'avait dit.

— Es-tu sûre que ce ne sont pas tes préjugés qui te font parler ainsi ? Tu manifestes pour les empêcher de faire leur travail…

— Ce n'est pas juste ! s'écria-t-elle, immédiatement sur la défensive. Je ne suis pas comme ça. Je…

— Eh ! Venez voir ce que j'ai trouvé ! s'écria l'un des policiers.

Angier et elle s'approchèrent. Le cœur de Tallulah manqua un battement quand elle découvrit ce que le policier tenait.

C'était un attrape-rêves.

L'un de *ses* attrape-rêves.

La stupeur la paralysa. Comment était-il arrivé là ? Son sanctuaire était trop loin pour que le vent l'ait porté jusqu'ici. Elle passa sa langue sur ses lèvres desséchées. Essayait-on de lui faire porter le chapeau ?

— Qu'est-ce que c'est que ça ? demanda un technicien qui prenait des photos.

Angier l'interrogea du regard. La culture des Choctaw lui était familière.

— Heureusement que je ne suis pas du genre à tirer des conclusions hâtives, commenta-t-il.

— Mais… Mais…, balbutia-t-elle.

— Vous devriez peut-être expliquer au shérif pourquoi vous vous entêtez à venir fouiner sur notre propriété.

Tallulah se retourna vivement et se retrouva en face de Payton, qui semblait fou de rage.

Il n'avait plus rien de l'homme charmant qu'elle avait embrassé. Après cela, il ne voudrait plus entendre parler d'elle. Tant pis. Elle avait l'habitude d'être seule.

Matt les rejoignit. Il semblait aussi furieux que Payton.

— Et c'est *vous* qui avez trouvé le corps ! lança-t-il d'une voix assez forte pour que tout le monde se retourne.

Tallulah sentit ses joues s'embraser. Voilà ce qu'on gagnait à être une bonne citoyenne ! Elle se tourna vers Angier.

— Si vous avez d'autres questions à me poser, shérif, vous savez où j'habite.

Angier acquiesça.

— Je t'appellerai, répondit-il.

Elle n'en doutait pas. Mais elle n'avait aucune réponse à lui fournir. Elle ne savait pas ce que l'un de ses attrape-rêves faisait près du corps de Jeb. Elle partit vers la route, la tête haute, en sentant le regard de Payton sur sa nuque. Rentrer par ce chemin serait bien plus long que couper à travers bois, mais elle n'avait aucune envie de se retrouver seule dans la forêt.

Elle avait les jambes lourdes. La découverte du corps de Jeb l'avait plus ébranlée qu'elle ne le croyait. Ce retour allait lui paraître interminable…

Et, cette fois, il n'y avait aucune chance pour que Payton propose de la raccompagner.

*
* *

La meute, rassemblée dans le salon, attendait que Matt prenne la parole. L'atmosphère était aussi solennelle que le jour où ils avaient décidé de quitter le Montana à cause des accusations injustes d'autres meutes.

Sauf que ces accusations n'étaient pas injustes.

L'un d'entre eux avait attrapé la fièvre lycanthropique. L'un d'entre eux était devenu un tueur sanguinaire. La fièvre s'était rapidement propagée dans l'ouest du pays. On ignorait comment cela avait commencé, mais on savait qu'elle se transmettait par morsure. Les loups-garous contaminés étaient enfermés dans une clinique qu'on avait construite dans le désert en attendant qu'un traitement soit découvert.

Cette règle ne pouvait souffrir aucune exception. Les loups-garous avaient évolué au fil des siècles. Ils avaient appris à satisfaire leurs instincts sans menacer les humains. La fièvre lycanthropique les mettait tous en danger. Pour le moment, les meurtres qui s'étaient produits dans le Montana étaient attribués à un tueur en série. Puisque les humains essaieraient de les exterminer s'ils venaient à découvrir leur existence, les loups-garous devaient régler le problème eux-mêmes.

— Nous sommes dans une situation délicate, commença Matt en s'accoudant à la cheminée. La police locale va vite faire le rapport entre ce meurtre et ceux qui se sont produits dans le Montana. L'un d'entre nous est contaminé. Il n'est plus possible d'en douter.

Mais qui ?

Payton passa les visages de ses amis en revue. Ils semblaient tous abasourdis. Jillian était la plus bouleversée. Ses yeux étaient rougis par les larmes et ses mains tremblaient.

— Mais ce n'était peut-être pas l'un d'entre nous, dit Adam, le plus jeune de la meute. Il y a cet objet bizarre qu'on a trouvé… C'est peut-être la personne qui l'a perdu qui a tué le vieil homme.

Payton rencontra le regard de Russell et secoua discrètement la tête. Son ami fronça les sourcils, mais il garda le silence.

Même si Tallulah ne se gênait pas pour les condamner sans preuve, il n'allait pas en faire autant. La présence de l'un de ses attrape-rêves sur le lieu du crime était suspecte et il ne la connaissait pas assez pour la croire incapable de tuer, mais la manière dont Jeb était mort ne laissait guère place au doute.

— Non, c'est bien l'un d'entre nous, répondit Matt, faisant écho à ses pensées. Mais cette Tallulah Silver m'inquiète. Elle est un peu trop souvent dans le coin.

Matt regarda Payton droit dans les yeux.

— N'as-tu pas dîné avec elle, l'autre soir ? demanda-t-il. À quel point la connais-tu ?

Jillian arrêta de renifler et l'observa.

— Pas aussi bien que je le croyais, visiblement, répondit Payton.

— Alors rapproche-toi d'elle, ordonna Matt. Découvre ce qu'elle sait et détourne ses soupçons.

— Elle vient de dire ce qu'elle avait vu au shérif. Je ne vois pas ce que je peux faire pour détourner ses soupçons.

— Distrais-la. Sers-toi de tes charmes. Emménage avec elle, s'il le faut ! Au moins, ça te permettra de la garder à l'œil.

Des ricanements s'élevèrent et détendirent un peu l'atmosphère — aux dépens de Payton.

— Ça ne me paraît pas nécessaire, intervint Jillian. Cette femme ne sait rien sur nous.

Matt haussa un sourcil.

— Penses-tu que je me trompe ? demanda-t-il.

Jillian pinça les lèvres. Elle n'avait pas l'audace de remettre en cause le jugement de son alpha, même s'il était son frère.

— Reste la question la plus importante, reprit Matt. Lequel d'entre nous est contaminé ?

Personne ne répondit.

— Quelqu'un a-t-il vu un membre de la meute quitter la maison seul ?

Silence.

— Quelqu'un a-t-il vu un membre de la meute transpirer exagérément ou trembler ?

Rien.

— Il doit bien y avoir un moyen d'identifier le malade !

— Tu devrais peut-être interroger Payton, suggéra Eli. Son père a tué un membre de sa meute, après tout…

Payton bondit sur ses pieds.

— Laissez mon père en dehors de ça ! s'écria-t-il. Il n'a rien à voir avec notre problème.

— Tu es aussi colérique que lui, intervint James, un loup-garou d'âge mûr que l'on considérait comme le bêta de Matt.

— Comme la moitié d'entre nous, lui fit remarquer Payton le plus calmement possible.

Jillian s'approcha de lui.

— Ça ne peut pas être Payton, déclara-t-elle en lui prenant le bras.

Payton se sentit rougir. L'intervention de Jillian donnait l'impression qu'ils étaient en couple. Il s'assit sur le canapé et tira sur la manche de Jillian pour qu'elle en fasse autant.

— Soyez vigilants, reprit Matt. Si vous remarquez quelque chose de suspect, dites-le-moi immédiatement. Quant au coupable…

Il s'interrompit le temps de soutenir le regard de chacun.

— Qu'il vienne me voir en privé. Dès aujourd'hui. Avant qu'il n'y ait d'autres victimes. Je lui promets que je le ferai soigner. Je l'accompagnerai moi-même à la clinique.

Comme s'il était possible de raisonner le loup contaminé… La fièvre détruisait progressivement la part humaine des malades, jusqu'à ce qu'ils ne soient plus gouvernés que par leur soif de sang.

— Devons-nous repartir ? demanda doucement Lincoln.

Comme toujours, leur oméga voulait fuir face au danger.

— Si on repartait dans l'Ouest, le coupable se ferait peut-être attraper par une autre meute, ajouta-t-il. Et on serait plus près de la clinique.

Matt secoua la tête.

— Ça ne fera qu'augmenter les soupçons sur notre meute. Non. Nous devons régler le problème nous-mêmes. À partir de maintenant, nous monterons la garde à tour de rôle pendant la nuit. Payton, je pense qu'il est temps que tu rendes visite à Tallulah Silver.

Génial. Payton réprima sa colère. Matt était leur alpha. Il ne songeait qu'à la sécurité de tous. Mais Payton n'aimait pas qu'on se mêle de sa vie privée — et le fait qu'il ait eu l'intention de rendre visite à Tallulah avant qu'on ne le lui ordonne n'y changeait rien.

Il sortit les poings serrés avec Jillian sur les talons. Dehors, le soleil couchant teintait le ciel de mauve et d'orange. Il se tourna vers Jillian à contrecœur.

— Que veux-tu ? lui demanda-t-il.

— Mon frère se croit très malin, mais cette idée est stupide, déclara-t-elle. Tu n'as pas besoin de te rapprocher de cette femme.

— Je préférerais ne pas en discuter avec toi, répondit-il après quelques secondes d'hésitation.

S'il contestait une décision de Matt, Jillian risquait de le rapporter à son frère. Il ne pouvait pas perdre l'appui de Matt. Sa position était assez précaire comme cela.

— Tu n'as qu'à dire à Matt que tu as essayé, mais que cette Tallulah ne veut pas de toi, insista-t-elle, les larmes aux yeux.

Ce qui était sans doute vrai.

— Je vais obéir aux ordres, répondit-il. Tu sais que je n'ai pas le choix.

Jillian pressa brutalement ses lèvres contre les siennes avant de s'écarter un instant plus tard.

— Ne m'oublie pas, murmura-t-elle. Nous sommes faits l'un pour l'autre.

Quand les choses se seraient calmées, il faudrait vraiment qu'il lui explique qu'il ne partageait pas ses sentiments. Les approches plus subtiles ne marchaient pas du tout.

— Tu sais que je ne t'oublierai pas, dit-il pour l'apaiser. Tu es mon amie.

Il s'éloigna à grands pas pour ne pas voir sa réaction. Il avait assez de mal à gérer ses propres émotions.

Il monta dans sa voiture et se rendit chez Tallulah. S'il avait de la chance, elle ne serait pas chez elle.

*
* *

Il n'avait pas de chance. Il y avait de la lumière et Tallulah apparut à une fenêtre dès qu'il se gara devant sa maison. Elle fronça les sourcils.

Il coupa le moteur en soupirant. Elle ouvrit la porte avant qu'il n'ait frappé.

— Que faites-vous là ? demanda-t-elle.

Elle portait un short et un T-shirt rouge moulant. Elle était plus sexy que jamais, ce qui lui embrouilla les idées. Il secoua la tête pour se ressaisir.

— Il faut qu'on parle, annonça-t-il.

— Je pensais que vous ne vouliez plus me parler parce que j'avais appelé le shérif, répliqua-t-elle.

— Vous avez l'art d'aller droit au but, grommela-t-il. Et vous n'aviez pas besoin d'appeler la police puisqu'on l'avait déjà fait.

À sa grande surprise, elle rentra en laissant la porte ouverte. Il la suivit, ferma la porte et observa la pièce avec curiosité. Les meubles étaient rares, mais ce salon donnait une impression de confort et d'intimité. Il y avait une corbeille de fruits sur la table basse et un panier rempli de pelotes de laine multicolores sur l'un des fauteuils.

— Vous tricotez ? s'étonna-t-il.

Cela lui semblait en contradiction avec sa personnalité.

Elle haussa les épaules et déplaça le panier pour s'installer dans le fauteuil.

— C'est du crochet, répondit-elle. Asseyez-vous.

Il prit place sur le canapé et contempla la collection d'attrape-rêves accrochée aux murs — cela valait mieux que de regarder la poitrine de Tallulah comme un idiot.

— Vous aimez fabriquer des choses, on dirait…, dit-il. Je croyais que c'était un truc de grands-mères.

— Beaucoup de femmes font du crochet pour se détendre, se défendit-elle.

Il décida d'aller droit au but comme elle-même l'avait fait.

— C'est l'un de vos attrape-rêves qu'on a trouvé près du corps, n'est-ce pas ?

— Oui.

— Savez-vous comment il est arrivé là ?

— Je n'en ai pas la moindre idée, répondit-elle en croisant les bras.

— Et que faisiez-vous près de notre maison ?

Elle rougit légèrement.

— Je me promenais et j'ai senti quelque chose. J'ai voulu savoir ce que c'était.

Il fronça les sourcils.

— Je n'ai rien senti avant d'être à vingt mètres de la victime et j'ai un très bon odorat.

— J'ai un *excellent* odorat, répliqua-t-elle.

Meilleur que celui d'un loup-garou ? C'était peu probable. Que lui cachait-elle ?

— Vous nous espionnez, n'est-ce pas ? l'accusa-t-il.

— Ça ne devrait pas beaucoup vous déranger si vous n'avez rien à cacher.

Quand elle glissa ses jambes sous ses fesses, il ne put s'empêcher de les imaginer enroulées autour de sa taille…

Concentre-toi ! s'ordonna-t-il en se mordant les joues.

— Les gens ont un droit au respect de la vie privée, vous savez.

— Pas s'ils sont dangereux, riposta-t-elle.

— Nous ne sommes pas dangereux. Vous croyez avoir vu un animal entrer chez nous et vous avez donné des proportions anormales à cet incident. En réalité, vous nous en voulez à cause du chantier et vous êtes prête à tout pour monter la population locale contre nous.

Tallulah se leva et se mit à faire les cent pas.

— Le shérif m'a dit la même chose, grommela-t-elle. C'est vrai que je n'aime pas ce que vous faites, mais je n'ai rien inventé. J'ai dit la vérité au shérif.

— Il y en a d'autres : c'est vous qui avez découvert le corps et on a trouvé l'un de vos attrape-rêves à côté.

— Je ne suis pas une meurtrière ! s'écria-t-elle en le fusillant du regard.

Il bondit sur ses pieds pour se planter devant elle.

— Moi non plus !

L'air était chargé d'électricité et de… quelque chose de plus primitif. C'était absurde ! Comment pouvait-elle l'attirer et le mettre hors de lui en même temps ?

— Qu'est-ce que…, commença-t-elle.

Payton grommela un juron avant de presser ses lèvres contre les siennes. Ils s'entendaient mieux quand elle ne parlait pas. Son corps était souple et complaisant, contrairement à son tempérament.

Elle lui rendit son baiser sans hésiter, mais elle le repoussa quelques secondes plus tard.

— Vous devriez partir, dit-elle.

Allait-il trop vite ? Était-elle encore amoureuse de son amant mort ?

— Je reviendrai, promit-il en effleurant les lèvres de Tallulah du bout du doigt. Bientôt.

La garder à l'œil pour le bien de la meute n'aurait rien d'une corvée.

6

Essayait-on de la piéger ? se demanda Tallulah en tournant autour du sanctuaire de Bo, de plus en plus nerveuse. Cela n'avait aucun sens. Elle n'avait pas d'ennemis en dehors des esprits maléfiques et ce n'était pas leur manière de procéder.

Elle ramassa un attrape-rêves dans un buisson. Heureusement qu'elle l'avait trouvé avant la police... Il fallait qu'elle passe toute la zone au peigne fin.

Une heure plus tard, elle avait ramassé cinq attrape-rêves, tous placés près d'une carcasse d'animal. Elle regagna le sanctuaire.

— Je suis désolée, Bo, mais je dois tout enlever, murmura-t-elle.

Les mains tremblantes, elle décrocha tous les attrape-rêves et les fourra dans son sac. Au lieu de la soulager, cette tâche accrut son désespoir et sa panique. Sa respiration laborieuse lui semblait aussi assourdissante qu'une tempête.

Calme-toi et réfléchis !

Elle s'assit sur une souche et but une longue gorgée d'eau. L'endroit lui semblait nu et désolé, à présent... Mais il restait encore les coquillages et les cristaux. Elle poussa un profond soupir avant d'éparpiller les coquillages. Ils ne la trahiraient pas, puisqu'il y en avait partout. Les cristaux, en revanche...

Elle les rangea dans son sac déjà surchargé. Ce soir, elle les placerait autour de sa photo préférée de Bo.

Le soleil s'approchait de l'horizon. Enfin, la température baissait un peu. Elle s'essuya la nuque et refit sa queue-de-cheval.

Avait-elle trouvé tous les attrape-rêves ? Il faudrait qu'elle revienne le lendemain et qu'elle élargisse la zone de recherches.

Comme la semaine de la pleine lune commençait, elle préviendrait Tombi et les autres chasseurs. S'ils s'y mettaient tous, rien de suspect ne leur échapperait.

Elle se sentit un peu moins oppressée. Elle avait fait ce qu'elle pouvait pour aujourd'hui. Il était temps qu'elle rentre et qu'elle pense à des choses plaisantes.

Le souvenir du baiser de la veille lui donna le sourire. Cette fois, Payton aurait aimé aller plus loin. C'est elle qui avait imposé une limite. C'était encore trop tôt. Après la trahison d'Hanan, l'année précédente, elle s'était juré de ne plus jamais se laisser manipuler. Elle n'était même pas vraiment amoureuse de lui… Il lui avait seulement rappelé qu'elle était une femme et elle l'avait payé très cher. Elle avait mis tous les chasseurs d'ombres en danger. Comment pouvait-elle avoir confiance en son instinct après cela ?

Ne devais-tu pas penser à des choses agréables ?

Elle effleura ses lèvres et se rappela avec une précision surprenante ce qu'elle avait ressenti la veille. C'était…

Un grognement brisa le fil de ses pensées.

Elle chargea son lance-pierre avec la rapidité que conféraient des années d'expérience et scruta les broussailles.

Le loup jaillit d'un fourré, les yeux étincelants de rage.

Tallulah tira. Elle avait visé le cœur, mais la bête courba l'échine et réussit à esquiver le projectile.

Merde. Elle ratait rarement sa cible d'aussi près. Cet animal était plus intelligent qu'elle ne le croyait. Il était aussi rapide et déterminé.

— Va-t'en ! cria-t-elle en dégainant son couteau.

Le loup continua à foncer vers elle, les babines retroussées.

Était-il fou ?

Elle enfonça son couteau dans son ventre quand il bondit sur elle, assez puissamment pour la renverser. Il poussa un horrible cri de douleur, comme si elle lui avait infligé une blessure fatale.

La bête s'écarta d'elle et la dévisagea avec une haine et une intelligence évidentes. Avait-elle un sens si aigu du territoire qu'elle ne supportait pas de le partager avec un humain ?

Comme il n'y avait pas de loups dans les environs, elle ne connaissait pas leur comportement aussi bien que celui des daims, des renards et des sangliers qu'elle croisait dans ses promenades.

La blessure de la bête saignait abondamment. Elle n'était pas large, mais elle était profonde. Le loup allait bien finir par battre en retraite… Il la regarda encore un long moment avant de lui tourner le dos.

Enfin !

Mais elle n'osa pas bouger. Son instinct lui disait qu'il ne s'était pas soumis. Elle serra son couteau.

Alors, il fit volte-face et attaqua. Tallulah roula sur le côté, mais les crocs de la bête se refermèrent sur son épaule.

Ce maudit loup l'avait mordue ! Comme elle ne

pouvait plus bouger le bras droit, son couteau ne lui servait plus à rien. Elle hurla une volée de jurons.

À sa grande surprise, le loup la lâcha.

Elle se releva péniblement sans quitter son ennemi des yeux. Les oreilles du loup bougèrent comme s'il entendait quelque chose qu'elle-même n'entendait pas. Il parut hésiter quelques instants avant de disparaître dans les bois.

Tallulah inspira profondément. Ce n'était qu'une morsure. Elle pouvait rentrer chez elle. Elle baissa les yeux vers la plaie, qui n'était pas belle à voir… Mais il ne l'avait pas mordue à la gorge. Elle survivrait — si l'animal n'était pas enragé.

Elle retrouva son lance-pierre et ramassa son sac à dos. Elle devait…

Sa vue se brouilla et ses pensées s'obscurcirent avant qu'elle ne s'écroule sur le sol.

Payton s'accroupit, les sourcils froncés. Il y avait une carcasse d'écureuil à ses pieds et un caillou bien trop joli pour être naturel juste à côté. Il le ramassa et caressa sa surface polie. C'était une citrine. Que faisait-elle là ?

Il se souvint aussitôt du sanctuaire de Tallulah. Il y avait des cristaux, là-bas, parmi les offrandes qu'elle avait faites à son amant.

D'abord, l'attrape-rêves, puis un cristal… Il serra la citrine dans son poing. Étaient-ce les trophées d'un tueur psychopathe ?

Il ne croyait pas aux coïncidences.

Il glissa le cristal dans sa poche pour ne pas laisser un indice qui incriminait Tallulah. Il devait lui laisser une chance de s'expliquer.

Il ferma les yeux et revit son beau visage adouci par le désir... Non, il n'arrivait pas à relier cette image à celle d'une meurtrière. Mais il n'imaginait pas non plus Tallulah faire du crochet en secret pendant la nuit.

Qui était la véritable Tallulah ?

Il le découvrirait, quoi qu'il lui en coûte.

Un hurlement déchira le silence du crépuscule. Payton se figea. C'était un loup. Cela ne faisait aucun doute. Et Matt leur avait interdit de se transformer, même en groupe. C'était trop dangereux. Les policiers surveillaient la scène du crime dans l'espoir que le coupable y revienne.

Payton fonça en direction du hurlement. S'il courait assez vite, il rattraperait peut-être le loup contaminé. Plus tôt il serait démasqué, plus vite la meute pourrait reprendre une vie normale.

Il courut aussi vite qu'il le pouvait sans se soucier des branches qui lui griffaient le visage.

Tu serais plus rapide si tu te transformais.

Cette pensée était tentante, mais il la chassa de son esprit. Il devait obéir aux règles. Matt les avait instaurées pour le bien de tous.

Il n'y avait plus aucun bruit. Le loup s'était-il aperçu qu'il était poursuivi ?

Payton ralentit et continua en tendant l'oreille. Il s'approchait du sanctuaire de Tallulah. Il n'y avait plus d'attrape-rêves dans les arbres, mais il était sûr de reconnaître l'endroit.

Quand il atteignit l'ancien cercle de coquillages, il découvrit du sang par terre et commença à paniquer. Où était Tallulah ? Où était le loup ?

Il repéra des empreintes sur sa gauche et les suivit. Une quinzaine de mètres plus loin, il trouva Tallulah.

Elle ne bougeait pas et elle avait une vilaine morsure à l'épaule droite.

Il se précipita et s'agenouilla auprès d'elle.

— Tallulah ! s'écria-t-il en écartant ses cheveux de son visage. Réveille-toi ! C'est moi, Payton… Tu m'entends ?

Elle gémit faiblement. Elle n'était pas morte ! Le soulagement l'étourdit un instant.

— Ouvre les yeux, s'il te plaît.

Elle se lécha les lèvres et entrouvrit les paupières.

— Que s'est-il passé ? balbutia-t-elle.

— Tu as été blessée. Te rappelles-tu par quoi ?

Elle ouvrit davantage les yeux et le fixa.

— Un loup, murmura-t-elle.

La peur, la colère et la culpabilité coupèrent le souffle de Payton. Qu'allait-il arriver à Tallulah ? Il ne connaissait aucun cas d'humain qui avait survécu à l'attaque d'un loup contaminé.

— Tout va bien, lui assura-t-il. J'appelle les secours.

Il tira son téléphone de sa poche. Aucun réseau. *Génial.*

— Il faut que je te porte, annonça-t-il en rangeant son téléphone inutile.

Il la souleva délicatement en évitant de toucher sa blessure.

— Ça fait mal ! gémit-elle.

— Je suis désolé.

— Pose-moi ! ordonna-t-elle. Je suis sûre de pouvoir marcher si je m'appuie sur toi.

— Tu essaies encore de me donner des ordres ? la taquina-t-il, soulagé qu'elle ait la force de le faire. C'est bon signe.

— Mais tu ne m'écoutes jamais, se plaignit-elle en posant sa tête sur son épaule.

— Il arrive peut-être que j'aie raison.

— C'est impossible, grommela-t-elle avant d'esquisser un sourire.

— À quelle distance sommes-nous de ta cabane ? demanda-t-il.

— Environ huit cents mètres dans cette direction, murmura Tallulah. Tu fatigues déjà ? Je t'assure que je peux marcher.

— Tais-toi !

— Aucun homme ne m'a jamais dit de me taire, s'insurgea-t-elle. Si je n'étais pas blessée, je te le ferais payer.

— Je sais. Je profite de ta faiblesse.

Leur joute verbale aidait Payton à lutter contre sa terreur. Quel effet la fièvre lycanthropique aurait-elle sur elle ? Il accéléra le pas.

— Aïe ! s'écria-t-elle.

Il baissa les yeux vers Tallulah et vit qu'elle commençait à transpirer abondamment. Il se mit à courir presque aussi vite que sous sa forme animale sans se soucier des plaintes et des reproches de Tallulah. Enfin, il atteignit la cabane et fut surpris de trouver la porte ouverte.

— Tu devrais verrouiller, tu sais, lui dit-il en la posant sur le canapé.

— La ferme, répondit-elle.

— Où sont tes clés de voiture ?

— On n'en a pas besoin.

— Je te conduis à l'hôpital, déclara-t-il. Je suis sûr que tu as besoin de points de suture.

Et Dieu seul savait quelle infection se propageait dans son corps.

— Non. Pas d'hôpital, insista-t-elle.

— Peux-tu arrêter de compliquer les choses deux

minutes ? grommela-t-il en cherchant les clés dans la pièce.

— Écoute-moi, s'il te plaît… Je ne peux pas aller à l'hôpital.

Il retourna auprès d'elle.

— Pourquoi ?

— Est-ce que la réponse « ça ne te regarde pas » te suffira ?

— Non.

Elle se lécha les lèvres.

— J'ai un problème, dit-elle. Si les médecins font des analyses, ils trouveront peut-être quelque chose… qui sort de l'ordinaire. Je ne peux pas courir ce risque.

— Quelque chose qui sort de l'ordinaire ? répéta-t-il, interloqué.

Se pouvait-il que Tallulah fuie les médecins et les hôpitaux pour la même raison que lui ? Qu'avait-elle à cacher ?

— N'insiste pas, je ne t'en dirai pas plus, le prévint-elle.

— Je n'insisterai pas, répondit-il en s'asseyant à côté d'elle. Je comprends.

— C'est vrai ?

— Oui. Ne me demande pas pourquoi : je ne t'en dirai pas plus, répliqua-t-il. Mais je t'emmènerai quand même à l'hôpital si ça s'infecte. C'est bien compris.

Elle pinça les lèvres et leva les yeux vers le plafond. Soit. Il reprendrait cette bataille si cela devenait nécessaire.

— Avant tout, il faut nettoyer ta blessure, reprit-il.

— Appelle Annie. C'est une guérisseuse.

Il haussa un sourcil.

— Tu veux dire que c'est une infirmière, ou quelque chose comme ça ?

— Quelque chose comme ça. Apporte-moi mon téléphone. Il est sur la table de nuit, dans la chambre.

— Oui madame ! répondit-il, ce qui lui valut un faible sourire.

Il alla chercher le téléphone. Tallulah composa maladroitement un numéro de la main gauche.

— Annie ? J'ai besoin de toi. J'ai été mordue par un loup.

— *Quoi ?*

Payton lui-même entendit le cri de son interlocutrice.

— Tu m'as entendue. Viens tout de suite ! S'il te plaît, ajouta Tallulah après lui avoir jeté un bref coup d'œil.

Elle raccrocha et posa le téléphone sur la table basse.

— Tu vois que je peux être gentille, murmura-t-elle.

Était-ce son imagination ou était-elle de plus en plus pâle ?

— Commençons par te retirer ce T-shirt pour jeter un coup d'œil, suggéra-t-il.

— Non. Annie sera là dans cinq minutes. Attendons-la.

— Ne fais pas l'enfant. Je te promets d'être délicat. Tu ne devrais avoir mal que quelques secondes.

Elle mordit à l'hameçon.

— Je n'ai pas peur d'avoir mal.

— Prouve-le !

Elle se redressa pour lui permettre de lui retirer son T-shirt. Il s'était collé à la blessure, qui se remit à saigner. Tallulah se mordit la lèvre, mais elle n'émit pas le moindre gémissement.

La blessure était profonde. À quelques centimètres

près, le loup aurait touché sa jugulaire et… Non, il ne devait pas penser à cela.

Elle portait un soutien-gorge blanc très simple qui contrastait avec sa peau bronzée.

— Je vais commencer à nettoyer la blessure en attendant l'arrivée de ta belle-sœur, dit-il.

— Ce n'est pas nécessaire.

Il partit chercher des serviettes dans la salle de bains sans se soucier de ses protestations. Après avoir nettoyé le tour de la blessure, il posa délicatement une serviette humide sur la plaie.

Tallulah inspira entre ses dents.

— Merde, murmura-t-il.

Les vaisseaux qui entouraient la plaie étaient rouges. Comme il le redoutait, la blessure était déjà infectée.

— Qu'y a-t-il ? s'inquiéta Tallulah en tournant la tête pour essayer de voir par elle-même.

— J'ai vraiment peur que ça ne s'infecte. Annie a-t-elle une formation médicale ?

— Non, répondit-elle après une brève hésitation. Mais elle saura quoi faire.

Elle soupira et enfonça sa tête dans un coussin. De toute évidence, elle souffrait plus qu'elle ne voulait le laisser paraître.

— Quoi qu'il en soit, je t'emmène à l'hôpital si elle n'est pas là dans cinq minutes, déclara-t-il.

— Elle va arriver, murmura Tallulah. Leur maison n'est pas loin.

La panique gagna Payton quand elle ferma les yeux. Il devait la faire parler pour l'empêcher de tomber dans le coma.

— Explique-moi ce que fait Annie, au juste. Qu'est-ce qu'une guérisseuse ?

Elle lui répondit sans ouvrir les yeux.

— C'est difficile à expliquer. Elle n'aime pas qu'on la traite de sorcière, mais tu jugeras par toi-même. Elle marmonne des choses incompréhensibles. Elle va sûrement mettre un baume sur ma blessure et me faire boire une concoction horrible.

— Ça ne me rassure pas…

— Je t'assure qu'elle sait ce qu'elle fait, répondit Tallulah en ouvrant les yeux. Je l'ai vue guérir des tas de gens. Si elle pense que je dois aller à l'hôpital, elle me le dira.

— Et tu l'écouteras ?

Elle acquiesça avec réticence.

— J'ai la tête qui tourne et ça me brûle autour de la blessure, dit-elle.

— Ton taux d'adrénaline baisse et c'est sans doute pour ça que tu la sens davantage, suggéra-t-il malgré sa peur grandissante.

— Peut-être, répondit Tallulah.

Le moment était venu pour Payton de poser les questions qui le terrifiaient.

— Es-tu sûre d'avoir été mordue par un loup ? demanda-t-il. Ce ne pouvait pas être un chien ?

— C'était un loup, répondit-elle en le regardant droit dans les yeux. C'était *le* loup que j'ai vu entrer dans votre maison il y a quelques jours.

— Décris-le moi, s'il te plaît.

— Il a une fourrure grise et marron et des yeux jaunes.

Il réprima un soupir. Ils correspondaient presque tous à cette description.

— Aucune marque distinctive ?

— Je pensais surtout à me défendre, grommela-t-elle. Mais je me souviens qu'il a une touffe de poils noirs au-dessus d'un œil.

C'est impossible !

— Pourquoi me demandes-tu ça ? l'interrogea Tallulah en plissant les yeux.

— Parce qu'il faut qu'on le retrouve pour savoir s'il a la rage, mentit-il.

— Tu me caches quelque chose, répliqua-t-elle.

— Non, répondit-il catégoriquement.

Il ne lui dirait rien qui risquerait de mettre la meute en danger. Il s'occuperait lui-même du tueur dès son retour. La meute se chargerait de le faire soigner.

— Si, insista-t-elle. Tu as un secret.

— Toi aussi.

Un silence pesant s'ensuivit, heureusement interrompu par le bruit d'une voiture qui se gara devant la maison. Il alla ouvrir la porte.

Annie se précipita à l'intérieur avec un sac en cuir noir. Tombi se planta devant lui.

— Que s'est-il passé ? demanda-t-il. Étais-tu avec elle ?

Avec son visage anguleux aux pommettes hautes et ses longs cheveux noirs, Tombi était un homme impressionnant. Son expression était très différente de celle qu'il arborait quand ils avaient dîné ensemble.

— Non, répondit Payton. Je l'ai entendue crier alors que j'étais dans les bois. Je l'ai ramenée ici. Elle a insisté pour appeler Annie plutôt qu'un médecin.

— Personne n'a jamais été attaqué par un loup dans la région.

Payton ne put s'empêcher d'interpréter cette remarque comme une accusation.

Il s'écarta pour laisser passer Tombi et ferma la porte.

Annie examinait la plaie.

— C'est infecté, déclara-t-elle en sortant des paquets d'herbes et des fioles de son sac. Tombi ! Fais bouillir de l'eau, s'il te plaît.

Tombi s'empressa d'obéir.

— Ne devrait-elle pas aller à l'hôpital ? demanda Payton.

Ce que les médecins risquaient de découvrir le terrifiait, mais il était prêt à faire face aux conséquences si la vie de Tallulah en dépendait.

— Laisse-moi essayer d'abord, répondit Annie.

Elle posa plusieurs bougies et l'image d'un saint ou d'un ange sur la table basse.

Des bougies, des saints et des herbes ? Sa méthode ne faisait pas le poids contre la fièvre lycanthropique.

— Je vous supplie, Blackhawk et tous les saints, de m'aider à guérir Tallulah ! commença Annie.

Elle déboucha une petite fiole, versa quelques gouttes d'huile sur ses doigts, puis dessina des croix sur le front et sur la poitrine de Tallulah.

Celle-ci se taisait, pour une fois. La bouilloire se mit à siffler dans la cuisine.

— Trempe plusieurs serviettes dans l'eau bouillante et apporte-les-moi ! ordonna Annie.

Tombi s'approcha avec les serviettes quelques secondes plus tard. Tallulah gémit et s'agita quand Annie en posa une sur la blessure.

Sans réfléchir, Payton s'accroupit près du canapé et prit la main de Tallulah.

— Je suis là, Lulu, lui murmura-t-il à l'oreille.

— Merci, répondit-elle sans protester contre le surnom.

Annie se mit à psalmodier dans une langue qu'il ne comprenait pas. Tallulah transpirait de plus en plus abondamment et les contours de la plaie rougirent davantage.

— Ça ne marche pas, grogna-t-il. Elle a besoin d'un médecin.

— Ne l'interromps pas ! répondit Tombi en le fusillant du regard. Tu ne fais que compliquer les choses.

— La fièvre et l'infection vont s'aggraver pendant que j'extrairai le poison de son corps, expliqua calmement Annie. Il vaut peut-être mieux que vous attendiez dehors pendant que je pratique le rituel.

— Je ne quitterai pas Tallulah, déclara-t-il.

— Va-t'en ! ordonna celle-ci. Tout se passera bien.

— Je ne peux pas te laisser dans cet état, insista-t-il en pressant ses doigts.

— De toute façon, il faut qu'on parle, dit Tombi en posant sa main sur son épaule.

Payton se releva en soupirant.

— Appelle si tu as besoin de moi, dit-il avant de déposer un baiser sur le front de Tallulah et de suivre Tombi dehors.

La chaleur était encore étouffante alors que la nuit tombait — mais ce n'était rien en comparaison de ce que la fièvre devait faire ressentir à Tallulah.

— À quel point es-tu proche de Tallulah ? demanda Tombi en s'adossant à la balustrade du porche.

— C'est à elle que tu devrais poser la question, répondit Payton. En ce qui me concerne… Elle m'attire beaucoup. Mais tu as dû comprendre que mon travail lui posait un problème.

Mal à l'aise, il se balança d'un pied sur l'autre. Il ne lui arrivait jamais de se faire interroger par un membre de la famille d'une femme. Ses relations n'étaient jamais assez durables pour qu'il subisse cette épreuve.

Tombi changea brusquement de sujet.

— Que s'est-il passé ? demanda-t-il.

— Comme je te l'ai dit, je n'ai pas vu Tallulah se faire attaquer.

— Elle m'a dit qu'elle avait vu un loup entrer dans votre maison.

Payton se raidit. Il appréciait Tombi, et Tallulah lui plaisait beaucoup, mais sa loyauté envers sa meute passait avant tout.

— Je ne peux pas l'expliquer.

— Je pense que si, répondit calmement Tombi.

— J'en parlerai aux autres quand je rentrerai, promit Payton en laissant son regard se perdre dans les bois. On tirera ça au clair.

— Je l'espère bien. Je respecte l'intimité des gens, mais Jeb est mort et ma sœur s'est fait attaquer. C'est ma terre et ma famille. Je les protégerai.

— Je comprends.

Il n'y aurait pas d'autre attaque. Il s'en assurerait.

Un hurlement de Tallulah lui fit serrer les poings.

— Annie lui fait du mal ! s'écria-t-il.

— Ma femme sait ce qu'elle fait. Elle a guéri des blessures bien plus graves.

Mais elle n'avait jamais eu affaire à la fièvre lycanthropique. Ils ne mesuraient pas le danger.

— Et si le loup avait la rage ? demanda-t-il pour donner une idée de la gravité de la situation à Tombi.

— Si le rituel d'Annie échoue, nous emmènerons Tallulah à l'hôpital.

Un nouveau hurlement fit tressaillir Payton. Il ne pouvait pas rester dehors ! Il se précipita dans la cabane.

— Le pire est passé, lui dit Annie sans le regarder.

Cela semblait vrai. Tallulah avait repris des couleurs et son regard n'était plus troublé par la fièvre.

— Je t'avais bien dit qu'Annie pouvait me guérir, lui dit-elle avec un sourire satisfait.

Il lui rendit son sourire.

— Tu gagnes cette manche, lui accorda-t-il.

— Je crois que tu as quelque chose à faire, lui rappela Tombi.

Payton hésita. Il avait hâte d'arrêter le coupable, mais il ne voulait pas quitter Tallulah.

— Nous resterons avec elle jusqu'à ton retour, lui promit Annie.

— Je reviens le plus vite possible, dit-il à Tallulah. Mais j'ai quelque chose d'important à faire.

Quelque chose qu'il redoutait plus que tout.

7

Tallulah but une gorgée de la mixture qu'Annie lui avait préparée et grimaça.

— Qu'est-ce que c'est ? demanda-t-elle. De l'herbe bouillie ?

— Une recette spéciale de ma grand-mère Tia, répondit Annie. Bois !

— Sorcière ! plaisanta Tallulah.

Le début de leur relation n'avait pas été facile, mais à présent Tallulah aimait Annie comme une sœur. Elle avait un cœur d'or et elle était parfaite pour Tombi. La douceur d'Annie l'aidait à supporter le poids de ses responsabilités.

— Allez, bois ! insista Annie.

Le mieux était d'en finir vite. Elle vida la tasse d'un trait et lutta contre une vague de nausée. Si elle vomissait, Annie la forcerait à boire une autre tasse.

— Voilà, c'est fait, dit-elle quand elle eut maîtrisé son estomac. Ce dont j'ai besoin maintenant, c'est d'un long bain chaud.

— Pas si vite ! répondit Annie en tirant une aiguille et du fil de son sac.

Tallulah bondit sur ses pieds.

— Non ! Pas de points de suture !

Tombi éclata de rire.

— Je t'ai vue affronter des esprits maléfiques et

recevoir des blessures bien plus graves sans broncher, mais tu fais l'enfant dès que tu vois une aiguille !

Inutile de le nier.

— Très bien. Je fais l'enfant. Maintenant, laissez-moi aller prendre mon bain.

— Tu as besoin de points de suture, insista Annie. La blessure aura moins de risques de s'infecter.

— Je cours le risque, répliqua Tallulah.

Tombi lui mit un verre dans la main.

— Bois ! ordonna-t-il.

— Du whisky ? s'étonna-t-elle.

— Ça rendra l'inévitable moins pénible, répondit son frère.

Elle vida le verre d'un trait.

— Un autre ! exigea-t-elle.

Après avoir bu le second, elle trouva le courage de se rasseoir.

— Finissons-en !

— Ça ira vite, promit Annie.

Tallulah ferma les yeux, comme toujours. C'était un peu moins pénible si elle ne voyait pas l'aiguille.

Elle cria dès qu'elle sentit la pointe s'enfoncer dans sa peau.

— Heureusement que Payton est parti ! commenta Tombi. Il grimperait aux murs.

— Comment ça ?

— Quand on était dehors, j'avais l'impression que c'était lui qui avait mal à chaque fois que tu criais.

— Ah oui ?

Elle réprima un sourire et regretta qu'il soit parti. Elle aurait aimé qu'il lui tienne la main pendant cette épreuve… Elle se concentra sur le visage de son beau géant aux cheveux blonds.

L'aiguille entra dans sa chair et ressortit, mais la sensation lui parut tolérable.

— Qu'avait-il à faire de si urgent ? demanda Annie.

— Je ne sais pas au juste, répondit Tombi. Mais il a promis qu'il n'y aurait pas d'autre attaque.

Tallulah ouvrit brusquement les yeux.

— Comment peut-il promettre ça ? demanda-t-elle.

— Nous devons le découvrir, répondit son frère. Que sais-tu sur lui ?

C'était une bonne question.

— Trop peu de choses, visiblement. Mais je croyais que tu l'aimais bien…

— Tu ne peux pas me reprocher d'avoir des doutes après ce qui t'est arrivé.

— Laisse-lui un peu de temps, dit Annie. S'il est digne de confiance, comme je le crois, les choses rentreront dans l'ordre.

Annie fit un nœud et coupa le fil.

— C'est fini, annonça-t-elle.

Tallulah soupira de soulagement.

— As-tu entendu son aura, Annie ? demanda-t-elle.

Annie souffla ses bougies et commença à ranger son matériel dans son sac.

— Oui, répondit-elle d'une voix hésitante. Et je n'ai jamais rien entendu de tel.

— C'est-à-dire ? insista Tallulah.

— J'ai entendu un hurlement de loup.

Un frisson la parcourut.

— Qu'est-ce que ça veut dire ? balbutia-t-elle.

— Est-ce lui qui a attaqué Tallulah ? demanda Tombi, les yeux étincelants de colère.

— Je ne crois pas, répondit Annie. Ce n'était pas un hurlement agressif. Il était plutôt… triste. Je pense que son âme souffre d'une grande solitude.

— Solitude mon œil ! grogna Tombi en fonçant vers la porte. Il a des explications à nous fournir.

— Attends ! dit Tallulah en se massant les tempes. Es-tu réellement en train d'envisager la possibilité que Payton ait le pouvoir de se transformer en loup ? Comme un loup-garou ?

— C'est ce que j'ai l'intention de découvrir.

— Laisse-moi faire, Tombi, répliqua-t-elle sèchement.

— Une femme dispose de méthodes plus efficaces pour découvrir la vérité, intervint Annie.

Tallulah pouffa.

— Me suggères-tu sérieusement de séduire Payton pour découvrir son secret ? demanda-t-elle.

Elle songea à ce qu'elle savait du mythe des loups-garous. Payton n'avait peut-être aucun souvenir de ce qu'il faisait quand il se transformait, ou il ne lui était pas possible de résister aux injonctions de sa part bestiale, ou...

— Merde, grommela-t-elle. Si c'est un loup-garou qui m'a mordue, vais-je en devenir un ?

Quand Payton rentra dans la maison, Eli, Matt et quelques autres regardaient un match de base-ball à la télévision.

— Où étais-tu ? demanda Eli.

— J'étais occupé, répondit-il. Où sont les autres.

— Adam, Riley et Jason sont allés faire des courses. Russell prépare le dîner et Logan et Ben sont en train de dormir. Ils sont de garde cette nuit.

— Quelque chose ne va pas, Payton ? demanda Matt en le regardant droit dans les yeux.

— Non. Je vais donner un coup de main à Russell, répondit-il, l'estomac noué.

Il n'avait jamais menti à son alpha.

Il entra dans la cuisine où Russell faisait cuire des steaks. Une odeur de pain chaud flottait dans l'air. Il hésita près de la porte jusqu'à ce que Russell se retourne.

— Payton ! lui lança son ami avec un grand sourire. Tu es là depuis longtemps ? Tu veux bien m'aider, s'il te plaît ?

Payton alla éteindre le four et les plaques de cuisson.

— Que fais-tu ? s'écria Russell. Ces steaks ne sont pas prêts.

— Il faut qu'on parle.

— Si tu veux. De quoi ?

— Dehors. Je ne veux pas qu'on nous entende.

Son ami haussa un sourcil avant de le suivre à l'extérieur.

— Où allons-nous ? demanda-t-il.

— Plus loin. À l'abri des oreilles indiscrètes.

— Que se passe-t-il ? s'inquiéta Russell.

Payton ne répondit rien et attendit d'être à une centaine de mètres de la maison pour se tourner vers son ami.

— Où étais-tu, aujourd'hui ?

— Ici, la plupart du temps. Et je suis allé faire un tour en ville pendant une heure ou deux. Pourquoi ?

— Parce que Tallulah a été attaquée par un loup, répondit Payton en scrutant le visage de Russell.

— Quoi ? Tu en as parlé à Matt ?

— Pas encore. Je voulais te laisser une chance de t'expliquer avant que les autres ne découvrent la vérité.

Russell pâlit.

— Quelle vérité ?

— C'est toi qui as attaqué Tallulah.

— Tu plaisantes, j'espère ! s'écria Russell. Je n'ai attaqué personne.

— Elle t'a décrit, Russell. Jusqu'à la touffe de poils noirs que tu as au-dessus de l'œil. Ça ne peut être que toi.

— Je ne sais pas de quoi tu parles, répondit son ami, les mâchoires crispées.

— C'est toi qui es malade. C'est toi depuis le début.

Un silence chargé de tension s'ensuivit.

— Tu ne peux quand même pas croire ça, finit par protester Russell. Tu viens juste de rencontrer cette femme ! Tu ne vas pas la croire, elle, alors qu'on est amis depuis l'adolescence !

— C'est pour ça que je voulais te laisser une chance de t'expliquer, répondit Payton, la gorge serrée. C'est pour ça que c'est si dur.

La colère déforma les traits de Russell au point que Payton le reconnut à peine.

— Tu ne peux pas le dire aux autres, aboya-t-il. Je n'irai pas dans cette prison qu'ils appellent une clinique. On ne me mettra pas en cage !

— Ils finiront peut-être par trouver un traitement, répondit Payton. Je comprends que tu aies honte d'avoir été infecté, mais ce n'est pas de ta faute. Tu aurais dû me le dire. Tu aurais dû nous laisser t'aider.

La colère de Russell céda la place au désespoir.

— Laisse-moi juste partir, je t'en supplie… Je te promets que je ne ferai plus de mal à personne.

— Et où iras-tu ?

— Je repartirai dans l'Ouest. Je vivrai dans le désert, loin des humains…

— C'est impossible. Tu sais que la soif de sang triomphera de tes bonnes intentions.

Malgré tout ce qu'il avait fait, Russell inspirait de la pitié à Payton. C'était un ami loyal depuis toujours et il n'était pas responsable de ses actes.

— Je parlerai aux autres si tu ne veux pas leur dire toi-même que tu es malade, reprit-il en posant sa main sur l'épaule de son ami. Je te conduirai à la clinique. J'ai entendu dire qu'ils faisaient des progrès et…

— Non ! s'écria Russell, le regard affolé. Si tu leur parles, je leur dirai que c'est toi qui es malade. Qui croiront-ils, à ton avis ? Je ne suis pas le fils d'un meurtrier, moi.

Subitement, Payton n'éprouva plus la moindre sympathie pour son ancien ami.

— Tu ne peux plus rien faire, Russell. Tallulah t'a identifié.

Russell se jeta sur lui. Il le plaqua au sol et enroula ses deux mains autour de sa gorge.

Ne le laisse pas te mordre !

Payton donna un coup de genou dans l'entrejambe de Russell et réussit à lui échapper.

Celui-ci se releva péniblement, mais dès qu'il fut sur pieds il attaqua à nouveau.

Cette fois, Payton était prêt. Il lui décocha un crochet du droit en pleine mâchoire. Russell tomba et resta au sol.

— Salaud ! rugit-il.

Payton soutint le regard haineux de Russell. Son ami était mort. La fièvre l'avait dépouillé de son humanité.

— Conduis-toi en homme et rentre te dénoncer ! lui lança-t-il.

— Jamais ! s'écria Russell. Et je jure de te mordre si tu essaies de m'y forcer.

Il n'y avait plus qu'une chose à faire. Payton tourna les talons pour rentrer parler à Matt. S'il fallait ligoter Russell pour l'emmener à la clinique, ils le feraient.

Russell le retint par le bras. Ses yeux brillaient et il transpirait à grosses gouttes. La fièvre prenait le dessus…

Payton recula de quelques pas vers la maison en cherchant des yeux quelque chose qui puisse servir d'arme.

— On t'aidera, c'est promis, dit-il en espérant calmer Russell.

Mais il était trop tard. Il ne restait plus rien de l'homme qui l'avait aidé à s'intégrer à la meute.

Alors Russell commença à se transformer. La touffe de poils noirs qui l'avait trahi apparut sur son front. Son visage s'allongea et ses yeux virèrent au jaune. Encore quelques secondes, et la transformation serait complète.

Cours !

Payton résista à cette suggestion de son instinct de survie. Russell allait se jeter sur lui. Pourquoi n'était-il pas armé ? Du coin de l'œil, il repéra une planche biseautée qui s'était détachée de la clôture. Il était possible qu'elle soit pourrie, mais il n'avait pas mieux.

Il recula encore, cette fois en direction de la planche.

Russell bondit dès qu'il fut sur quatre pattes. L'attaque fut si rapide que Payton faillit se faire plaquer au sol. Il roula sur le côté et attrapa la planche. Quand Russell attaqua de nouveau, il le frappa de toutes ses forces au poitrail et le projeta de l'autre côté de la clôture.

Il avait besoin d'aide de toute urgence.

— Sortez tous ! cria-t-il en courant vers la maison sans lâcher la planche.

Le loup lui barra la route. Payton brandit sa planche et le frappa en pleine tête, ce qui parut à peine l'étourdir — si peu qu'il réussit à le griffer au mollet un instant plus tard. Le mélange de peur et de colère qui animait Payton eut un effet prévisible : il se transforma sans le vouloir.

Ne le laisse pas te mordre ! songea-t-il, paniqué.

Il devait fuir. Même s'il était capable de battre Russell, il n'avait presque aucune chance de le faire sans se faire mordre.

Il fonça en zigzaguant pour dérouter Russell, dont il sentait le souffle sur son dos. Où étaient donc les autres ? Finalement, la porte s'ouvrit et il entendit des voix humaines. Il était si concentré et si terrifié qu'il ne comprit pas ce qu'elles disaient.

Russell ralentit quand les membres de la meute accoururent. Comprenant qu'il n'avait aucune chance, il fit volte-face et disparut dans les bois. Payton se coucha aux pieds de son alpha.

— Que se passe-t-il ? grogna Matt. Pourquoi vous battiez-vous ?

Payton reprit péniblement forme humaine et s'éclaircit la voix.

— C'est Russell qui est malade, répondit-il, le souffle court. Il a attaqué Tallulah tout à l'heure. Elle peut l'identifier.

— Comment ? demanda Matt en fronçant les sourcils.

— Elle a décrit la tache noire qu'il a sur le front. J'ai mis Russell au pied du mur et il a avoué.

Un silence étrange s'ensuivit. Eli et Adam échangèrent un regard méfiant.

— Qu'est-ce qui nous prouve que ce n'est pas toi ? demanda Eli. Tu peux avoir inventé cette histoire pour détourner les soupçons.

Payton eut du mal à garder son calme.

— Et comment expliques-tu que Russell se soit enfui ? Je suis là, moi !

— Russell a peut-être eu peur qu'on te croie, suggéra Adam.

Payton n'en crut pas ses oreilles. Il savait que les membres de la meute avaient eu du mal à l'accepter à cause du crime de son père, mais il n'imaginait pas que ceux qu'il considérait comme ses amis douteraient de sa parole.

— Arrêtez ! ordonna Matt. Rassemblez-vous, on va fouiller les bois, retrouver Russell et écouter sa version de l'histoire.

Il fixa Payton d'un regard dur, les poings sur les hanches.

— Quant à toi, tu vas rester ici avec Eli jusqu'à ce qu'on lui ait mis la main dessus.

— Tu plaisantes ? s'écria Payton. Tu m'assignes à résidence ?

— C'est temporaire. Si on a de la chance, le problème sera résolu ce soir.

— Il a attaqué ma petite amie !

Sa petite amie ? Sa formulation le surprit lui-même.

— Tu parles de celle qui nous espionne et qui dit du mal de nous au shérif ? grogna Eli.

— Il y a quelque chose de bizarre chez cette fille, ajouta Adam. Elle n'aurait pas dû voir l'un d'entre nous rentrer dans la maison.

— Ça suffit ! intervint Matt. Eli et Payton, rentrez immédiatement !

Payton se dirigea vers la maison à grands pas. Plus ils perdaient de temps à parler, plus Russell avait de chances de leur échapper. Eli le rattrapa quelques instants plus tard.

— Ne t'éloigne pas trop, lui dit-il.

— Va te faire voir ! grogna Payton.

Eli le retint par le bras.

— Je n'ai jamais eu confiance en toi, grogna-t-il, le visage rouge de colère. Tu n'avais rien à faire dans notre meute. Matt est trop gentil, parfois.

— Je rentre parce que Matt me l'a ordonné, pas toi ! riposta Payton. Alors laisse-moi tranquille !

Il se dégagea, monta les marches du perron et s'engouffra dans la maison.

— Sortez tous ! ordonna Eli derrière lui. Matt veut qu'on fouille les bois pour retrouver Russell.

Les hommes qui jouaient au billard ou regardaient la télévision se précipitèrent dehors sans poser de questions.

Payton les regarda sortir, puis se planta devant la fenêtre. Matt et Adam s'étaient déjà transformés. Leurs yeux jaunes brillaient dans la pénombre du crépuscule. Son loup n'aspirait qu'à les rejoindre. Il ne s'était jamais senti aussi seul, aussi exclu.

Eli le rejoignit à la fenêtre.

— Je préférerais être avec eux que coincé ici avec toi, grommela-t-il.

— À qui le dis-tu !

Ils avaient au moins une chose en commun.

Payton se mit à faire les cent pas pour essayer de contrôler sa colère. Les quinze dernières années de sa vie avaient été une farce. Il s'était consacré tout entier à la meute alors que les autres ne l'avaient jamais vraiment accepté.

Cela lui permettait presque de comprendre le crime de son père.

Bientôt, la nuit tomba. Cela prenait trop de temps... Russell allait leur échapper. S'il restait seul dans les bois, il attaquerait vite quelqu'un d'autre.

Sa colère finit par céder la place à l'inquiétude. Il avait promis à Tallulah de retourner auprès d'elle. Et si son état avait brusquement empiré ?

— Je les vois ! dit Eli.

Payton se précipita à la fenêtre et scruta les ténèbres. Sa vue n'était pas aussi bonne sous forme humaine que sous forme animale. Là ! Des yeux jaunes apparurent dans la nuit. Avaient-ils capturé Russell ? Les points jaunes disparurent et des ombres verticales se formèrent. Ils avaient repris forme humaine.

Matt marchait en tête du groupe, les traits tendus.

Ils n'avaient pas trouvé Russell.

Ils entrèrent en silence dans la maison une minute plus tard.

Matt s'accouda au manteau de la cheminée — une pose qui lui était familière. Il allait proposer une stratégie, leur passer un savon ou les deux. Les membres de la meute s'assirent à leur place habituelle sans jeter un regard à Payton.

— Que s'est-il passé ? s'écria ce dernier, n'y tenant plus. Avez-vous trouvé sa trace ?

Matt acquiesça sèchement.

— Nous avons trouvé des empreintes. Mais il a tourné en rond pour brouiller sa piste et on a fini par perdre sa trace au bord d'un marécage. C'est un terrain parfait pour se cacher.

— Il faut qu'on le retrouve pour entendre sa version de l'histoire, dit Adam.

— Il n'y a pas d'autre version de l'histoire ! s'écria Payton. Russell est malade. Il m'a attaqué quand je l'ai forcé à l'admettre. Il n'a pas voulu m'écouter…

— Tu n'avais pas le droit de lui demander des comptes en tête à tête, le coupa Matt. J'étais là. Je t'ai même demandé si quelque chose n'allait pas. Pourquoi as-tu désobéi à mes ordres ?

— Je voulais rassurer Russell, lui dire que je ferais tout pour qu'il soit bien soigné… C'était mon ami.

— Et je suis ton alpha. Ça devrait passer avant tout le reste. C'est la loi de la meute.

Payton aurait dû se sentir mortifié. Se faire rappeler à l'ordre par Matt l'avait toujours empli de honte. Mais que ressentait-il ce soir ? Il n'aspirait qu'à rejoindre Tallulah.

— Vous auriez peut-être trouvé Russell si vous m'aviez cru dès le début, répliqua-t-il. Au lieu de ça, vous avez douté de moi et vous vous êtes privés de deux hommes en nous forçant à rester ici, Eli et moi.

— Il fallait bien que quelqu'un te surveille, intervint Eli.

— Non, je n'avais pas besoin qu'on me surveille, parce que je n'ai rien fait de mal !

— Il y a un tueur en liberté à cause de toi, l'accusa Eli.

— C'est faux !

Pourtant sa conscience l'accusait aussi. Il s'en voulait d'avoir parlé à Russell seul à seul. Il aurait dû prévoir ce qui allait se passer. Il avait été stupide ! Un vrai membre de la meute aurait-il essayé de sauver une amitié, comme il l'avait fait ? Non. Les autres faisaient passer le groupe avant tout.

Merde.

— Tallulah a identifié Russell, c'est ça ? lui demanda Matt.

Payton acquiesça.

— Je veux que tu en apprennes le plus possible sur elle. Elle est mêlée à tous nos problèmes. Le shérif est passé, ce matin. Il a fait comme si ce n'était qu'une visite de courtoisie, mais je suis sûr qu'il a flairé quelque chose. Ta Tallulah a insinué le doute dans son esprit.

— Le shérif n'avait pas besoin de Tallulah pour s'intéresser à nous. C'est à cause de Russell que les ennuis nous suivent, pas à cause d'elle.

— Elle voit des choses que les humains ne devraient pas voir et elle est toujours fourrée dans le coin, répondit Matt. Je veux savoir pourquoi.

Lui aussi le voulait, mais pas pour les mêmes raisons, songea Payton.

— Que suggères-tu ? demanda-t-il.

— Que tu gagnes sa confiance et que tu nous livres ses secrets.

Plusieurs hommes ricanèrent et se mirent à chuchoter dans son dos.

Pour la deuxième fois de la soirée, Payton faillit laisser libre cours à sa colère. Matt fronça les sourcils comme s'il avait lu dans ses pensées.

— Ça te pose un problème ? demanda-t-il.

Payton se leva et observa les visages des membres de sa meute.

— Je ne le ferai pas, déclara-t-il.

Ces cinq petits mots pouvaient lui coûter tout ce qu'il avait.

Un silence de mort s'ensuivit tandis qu'une chouette hululait au loin.

— Je t'ai accueilli dans ma meute alors que personne d'autre ne voulait de toi, finit par lui rappeler Matt d'une voix calme et menaçante. Je t'ai donné un foyer et éduqué. Es-tu réellement prêt à cracher sur ma générosité pour de jolies fesses que tu ne connais que depuis quelques jours ?

Le sang de Payton se mit à bouillir.

— Je vous interdis de manquer de respect à Tallulah, grogna-t-il. Russell l'a attaquée. C'est grâce à elle si nous savons qui est le tueur. Mais vous vous êtes retournés contre moi ! Je n'ai jamais été l'un d'entre vous. Pas vraiment. Vous ne m'avez jamais pardonné le crime de mon père. Il a violé une règle sacrée, c'est vrai, mais *je ne suis pas mon père* !

— Allons en parler dehors, suggéra Matt en se dirigeant vers la porte.

Une fois sur le porche, Payton inspira profondément l'air de la nuit, qui l'apaisa un peu.

Matt soupira.

— Nous avons peut-être été un peu durs envers toi, tout à l'heure.

Un peu ? Mais Payton savait qu'il était difficile pour Matt de faire cette concession, aussi petite soit-elle. Il retint la réplique qui lui vint.

— Je sais que tu as dit la vérité, poursuivit Matt. C'est bien Russell qui est malade. Tallulah n'a aucune raison de mentir et tu aurais accusé quelqu'un d'autre si tu avais voulu détourner les soupçons. Russell était ton ami.

— Merci, grommela Payton, que ces paroles ne suffisaient pas à apaiser.

Il aurait été plus généreux de la part de Matt de

dire cela devant les autres, mais il était l'alpha. Il devait sauver la face.

— Nous venons de perdre Russell, ajouta Matt. Je ne veux pas te perdre aussi.

— Pourquoi resterais-je ? Les autres ont prouvé qu'ils ne me considéraient pas comme un membre de la meute.

— C'est Eli qui monte la tête aux autres, répondit Matt en agitant la main. Quant à Adam, il est jeune et il répète tout ce que dit Eli.

Mais Matt lui-même ne l'avait pas défendu contre les accusations injustes dont il était l'objet. Matt se souciait plus de sa dignité et de son pouvoir que de la vérité. Parfois, Payton se demandait même si…

— Te soucies-tu de Jeb et des autres victimes de Russell ou as-tu seulement peur de la police ? osa-t-il demander.

— J'ai le devoir de protéger la meute, répondit Matt en relevant le menton. Russell n'est pas responsable de ce qu'il est devenu. Je veux le retrouver avant la police pour le faire soigner. Je ne vois pas ce qu'il y a de mal à ça.

— Moi non plus, je ne veux pas qu'il aille en prison, lâcha Payton.

— Tant mieux. On est sur la même longueur d'onde. Quant à ta Tallulah, nous devons comprendre comment elle a repéré Russell pour mieux nous protéger à l'avenir. Je ne vois pas non plus ce qu'il y a de mal à ça.

De fait, elle avait admis qu'elle « sortait de l'ordinaire ». Payton devait reconnaître que cela avait éveillé sa curiosité. Mais il la trahirait s'il livrait son secret à Matt…

Il ne savait plus quoi penser. Il n'était sûr que d'une chose : il voulait aller retrouver Tallulah.

— Je retourne la voir, annonça-t-il sans s'engager à rien.

Matt pouvait en déduire ce qu'il voulait.

8

Que faisait donc Payton ?

Le cœur étreint par l'angoisse, Tallulah regardait par la fenêtre. Il lui avait fallu des heures pour convaincre Tombi et Annie de rentrer chez eux — et elle avait dû promettre de les appeler si Payton ne revenait pas. Il était plus de minuit. Le retour de Payton commençait à devenir très improbable. Chassait-il le loup qui l'avait attaquée ?

Elle était ravagée par l'inquiétude. Et elle n'avait même pas son numéro pour prendre de ses nouvelles.

Soudain, des phares apparurent dans l'allée. Elle soupira de soulagement quand elle vit Payton sortir de sa voiture avec un sac. Il était revenu, finalement.

Elle était soulagée de le voir, mais elle était aussi furieuse de l'avoir attendu pendant des heures. Elle s'écarta vivement de la fenêtre. Quand il frappa, elle laissa passer quelques secondes avant d'ouvrir et fit semblant d'avoir été réveillée.

Cache tes faiblesses.

C'était son mantra depuis qu'elle s'était conduite comme une idiote avec ce traître d'Hanan. Elle connaissait à peine Payton. Il pouvait avoir un côté obscur dont elle ne savait rien.

Elle s'étira et bâilla avec ostentation.

— Quelle heure est-il ? Je ne t'attendais plus.

— J'avais promis de revenir, répondit-il.

Elle s'écarta pour le laisser entrer.

— Ce n'était pas nécessaire. Je vais bien.

— C'est ta réaction automatique à tout, n'est-ce pas ? demanda Payton en esquissant un sourire.

— Quoi ?

— De dire que tu vas bien, même quand ce n'est pas le cas.

— Je me débrouille toute seule depuis longtemps, grommela-t-elle. Pourquoi as-tu apporté un sac ?

Payton haussa les épaules.

— Je comptais passer la nuit ici, au cas où la fièvre reviendrait.

— Comme je te l'ai dit…

— Tu vas bien ? la coupa-t-il.

— C'est ça.

Il posa son sac au pied du canapé et tâta les coussins.

— Je peux dormir là-dessus, dit-il.

— Comme tu voudras.

— C'est agréable d'être autant désiré, plaisanta-t-il, mais elle sentit que quelque chose le troublait.

— Que se passe-t-il ? demanda-t-elle avant de s'apercevoir qu'il avait des marques rouges sur la gorge. Tu as été attaqué !

— Oui, répondit-il en haussant les épaules.

— Que s'est-il passé ? demanda-t-elle. As-tu traqué le loup qui m'a attaquée ?

— Oui, soupira-t-il, mais il s'est échappé.

— Et que t'est-il arrivé ? demanda-t-elle en effleurant sa gorge. Ces marques ne ressemblent pas à des morsures.

— Mon meilleur ami a essayé de me tuer, répondit-il d'une voix beaucoup trop calme.

— Mais comment…

Il posa un doigt sur ses lèvres pour la faire taire, puis écarta le col de son T-shirt.

— Je m'inquiétais pour toi, dit-il. C'est Annie qui t'a recousue ?

— Oui. Ça fait toujours très mal.

— Pauvre chérie…

Il déposa un baiser sur son front qui l'apaisa un peu. Force lui était de reconnaître que sa présence lui faisait du bien.

Elle posa sa tête sur son torse… Et perçut l'odeur métallique du loup. Elle se redressa vivement.

Pouvait-il être… ? Non. Elle n'arrivait pas à y croire.

— Tu portes l'odeur du loup qui m'a attaquée ! s'écria-t-elle.

— Parce que je me suis battu contre lui.

Elle fronça les sourcils.

— Mais tu as dit que c'était ton ami qui t'avait fait ça…

— C'est exact, répondit-il en se levant. Je vais prendre une douche, si ça ne t'ennuie pas.

Elle secoua la tête. Cela n'avait aucun sens.

— Mais…

— Pas maintenant, s'il te plaît, la coupa-t-il. Tout à l'heure.

Elle scruta son visage. Il avait les yeux cernés et l'air malheureux. Elle eut pitié de lui. Elle pouvait lui laisser un peu de temps pour se remettre de ce qui lui était arrivé.

— Soit. Mais tu auras beaucoup de choses à m'expliquer, le prévint-elle. Par ici.

Elle l'entraîna vers la salle de bains.

Avant d'y entrer, Payton l'attira dans ses bras et l'étourdit en l'embrassant fougueusement. Il s'écarta presque aussitôt et disparut dans la salle de bains en laissant la porte entrouverte.

Elle s'empressa de retourner dans le salon. Elle reconnut les bruits d'une boucle de ceinture, puis d'un jean qui tombait par terre. Quand la douche se mit à couler, elle ne put s'empêcher de l'imaginer nu sous le jet. Elle se regarda dans le miroir de l'entrée et se passa la main dans les cheveux.

La trouvait-il désirable ? Sans doute, sinon pourquoi l'embrasserait-il ?

Elle portait un T-shirt trop grand qui la couvrait jusqu'aux cuisses. Il était propre et pratique, mais elle n'avait pas envie de ressembler à ce qu'elle voyait dans le miroir. Elle pouvait faire mieux.

Elle entra dans sa chambre et fouilla la commode pour trouver le déshabillé en satin rose pâle qu'Annie lui avait offert à Noël. Il n'était pas exagérément sexy, mais il était court et décolleté. Payton apprécierait sûrement.

Ses yeux tombèrent sur une photo de Bo et elle pendant une randonnée à cheval. Ils étaient heureux, ce jour-là… C'était à peine deux mois avant la mort de Bo. Elle retourna la photo, puis elle retira sa bague de fiançailles et la rangea dans sa boîte à bijoux.

— Désolée, Bo, murmura-t-elle en sachant que c'était absurde.

Bo aurait voulu qu'elle retrouve l'amour et qu'elle soit heureuse.

La tristesse la gagna, mais elle y résista de toutes ses forces. Elle était une battante, après tout ! Elle se changea très prudemment. Après s'être observée dans le miroir, elle déboucha un flacon de parfum et s'aspergea. Elle ne put s'empêcher de crier quand quelques gouttes tombèrent sur sa blessure.

Payton coupa aussitôt la douche et accourut, une serviette enroulée autour des reins.

— Que se passe-t-il ? s'écria-t-il.

— Rien, répondit-elle en se sentant stupide.

— Je t'ai entendue crier, insista-t-il.

— Je me suis fait mal bêtement en me changeant, balbutia-t-elle.

Le regard de Payton glissa lentement le long de son corps avant de remonter vers son visage.

— Tu es magnifique, commenta-t-il. T'es-tu changée pour moi ?

— Non, mentit-elle. J'ai renversé quelque chose sur mon T-shirt et j'ai enfilé la première chemise de nuit qui m'est tombée sous la main.

— Ah oui ? Ce doit être mon jour de chance, alors.

Elle se sentit rougir et se tourna vers le miroir.

— Va finir de prendre ta douche ! lui ordonna-t-elle.

— Je préférerais rester avec toi, répondit Payton en s'approchant.

Il enroula ses bras autour de sa taille en la regardant dans le miroir, puis prit ses seins dans ses mains.

Elle se cambra pour mieux s'offrir à ses caresses et ferma les yeux. Cela faisait bien trop longtemps…

— Ouvre les yeux ! ordonna-t-il d'une voix rauque.

Elle lui obéit sans réfléchir.

— Vois comme tu es belle ! lui chuchota-t-il à l'oreille en pinçant ses pointes de seins.

Elle fit tomber sa serviette en se pressant contre lui. Son membre en érection se nicha au creux de ses reins.

Que faisait-elle ? Cela allait bien trop vite. Son esprit paniqua autant que son corps la trahissait. Le bon sens allait perdre cette bataille…

— Qu'est-ce qui ne va pas, bébé ? demanda Payton.

Elle secoua la tête et cacha son visage derrière le rideau de ses cheveux. Elle se sentait… nue et vulnérable.

Payton posa ses mains sur ses hanches et la força à se tourner vers lui.

— Je… ne suis pas sûre d'être prête, admit-elle.

— C'est à cause de Bo ? demanda-t-il d'une voix douce.

À sa grande honte, elle sentit des larmes rouler sur ses joues.

— Non. Oui. Je ne sais pas. C'est juste que… Tu es de passage. Quand tu t'en iras, je me retrouverai de nouveau seule.

Voilà. C'était dit. Des dizaines de femmes devaient avoir tenu le même discours au beau bûcheron qui passait dans leur région.

— Laisse tomber, grommela-t-elle. Je ne sais pas ce qui me fait dire ça.

Il ramassa la serviette et l'enroula autour de ses hanches.

— Je comprends, lui assura-t-il. Je vais finir de prendre ma douche — à l'eau froide.

Il lui offrit un sourire timide avant de retourner dans la salle de bains.

Tallulah s'assit au bord du lit et enfouit son visage dans ses mains. Que lui arrivait-il ? Elle n'avait pas pour habitude d'aguicher les hommes pour flatter son ego. Payton et elle étaient deux adultes qui avaient envie l'un de l'autre. Si elle empêchait son cœur de désirer davantage, elle pouvait bien s'offrir une nuit de passion.

Prends ce que tu peux, se conseilla-t-elle. *Profite de l'instant présent. Si tu ne le fais pas, tu n'auras que des regrets quand Payton s'en ira.*

La vie était imprévisible. La mort de Bo le lui avait fait comprendre.

Après s'être essuyé les yeux, elle alluma la lampe de chevet et éteignit le plafonnier pour que l'éclairage soit plus tamisé. Elle s'installa sur le lit et retira sa chemise de nuit. C'était mieux. Et son épaule la faisait un peu moins souffrir.

Comment Payton prendrait-il son invitation ? Son moment d'hésitation l'avait sûrement refroidi. Nerveuse, elle arrangea ses cheveux pour couvrir sa blessure et ses seins. Elle détestait se sentir aussi vulnérable. Il valait peut-être mieux qu'elle laisse tomber… Alors que le doute l'assaillait, Payton sortit de la salle de bains, seulement vêtu de son jean. Il écarquilla les yeux en la découvrant.

Elle tapota le matelas.

Il hésita quelques instants avant de s'asseoir au bord du lit. Elle lui ouvrit les bras.

— Tu es sûre ? demanda-t-il. Je peux très bien dormir sur le canapé. Ou m'en aller, si tu préfères…

— J'ai envie de toi, répondit-elle. Je n'ai jamais été aussi sûre de quelque chose.

C'était peut-être l'approche de la pleine lune qui lui faisait perdre la tête, mais elle n'aspirait qu'à s'offrir à Payton.

Il s'empressa de retirer son jean et son caleçon et s'allongea à côté d'elle.

— Je ferai attention à ta blessure, promit-il.

— J'ai confiance en toi.

C'était aussi simple et aussi compliqué que cela. Quels que soient leurs secrets, ils avaient d'abord besoin d'explorer le mystère de leurs corps.

Payton écarta les cheveux qui lui couvraient les seins, puis il posa sa main sur sa hanche.

— Tu es si belle…, murmura-t-il.

Elle posa sa main sur son torse. Il était bien là, avec elle, et il la désirait autant qu'elle le désirait. Elle déposa de petits baisers sur sa gorge rougie.

Quand il pressa ses lèvres contre les siennes, son baiser fut plus fougueux et plus enivrant que tous les précédents. Elle aurait pu l'embrasser ainsi jusqu'à la fin des temps…

Il laissa ses lèvres glisser vers ses seins en prenant bien garde à ne pas toucher sa blessure. La chaleur délicieuse qui envahit tout son corps la fit gémir.

— Est-ce que je t'ai fait mal ? s'inquiéta-t-il.

Elle secoua la tête et caressa son torse du bout du doigt.

Quand elle posa ses mains sur ses fesses, il lui échappa et glissa le long de son corps jusqu'à ce que son souffle caresse ses replis intimes. Elle s'agrippa au drap et perdit le peu de contrôle qu'il lui restait dès le premier coup de langue.

— Payton, murmura-t-elle.

Quoi que l'avenir leur réserve, ils appartenaient pleinement l'un à l'autre à cet instant.

Comme elle voulait lui donner du plaisir, elle aussi, elle tira sur ses cheveux pour qu'il arrête.

Il ne le fit pas.

Il continua à la torturer à coups de langue jusqu'à ce qu'un plaisir sauvage lui arrache un cri.

— Lulu, murmura-t-il alors que la jouissance faisait trembler tous ses muscles.

Quand son cœur s'apaisa un peu, elle écarta les cuisses pour l'inviter à la pénétrer.

Il roula sur le dos en l'attirant sur lui.

— Je ne veux pas risquer de te faire mal, expliqua-t-il d'une voix rauque.

La délicatesse dont il faisait preuve à son égard l'émut profondément. Elle s'empala sur son membre en gémissant de plaisir.

Alors Payton plaça ses mains sur ses hanches et l'entraîna vers la jouissance sur un rythme de plus en plus fougueux. Il l'atteignit quelques instants après elle avec un grognement bestial.

Elle roula sur le côté et posa sa tête sur son torse. Son cœur battait aussi vite que le sien.

— C'était extraordinaire, souffla-t-il. Pour toi aussi, j'espère ?

— Oui, extraordinaire, s'empressa-t-elle de le rassurer. Si ça avait été plus fort, je n'y aurais pas survécu.

Il pouffa.

— C'est exactement ce que je voulais entendre.

Une délicieuse léthargie envahit Tallulah. Elle bâilla et s'étira.

— Tu passes la nuit avec moi, n'est-ce pas ? demanda-t-elle.

— Tu ne réussiras pas à me chasser de ton lit.

— C'est exactement ce que je voulais entendre, répondit-elle à son tour.

L'opossum qu'il venait de manger lui avait donné la nausée.

Russell massa sa mâchoire, qui le faisait encore souffrir. Payton ne l'avait pas raté. Ses jambes engourdies par sa course interminable lui obéissaient à peine. Il avait failli se faire capturer plusieurs fois. Même s'il détestait cette région, c'étaient ses marécages qui l'avaient sauvé.

Que faire, à présent ?

Heureusement, on était lundi. La meute travaillait. Mais Matt était intelligent. Il avait forcément chargé quelques hommes de surveiller la maison. Malgré sa nervosité, Russell savait qu'il devait se montrer patient et guetter une occasion de récupérer quelques vêtements et les clés de sa voiture. Il ne se sentirait en sécurité que lorsqu'il aurait mis plusieurs centaines de kilomètres entre la meute et lui.

C'était une nouvelle vie solitaire qui commençait pour lui. La veille au soir, il était assez près de la maison pour entendre ce que Matt et Payton s'étaient dit.

Il n'avait aucune chance de convaincre Matt que Payton était le coupable.

Qu'ils aillent tous en enfer ! Surtout Payton et cette salope de Tallulah. Ils allaient le payer. Il avait été l'un d'eux. Ils n'avaient pas le droit de le rejeter. Ce n'était pas de sa faute s'il s'était fait mordre dans le Montana. Et s'ils croyaient pouvoir l'enfermer dans cette prison qu'ils appelaient une clinique, ils se trompaient lourdement ! Plutôt mourir.

Le soleil lui brûlait déjà la peau à travers les trous de ses vêtements alors que le jour venait à peine de se lever. Son jean et son T-shirt étaient couverts de sang séché. Il renifla sa manche et fut saisi d'un haut-le-cœur.

En était-il vraiment réduit à vivre comme une bête traquée et affamée ? Il scruta le sol autour de lui. C'était un miracle qu'il n'ait pas encore été mordu par un serpent à sonnette.

Son estomac se rebella encore. Il se plia en deux et vomit.

Il mourait de soif…

Il baissa les yeux vers le marécage et se lécha les

lèvres. Malgré son odeur, l'eau verdâtre le tentait… Mais c'était sûrement un bouillon de culture qui allait le rendre malade.

Il s'en détourna et prit la direction de la maison. Ses jambes étaient si lourdes qu'il trébucha sur une racine et s'étala de tout son long.

— Merde ! s'écria-t-il.

Il réprima la série de jurons qui lui vint. C'était stupide de crier. Si quelqu'un l'entendait, il devrait se remettre à courir et il n'avait aucune chance d'échapper à ses poursuivants dans cet état. Il se releva et s'adossa à un arbre le temps de rassembler ses forces. Son cœur battait à tout rompre.

Il tendit l'oreille un long moment avant d'oser se remettre en route. Quand il ne fut plus qu'à quelques dizaines de mètres de la maison, il s'accroupit et se massa les tempes. Une migraine le gagnait. C'était le premier symptôme de la déshydratation. Si une occasion d'entrer discrètement ne se présentait pas très vite, il lui faudrait employer la force.

— Je me vengerai, grogna-t-il en serrant les poings. C'est vous les responsables, pas moi !

La meute aurait dû le protéger. Il leur avait fait une faveur en se retenant de les contaminer. Il aurait été si simple de les mordre pendant la nuit…

Il ramassa une pomme de pin et la serra de toutes ses forces pour que la douleur lui fasse un peu oublier sa migraine. Il n'y avait qu'une seule voiture dans la cour — celle d'Adam. Il avait enfin de la chance ! Adam était le plus jeune et le plus faible de la meute. Il profitait sûrement de son tour de garde pour faire la sieste pendant que les autres travaillaient.

Si Adam était réveillé… Tant pis. Russell esquissa

un sourire. Rien ne l'empêcherait de mettre la main sur quelque chose à boire, des vêtements, son portefeuille et ses clés.

Et la prochaine fois qu'il entrerait dans cette maison, ce ne serait pas pour trouver de quoi survivre, mais pour se venger.

9

En voyant Matt s'approcher de lui, Payton arrêta sa pelleteuse et s'essuya le front. Les endroits qu'ils avaient déjà déboisés ressemblaient à des blessures gigantesques qui saignaient d'une argile rouge. Quelques hommes jetèrent un coup d'œil dans sa direction et se remirent aussitôt au travail. Les membres de la meute ne l'avaient pas accueilli très chaleureusement, mais ils ne s'étaient pas non plus montrés hostiles. Matt avait dû leur parler après son départ.

À présent, c'était lui qui devait parler à Matt pour lui dire de ne pas chercher Russell la nuit prochaine parce qu'ils risquaient de se faire tirer dessus. Cela l'inquiétait, mais son anxiété était largement dominée par la stupeur qui ne l'avait pas quitté depuis qu'il avait fait l'amour à Tallulah.

La veille, entre ses bras, il avait découvert qu'elle était la compagne qui lui était destinée.

La joie de cette découverte s'était vite transformée en amertume.

Sa compagne était une femme qui chassait les loups pendant la nuit.

Matt grimpa dans la cabine de la pelleteuse et lui tendit une bouteille d'eau fraîche.

— Je suis content que tu sois venu ce matin, lui dit-il.

— Comment pourrais-je laisser quelqu'un d'autre conduire ce bébé ? plaisanta-t-il.

Il fit rouler la bouteille d'eau sur sa nuque avant de la déboucher et de boire à longs traits.

— Sais-tu si la police a du nouveau ? demanda-t-il.

— Non, je ne sais rien, répondit Matt. Mais le shérif et ses hommes traînent toujours dans le coin. Ils finiront par faire le lien entre la mort de Jeb et les crimes non résolus du Montana. J'ai peur que nous ne devions partir en pleine nuit comme des voleurs prochainement.

— Ce serait la pire chose à faire, soupira-t-il.

Matt haussa un sourcil.

— À mon avis, s'empressa-t-il d'ajouter.

La surprise de Matt était compréhensible. Il était rare qu'il donne son avis. Ce devait être l'influence de Tallulah… Une chose était sûre : il ne dirait à personne qu'elle était sa compagne.

— Il faut que je te prévienne, dit-il : Tallulah et ses amis ont l'intention de traquer le loup qui l'a attaquée.

— Merde, grommela Matt. Comme si on n'avait pas assez de problèmes comme ça ! Quand ?

— Cette nuit.

— Quoi ? Trouve un moyen de les en empêcher !

— C'est facile à dire, protesta Payton. Tu l'as rencontrée. Tu sais qu'elle est déterminée.

— Mens-lui. Dis-lui que le problème est réglé.

— Et si on trouve un autre cadavre dans le bayou ?

— Russell est sûrement à des centaines de kilomètres d'ici.

Payton n'en était pas si sûr. La fièvre avait incité

Russell à attaquer Tallulah en plein jour. À présent, il était capable de tout.

— Dormiras-tu encore chez Tallulah la nuit prochaine ? demanda Matt.

— Je ne sais pas. J'improvise, pour le moment.

Matt hocha la tête.

— Trouve un moyen de les empêcher de chasser, répéta-t-il avant de froncer les sourcils comme si une idée le frappait subitement. Il va sans dire que je compte sur ta loyauté absolue envers la meute. Tu ne peux pas lui livrer notre secret.

Payton serra le volant à s'en faire blanchir les articulations.

— Bien sûr que non, répondit-il avec amertume. Ça va sans dire.

Matt hocha encore la tête avant de sortir de la cabine.

Payton remit la pelleteuse en route. Pour une fois, son travail lui procura une satisfaction sauvage, comme si les arbres qu'ils abattaient étaient autant d'obstacles à sa tranquillité d'esprit.

Empêcher Tallulah de faire ce qu'elle voulait ? Il ricana. Le mieux était sans doute qu'il les accompagne pour s'assurer qu'ils ne découvrent rien de compromettant. Tallulah et ses amis n'étaient sûrement pas très dangereux — toujours moins qu'une meute de loups-garous.

Mais Tallulah était loin d'être inoffensive, songea-t-il en souriant malgré lui. Sa compagne... Quand il quitterait le bayou, il abandonnerait la femme que le destin lui avait attribuée.

Le destin était bien cruel. Il admirait et il désirait Tallulah, mais le destin aurait difficilement pu lui trouver une compagne moins appropriée.

*
* *

— Tu plaisantes ? grogna Tombi en replaçant la flûte qu'il examinait dans sa vitrine.

Tallulah se félicita d'avoir choisi de lui parler au centre culturel amérindien. Les quelques touristes qui s'y promenaient en permanence forçaient son frère à garder un semblant de calme.

— Je vais avoir du mal à cacher ma nature à Payton, répondit-elle.

— Essaie quand même, grommela Tombi. De toute façon, il sera parti dans quelques mois.

Le cœur de Tallulah se serra, mais elle se força à rester impassible. Son frère se méfiait de Payton depuis l'attaque.

— Je vais lui dire ce que je suis, répéta-t-elle. Je ne te demande pas ta permission. Je voulais juste que tu le saches.

— Tu le connais à peine. Comment peux-tu lui faire confiance ?

— Je ne le connaîtrai jamais mieux si je ne suis pas honnête. Et tu es mal placé pour me faire des reproches. Comme Chulah, tu as tout avoué à ta petite amie presque tout de suite.

— Nous avons *épousé* nos petites amies, riposta Tombi en élevant la voix. Crois-tu vraiment avoir un avenir avec ce type ?

Elle lui indiqua d'un signe de tête discret un couple de retraités qui les regardait avant de répondre :

— Peut-être.

L'espoir n'était pas un sentiment familier, mais il avait germé dans son cœur la nuit précédente.

— « Peut-être » ne me suffit pas. Le dernier homme avec lequel tu es sorti a essayé de nous tuer.

Elle se sentit rougir de colère et de honte. Soit, son jugement n'était pas infaillible… Mais elle avait le droit de réessayer !

— Ce n'est pas juste ! protesta-t-elle. Hanan était aussi votre ami.

— C'est vrai, reconnut Tombi. Je suis désolé.

— Et puis ce n'était pas la même chose…

— C'est-à-dire ?

Sa relation avec Hanan était purement sexuelle… Mais il n'était pas question qu'elle le dise à son frère.

— C'était différent, c'est tout, grommela-t-elle.

Tombi plissa les yeux comme s'il avait deviné ce qu'elle lui cachait. Elle jeta un coup d'œil à la pendule. Le centre allait bientôt fermer. Malgré son agacement, elle réprima un sourire. Payton avait promis de venir dîner.

— Puisque tu as pris ta décision, je ne perdrai pas mon temps à essayer de te faire changer d'avis, conclut Tombi en pianotant sur le comptoir. Mais je pense que c'est une erreur.

Il n'avait pas confiance en son jugement — et elle pouvait difficilement lui en vouloir. Elle-même avait des doutes à ce sujet depuis la trahison d'Hanan.

Elle releva le menton, bien décidée à prouver à son frère qu'il se trompait sur Payton.

— C'est noté, répondit-elle.

Le couple de retraités s'approcha.

— Excusez-moi, mademoiselle, j'aimerais acheter cette couverture, dit l'homme en posant une couverture colorée sur le comptoir.

— À ce soir! lui lança Tombi avant de la quitter.

Tallulah encaissa l'achat en songeant à Payton. Que penserait-il de ses activités nocturnes ? La croirait-il seulement ? Elle devait peut-être l'inviter à les accompagner pour lui montrer de quoi elle était capable…

Elle y réfléchissait encore lorsqu'elle rentra chez elle. La voiture de Payton était déjà devant sa cabane. Il en sortit avec un grand carton de pizza quand elle se gara à côté de lui. À quand remontait la dernière fois qu'un homme et un dîner l'attendaient chez elle ?

À des années.

Elle sortit de sa voiture avec un grand sourire.

— Je me suis dit que tu devais aimer les pizzas parce que tout le monde aime les pizzas…, se justifia-t-il. Fromage et pepperoni, ça te va ?

— C'est parfait.

— Si j'avais su qu'il suffisait de t'apporter une pizza pour te rendre heureuse, je l'aurais fait plus tôt, plaisanta-t-il.

— J'avoue que c'est une de mes faiblesses.

— C'est bon à savoir. La prochaine fois que je te contrarierai, je commanderai une pizza au lieu de t'offrir des roses.

Elle pouffa. Ils entrèrent chez elle enveloppés par une délicieuse odeur de fromage fondu. Elle posa son sac sur la table basse.

— Et si on mangeait dans le salon ? suggéra-t-elle. Je vais chercher du soda et des assiettes en papier.

Même si elle appréhendait la discussion qu'ils devaient avoir, le seul fait que Payton soit chez elle la mettait de bonne humeur.

Ne t'y habitue pas ! se dit-elle pour se raisonner.

Mais elle devait en profiter tant que cela durait. Elle posa les assiettes en papier sur la table basse, retira ses chaussures et s'assit sur le canapé.

— Bonne idée, dit Payton.

Il retira ses bottes et les posa près de la porte

avant de s'asseoir à côté d'elle. Ils attaquèrent joyeusement la pizza en n'échangeant que de brèves paroles. Jamais Tallulah n'aurait imaginé qu'une soirée aussi banale puisse lui procurer autant de plaisir. Malheureusement, alors qu'elle n'aspirait qu'à prolonger ce moment de bien-être, le temps pressait. Tombi et les autres seraient là dans une demi-heure.

— À propos de la chasse…, commença-t-elle.

— Parle-moi donc de…, dit Payton au même instant.

Ils éclatèrent de rire.

— Vas-y, reprit Payton. À propos de la chasse… ?

Elle posa son assiette vide sur la table basse et alla s'installer dans le fauteuil qui faisait face au canapé. La distance lui donna du courage.

— Crois-tu au surnaturel ? demanda-t-elle brusquement. Penses-tu qu'il existe des mondes inconnus de la plupart des humains ?

— Je suis tout à fait ouvert d'esprit, répondit Payton sans hésiter.

— Parce que… Une minute. C'est vrai ?

La rapidité de sa réponse l'avait surprise.

— Je vais te faciliter les choses, ajouta-t-il. Quand on s'est rencontrés, tu as vu un loup entrer dans notre maison en pleine nuit. J'aimerais comprendre comment c'est possible.

Elle posa ses mains sur ses genoux et inspira profondément. C'était la première fois qu'elle essayait d'expliquer sa nature.

— J'y vois presque aussi bien la nuit que les chats et les chouettes, répondit-elle. Mon peuple vit dans ce bayou depuis une éternité. Au fil des siècles, certains d'entre nous ont acquis des pouvoirs qui se transmettent de génération en génération. Ils nous permettent de lutter contre les esprits maléfiques qui hantent le bayou. Ces esprits se nourrissent de la souffrance des humains.

— Continue, l'encouragea Payton, qui buvait ses paroles.

— On nous appelle des chasseurs d'ombres. Comme nos ancêtres, nous chassons ces esprits maléfiques, surtout les soirs de pleine lune.

— Et comment faites-vous pour les tuer ?

Elle se sentit rougir. Ils étaient juste armés d'un lance-pierre, d'une aptitude au combat et d'un sens aigu des responsabilités.

— Ça risque de te paraître un peu primitif, mais nous employons les mêmes armes que nos ancêtres. Tu verras ça tout à l'heure.

Il écarquilla les yeux.

— Ah oui ?

— Les autres risquent de ne pas aimer cette idée, mais ils s'y feront, lui assura-t-elle.

— Eh bien ! C'était facile, s'exclama-t-il en croisant les jambes. Je tiens à t'accompagner et je m'attendais à avoir du mal à te convaincre d'accepter ma présence.

Ça ne va pas recommencer ! songea Tallulah.

C'était ce qui avait causé le plus de tension entre Bo et elle.

— Je n'ai pas besoin qu'on me protège. Je sais me défendre. Je ne t'invite que pour être honnête envers toi, parce que c'est une partie importante de ma vie que je ne veux pas te cacher.

— Tallulah… Tu as été attaquée par un loup et…

— C'était un incident isolé ! protesta-t-elle en bondissant sur ses pieds. Ça ne se reproduira pas. Alors si tu crois…

Payton se leva pour l'attirer sur le canapé.

— Assieds-toi et laisse-moi finir mes phrases.

Prise de court, elle lui obéit sans réfléchir.

— Ce que je veux dire, c'est que la plupart des gens n'auraient pas survécu à une telle attaque, reprit-il. Tu es la femme la plus forte que je connaisse.

Elle déglutit péniblement.

— Je croyais que tu allais jouer les machos et m'interdire de chasser seule.

Le regard de Payton s'adoucit.

— Comme s'il était possible de t'interdire quelque chose…

— Bien des gens ont essayé, crois-moi, répondit-elle avec plus d'amertume qu'elle ne l'aurait voulu.

Bo ne l'avait jamais laissée chasser seule. Cela l'exaspérait, même si elle savait que c'était parce qu'il se souciait d'elle. Hanan l'étouffait aussi, mais pour une tout autre raison : il voulait la surveiller et la manipuler.

— Je suis sûr que tu es prudente, dit Payton. Nous devons tous obéir à notre instinct.

— Merci, murmura-t-elle.

Ses yeux s'emplirent de larmes. Embarrassée, elle se leva et se mit à faire les cent pas dans la pièce.

— Et toi ? demanda-t-elle. As-tu quelque chose à me confier ?

Payton se raidit.

— Non.

Elle s'arrêta net.

— Je ne te crois pas, déclara-t-elle. Tu sais quelque chose à propos de ce loup.

— Il m'est arrivé de lui donner à manger, c'est tout, répondit Payton, visiblement mal à l'aise.

Il mentait.

— Je viens de te confier mon secret. Pourquoi ne peux-tu pas en faire autant ?

Il passa la main dans ses cheveux.

— C'est compliqué, répondit-il d'un air désolé. S'il ne s'agissait que de moi…

On frappa à la porte. Tallulah observa Payton encore quelques instants avant d'aller ouvrir. Tombi, Chulah et une demi-douzaine d'autres chasseurs entrèrent.

Le soulagement qu'elle lut sur le visage de Payton la contraria profondément. D'une manière ou d'une autre, elle découvrirait son secret.

10

La nuit était tombée sur le bayou. Payton n'avait aucun mal à croire à l'existence des esprits maléfiques alors qu'il n'en avait encore vu aucun.

Il s'efforçait d'ignorer les regards méfiants des amis de Tallulah. Si quelqu'un s'était mêlé des affaires de sa meute comme il se mêlait des leurs, le résultat aurait été sanglant.

— Par ici ! dit Tallulah.

Il la suivit prudemment dans les ténèbres. La vue de Tallulah était bien meilleure que la sienne tant qu'il restait sous forme humaine.

Elle lui jeta un coup d'œil par-dessus son épaule.

— Je vais marcher moins vite, chuchota-t-elle. Je suis désolée. J'ai l'habitude d'arpenter le bayou avec d'autres chasseurs.

Sa fierté masculine en prit un coup.

— Où allons-nous ? demanda-t-il.

— Un peu plus au sud.

Quelques dizaines de mètres plus loin, il reconnut l'ancien sanctuaire de Tallulah. Il n'y avait plus ni cristaux, ni coquillages, ni attrape-rêves dans les environs.

— Où sont passés tous les objets ? lui demanda-t-il.

— De quels objets parles-tu ? répliqua-t-elle, sur la défensive.

Merde. Il venait de commettre une gaffe.

— Je suis passé par ici en me promenant, répondit-il. Il y avait des attrape-rêves dans les arbres.

C'était presque la vérité. Russell avait trouvé le sanctuaire de Tallulah par hasard.

— C'est ici que j'ai vu le loup pour la première fois, dit-elle. Je pense que c'est ici que nous avons le plus de chances de le retrouver. Les autres chasseurs encerclent la zone.

— Ah oui ? s'étonna-t-il.

Il n'avait rien entendu.

Elle s'assit sur un tronc d'arbre et l'invita à en faire autant.

— Et maintenant ? demanda-t-il.

— On attend.

Il eut vite l'impression que la nuit les absorbait. De petits animaux filaient dans les broussailles et les moustiques bourdonnaient dans l'air humide.

— Qui était Bohpoli ? demanda-t-il d'une voix hésitante.

Il la sentit se raidir.

— Nous ne voulions pas être indiscrets, lui assura-t-il. Nous étions curieux et…

— Nous ? le coupa-t-elle.

— J'étais avec un ami.

Elle pinça les lèvres.

— Je suis désolé. Si j'avais su que cet endroit était si sacré pour toi, je n'aurais jamais…

— C'était mon petit ami, répondit-elle en laissant son regard se perdre dans les ténèbres. Mon premier amour. Nous devions nous marier.

— Il est mort ici, n'est-ce pas ?

Elle hocha la tête.

— Mordu par Nalusa Falaya.

Elle lui avait fourni quelques explications pendant le trajet. Il savait que les chasseurs d'ombres traquaient les feux follets, qui piégeaient les âmes des humains, et les Ishkitini, des esprits maléfiques qui ressemblaient à des chouettes. Elle lui avait aussi expliqué que le plus puissant de tous les esprits s'appelait Nalusa Falaya et qu'il avait le pouvoir de se transformer en serpent. Heureusement, les chasseurs avaient réussi à l'emprisonner.

Ne sachant pas quoi dire, il se contenta de poser sa main sur la cuisse de Tallulah. Elle détourna les yeux, mais elle posa sa main sur la sienne.

— Qu'est-il arrivé aux attrape-rêves et aux cristaux ? finit-il par demander.

— J'ai brûlé les attrape-rêves et j'ai jeté les cristaux dans un marécage.

— Pourquoi ?

— Parce qu'ils avaient une fâcheuse tendance à apparaître à côté de carcasses d'animaux.

Comme le morceau de citrine qu'il avait trouvé à côté d'un écureuil… C'était forcément Russell qui l'avait mis là. Mais pourquoi voulait-il piéger Tallulah ? Avait-il senti instinctivement qu'elle était plus qu'humaine ?

— J'ai tout détruit pour ne pas être accusée d'un crime que je n'avais pas commis, ajouta-t-elle.

Il ne put s'empêcher d'être déçu. Il espérait qu'elle s'était débarrassée de ces objets parce qu'elle avait fini de porter le deuil de Bo.

— Le moment était venu de tourner la page, de toute manière, dit-elle comme si elle avait lu dans ses pensées. Bo aurait voulu que je retrouve une vie normale.

— Tant mieux, murmura-t-il.

Sa colère et sa déception se reportèrent sur Russell. *Salaud !*

Il pouvait lui pardonner sa soif de sang, que Russell ne pouvait pas contrôler, mais pas d'avoir essayé de faire accuser Tallulah de son crime.

Celle-ci retira vivement sa main et ouvrit son sac à dos sans faire de bruit. Elle en tira deux lance-pierres, lui en tendit un et entreprit de ramasser des cailloux. Avait-elle entendu quelque chose ?

Payton scruta les ténèbres et tendit l'oreille sans rien percevoir. Il serra les poings. Il était si frustrant d'être en pleine nature et de ne pas pouvoir se transformer… Le cri d'un hibou le fit tressaillir.

— Qu'est-ce que c'est ? chuchota-t-il.

— Un Ishkitini.

Il se leva. Ce qu'elle lui avait dit un peu plus tôt lui revint à l'esprit.

— Et quand les Ishkitini sont là…

— Les feux follets ne sont pas loin, acheva-t-elle à sa place.

Elle se leva aussi et chargea son lance-pierre.

Subitement, les battements de dizaines d'ailes produisirent un vacarme assourdissant. Des yeux jaune et rouge apparurent au-dessus d'eux. Tallulah ne lui avait pas menti… Le bayou était hanté par de dangereuses créatures de la nuit.

Il comprenait mieux tout à coup pourquoi leur alpha avait choisi cette région. Les loups étaient des créatures de la nuit, eux aussi. Leur instinct les avait poussés à chercher refuge là où d'autres se cachaient déjà.

— Ils sont bien trop nombreux pour nous ! s'écria-t-il.

Il n'avait plus de raison de chuchoter. Les esprits maléfiques les avaient repérés.

— Ils vont faire un premier passage en groupe avant de s'éloigner, répondit Tallulah, qui scrutait les ténèbres. Et n'oublie pas que les autres ne sont pas loin. Nous ne sommes pas seuls.

Il mit un caillou dans son lance-pierre et se prépara à tirer.

— Pas tout de suite ! dit-elle. Attends qu'ils soient plus près.

— Plus près ? s'écria-t-il.

Elle lui jeta un regard sévère.

— D'accord, grogna-t-il.

Il contrôlait difficilement son loup, qui n'aspirait qu'à attaquer. Mais ce n'était pas la première bataille de Tallulah. Elle savait ce qu'elle faisait.

Les Ishkitini se rapprochèrent tant qu'il commença à craindre de se faire crever les yeux. Ils ressemblaient à des hiboux mutants, gigantesques et terrifiants. Et leur odeur était la plus infecte qu'il ait jamais sentie. Rester immobile lui demandait tant d'efforts que ses bras se mirent à trembler.

— Maintenant ! ordonna Tallulah.

Il lâcha l'élastique du lance-pierre en visant le cœur de l'Ishkitini le plus proche. L'oiseau poussa un cri horrible et tomba à ses pieds. Il s'empressa de recharger son arme pour tirer encore. Des cailloux volaient dans toutes les directions. Les chasseurs d'ombres tiraient deux fois plus vite que lui.

Les cris des Ishkitini lui déchirèrent les tympans.

Une minute plus tard, les oiseaux survivants s'éloignèrent tous en même temps, comme s'ils avaient reçu un signal. Ils disparurent Dieu seul savait où pour attaquer de nouveau Dieu seul savait quand.

Le silence revint dans la forêt, pourtant Payton avait l'impression d'entendre encore l'écho de leurs cris. Ses oreilles commencèrent à s'allonger.

— Payton ? s'inquiéta Tallulah. Ça va ?

Tallulah approcha son visage à quelques centimètres du sien et tressaillit.

— Tes yeux... Ils... sont devenus jaunes.

Elle recula de deux pas.

— Qui es-tu ? *Qu'es-tu ?*

Les os de Payton craquèrent et se déformèrent. Il ne pouvait plus empêcher la transformation. Il s'était tant concentré sur le combat contre les Ishkitini qu'il avait laissé son loup lui échapper.

Désespéré, il regarda Tallulah sans pouvoir lui expliquer ce qui se passait.

Le mélange de peur et de déception qu'il lut sur son visage lui fendit le cœur. Voilà comment il récompensait la confiance qu'elle lui avait accordée... Elle ne pourrait plus le voir que comme un ennemi, à présent — peut-être une nouvelle manifestation de Nalusa Falaya. Pire : elle croirait peut-être que c'était *lui* qui avait essayé de la tuer.

Il se retrouva sur quatre pattes. La transformation était complète.

Au même instant, une lueur bleue apparut derrière Tallulah.

— Des feux follets ! s'écria-t-elle.

Elle chargea son lance-pierre et se tourna vers la menace en continuant à surveiller Payton du coin de l'œil.

Elle croyait qu'il lui voulait du mal...

Il la contourna pour foncer vers la lumière — et reçut un caillou dans la cuisse.

Il distingua peu à peu des sphères lumineuses.

Il y en avait au moins une dizaine. Elles étaient bleues sur les bords et vertes au centre. D'après ce que Tallulah lui avait expliqué, c'était dans leur cœur vert que les âmes de leurs victimes étaient piégées. Les chasseurs d'ombres libéraient ces âmes en transperçant les feux follets avec des cailloux. Ils ne pouvaient pas s'en approcher parce que ces créatures avaient le pouvoir d'insinuer le désespoir dans leur esprit. S'ils se retrouvaient trop près, ils abandonnaient le combat et devenaient aussi inoffensifs que des agneaux qu'on mène à l'abattoir.

Mais il n'était pas un agneau.

Il réprima un cri de douleur quand un autre caillou lui frappa l'arrière-train. Les lumières devinrent éblouissantes. Il sauta sur la plus proche. Elle avait si peu de consistance qu'il sentit à peine qu'il la traversait. Le feu follet se dégonfla comme un ballon crevé.

Il devait les tuer tous ! Un caillou lui frôla le museau quand il se jeta sur un autre feu follet. Peu importait… Il ne songeait qu'à protéger Tallulah.

Les lumières bleues et vertes disparurent les unes après les autres. Il en jaillit de petites étincelles blanches qui montèrent vers le ciel. Tallulah lui avait expliqué que c'était ainsi que les âmes de leurs victimes partaient vers l'Au-Delà.

Il se tourna lentement vers elle.

Le loup — Payton — avait une fourrure beige. Il était couvert de paillettes bleues et vertes, les résidus des feux follets qu'il avait tués.

Elle contempla ses yeux jaunes. C'était incroyable !

Elle savait qu'il lui cachait quelque chose… Mais jamais elle n'aurait imaginé *ça* !

Les shamans de son peuple étaient capables de communiquer avec les animaux, mais jamais elle n'avait pensé qu'un humain puisse se transformer en loup.

— Tallulah ! cria Tombi. Que se passe-t-il ? Ça va ?

Le loup lui jeta un regard indéchiffrable, mais il n'était pas difficile de deviner ce qu'il voulait : il la suppliait de ne rien dire. Alors, il fit subitement volte-face et s'élança dans la nuit. Elle le perdit de vue quelques instants plus tard. S'il se comportait comme les animaux qu'elle connaissait, il allait sans doute se rouler dans la boue pour échapper à l'attention des chasseurs d'ombres.

Elle ne répondit pas à son frère pour lui offrir quelques secondes d'avance de plus.

D'autres voix se mirent à l'appeler.

Cours, Payton ! songea-t-elle.

Bien qu'il lui ait menti, elle éprouvait un besoin instinctif de le protéger. Elle s'empressa de ramasser ses vêtements déchirés et les fourra dans son sac à dos.

Chulah fut le premier à la rejoindre.

— J'ai vu les feux follets se rassembler par ici… As-tu été blessée ? s'inquiéta-t-il en l'observant de la tête aux pieds.

Ce cher Chulah… Elle lui avait brisé le cœur, l'année précédente, quand elle avait refusé de l'épouser. Heureusement, il s'en était vite remis parce qu'il avait rencontré April, qui était devenue sa femme.

— Je vais bien, lui assura-t-elle.

Chulah tourna lentement sur lui-même en scrutant les sous-bois.

— J'ai compté au moins huit âmes libérées, dit-il. Comment as-tu fait ? Et si vite…

Elle haussa les épaules.

— Tu as dû mal compter, répondit-elle.

Tombi, Marcus et plusieurs autres les rejoignirent.

— Que s'est-il passé ? demanda son frère. Où est Payton ?

Décidément, Tombi avait l'art d'aller droit au but.

— Il est parti.

— Parti ? répéta Tombi. Mais qu'est-ce que c'est que ce lâche ?

— Ce n'est pas un lâche ! protesta-t-elle.

— Il n'a pas pu disparaître comme ça, intervint Marcus. Comment aurait-il retrouvé son chemin dans la nuit ?

Tallulah chercha une réponse plausible.

— Je lui ai prêté une lampe de poche.

— Tu es ma sœur, dit Tombi en plissant les yeux. Je sais quand tu me mens. S'il t'a abandonnée parce qu'il a pris peur, nous…

— Je ne suis pas un lâche.

Payton les rejoignit alors et croisa les bras. Il portait un jean et un T-shirt qui sortaient sûrement de son sac. Tallulah se dit que ses transformations devaient lui poser de sérieux problèmes logistiques… Elle réprima un éclat de rire. Elle devait être à moitié hystérique pour avoir une réaction pareille après ce qu'elle venait de découvrir.

— Où étais-tu ? demanda Tombi.

Payton haussa un sourcil.

— J'ai eu un besoin pressant.

Chulah leva le nez et renifla.

— Il y a une odeur bizarre dans l'air, dit-il. On dirait… de la fourrure mouillée.

— Ce sont les Ishkitini, mentit Tallulah. Rentrons ! On en a assez fait pour ce soir.

Tombi ne bougea pas. Comme il était le chef des chasseurs d'ombres, les autres ne bougèrent pas non plus.

— J'aurais juré que tu portais un T-shirt marron, tout à l'heure, grogna-t-il en examinant Payton.

Elle pouffa.

— Ça prouve que tu n'as pas toujours raison, petit frère, répliqua-t-elle.

Tombi n'était né qu'une minute après elle, mais elle aimait le lui rappeler. S'il savait quand elle mentait, elle savait comment l'énerver.

— On y va, Payton ? demanda-t-elle d'une voix douce, comme si elle n'était pas perturbée par ce qu'elle venait de voir.

Payton lui emboîta le pas sans dire un mot. Son frère et les autres chasseurs les suivirent à quelque distance en se parlant à voix basse. Ils sentaient qu'il se passait quelque chose de bizarre, mais en aucun cas ils ne pouvaient deviner que Payton était un loup-garou.

Un *loup-garou*.

Un frisson la parcourut. C'était donc un loup-garou qui l'avait mordue… Et Payton était le seul à pouvoir lui dire quelles en étaient les conséquences.

— Vais-je me transformer en loup-garou ? lui demanda-t-elle à brûle-pourpoint.

Il pinça les lèvres et leva les yeux vers la lune presque pleine.

— Oui, répondit-il. Dans deux jours, tu seras couverte de fourrure et tu hurleras à la lune.

— Ce n'est pas drôle, grommela-t-elle. J'ai de

bonnes raisons d'être furieuse. Pourquoi ne m'as-tu rien dit ?

— Est-ce que tu m'aurais cru ?

— Nous ne le saurons jamais parce que tu ne m'as pas laissé une chance de te faire. Tu as gardé ton secret alors que je t'avais révélé le mien !

Il hocha la tête.

— Je suis désolé, Tallulah. Je te l'aurais dit si j'avais été seul en cause.

Elle comprit brusquement ce qu'il voulait dire.

— Vous êtes tous des loups-garous, n'est-ce pas ? Vous êtes… une sorte de meute ?

Il pinça les lèvres.

— Tu refuses encore de me répondre après ce que je viens de voir ? s'écria-t-elle. Et le loup qui m'a attaquée… Tu as dit que c'était ton meilleur ami. Qui est-ce ?

Payton hésita, puis soupira.

— Il s'appelle Russell.

— Je ne me souviens pas de lui.

— Ça n'a aucune importance.

— Peut-être pas pour toi, mais pour moi si ! Le meurtre de Jeb ne restera pas impuni.

— C'est trop tard. Il s'est enfui. Matt pense qu'il est reparti dans l'Ouest.

— Matt… Le chef de votre équipe ?

— Et notre alpha.

— Ça ne m'étonne pas. Il a l'air d'aimer donner des ordres.

— C'est quelqu'un de bien, protesta Payton.

Le fait qu'il défende son chef par réflexe exaspéra Tallulah.

— C'est votre roi, ou quelque chose comme ça ? Vous devez lui obéir aveuglément ?

— Nous lui obéissons parce qu'il ne se soucie que du bien de la meute.

Elle ricana.

— J'ai l'impression que vous êtes tous ses toutous…

— Tu vas trop loin, grogna Payton. Tu ne comprends rien à ma nature, ni aux règles qui régissent une meute.

— Tu as raison. Mais je croyais *te* connaître. Je te prenais pour un homme responsable, capable de réfléchir par lui-même.

— Evidemment !

— Alors réponds-moi sincèrement : Matt t'a-t-il interdit de me dire que tu étais un loup-garou ?

— C'est une loi implicite de la meute.

Il esquivait sa question…

— C'est bien ce que je pensais.

Elle pressa le pas en espérant le semer. Il pouvait toujours se transformer en loup s'il se perdait. Il n'avait pas besoin d'elle.

— Attends !

Elle accéléra encore sans se soucier des branches qui lui fouettaient le visage.

Une main puissante atterrit sur son épaule blessée.

— Aïe ! s'écria-t-elle en faisant volte-face. Ne me touche pas !

— Désolé ! J'avais oublié ta blessure.

— Que je dois à ton meilleur ami, répliqua-t-elle avec amertume.

— À mon *ancien* meilleur ami, répondit-il.

— C'est toi qui le dis. Rien ne me prouve qu'il n'est pas caché dans votre maison.

Les mâchoires de Payton se crispèrent.

— Russell s'est enfui. Nous l'avons cherché, mais il nous a échappé.

— Ah oui ? Parce que tu me dis la vérité, maintenant ?

— Oui.

— Je devrais appeler le shérif pour en avoir le cœur net.

— Laisse-le en dehors de ça !

Elle croisa les bras.

— Je connais le shérif Angier depuis mon enfance et j'ai confiance en lui. C'est un excellent policier. Si Russell est dans le coin, il le trouvera.

— Et que lui diras-tu ? Que Russell attaque des gens quand il se transforme en loup ? Il pensera que tu as perdu la raison.

— Il n'est pas nécessaire que je lui dise que Russell est un loup-garou.

— Ne fais pas ça, s'il te plaît. Tu nous mettrais tous en danger.

— Je m'en moque !

— Tu n'as pas besoin de l'aide du shérif, insista-t-il. Je te protégerai jusqu'à ce qu'on attrape Russell.

— Je ne veux pas de ta protection !

Il baissa les yeux vers son épaule.

— Je vais bien, lui assura-t-elle.

Elle se souvint que Payton lui avait fait remarquer que c'était son refrain habituel et ajouta :

— C'est vrai.

— Laisse-nous quelques semaines pour régler le problème nous-mêmes, s'il te plaît.

— Pas question ! Je vais appeler le shérif. Russell a tué Jeb. Et je parie que c'est lui qui essaie de me faire porter le chapeau.

Salaud !

Elle se remit en route. La vie ne pourrait reprendre

son cours normal dans le bayou que quand Russell serait arrêté.

— Au moins, ça t'a forcée à te débarrasser de ton autel, répliqua-t-il. Ce n'était pas sain.

— Ce n'était pas un autel ! s'insurgea-t-elle.

— Ah oui ? J'ai eu l'impression que c'était le résultat d'un besoin obsessionnel d'immortaliser ton petit ami.

Le cœur de Tallulah se serra tant qu'elle en perdit le souffle.

— Je suis désolé, bébé, reprit Payton en se passant la main dans les cheveux. Je n'aurais pas dû dire ça.

— Voulais-tu te venger parce que je t'ai traité de toutou ? Mes félicitations ! C'est gagné.

Elle se mit à courir, la vue brouillée par les larmes. Il n'avait pas le droit de la blesser ainsi ! Il ne comprenait pas. Personne ne comprenait. Et si elle voulait passer le reste de sa vie à fabriquer des attrape-rêves pour Bo et à rester seule dans les bois, là où il était mort, cela ne regardait qu'elle ! Elle se jura de tout remettre en place dès que Russell serait capturé.

Enfin, elle déboucha dans la clairière qui bordait sa cabane.

— Lulu ? l'appela Payton.

Elle l'ignora et courut plus vite jusqu'à ce que son pied bute sur une racine.

Elle s'étala de tout son long.

Payton accourut et la prit dans ses bras.

— Je suis désolé ! répéta-t-il. Tu t'es fait mal ?

— Je vais bien, répondit-elle. Merde ! Je recommence.

Elle pouffa, mais son rire se mua en sanglots.

Arrête ça tout de suite ! ordonna-t-elle à son traître de corps.

Il refusa de lui obéir.

Payton la serra plus fort. Elle posa sa tête sur son épaule. Elle pleurait tant qu'elle mouilla vite son T-shirt.

— Tout va bien, bébé, murmura-t-il en lui caressant les cheveux.

Et elle ne demandait qu'à le croire.

11

Tallulah avait raison. Il s'était conduit comme un salaud.

Chacun de ses sanglots lui brisait le cœur. Il continua à caresser ses cheveux sans dire un mot en priant pour qu'elle lui pardonne.

Quand elle arrêta enfin de trembler, il déposa un baiser sur son front.

— C'est embarrassant, dit-elle en pouffant faiblement. Je n'ai pas craqué comme ça depuis une éternité.

— Plus embarrassant que de se transformer en loup devant sa nouvelle copine ?

Elle esquissa un sourire et effleura sa joue du bout du doigt.

— Parce que je suis ta nouvelle copine ?

À quoi jouait-il ? Il ne resterait que quelques mois. Ils ne pouvaient pas avoir une véritable relation.

Ne sachant pas quoi répondre, il l'embrassa presque désespérément. Si seulement…

Il se concentra sur l'instant présent. Tallulah prit son visage entre ses mains et lui rendit son baiser avec passion.

Des voix masculines derrière eux le ramenèrent à la réalité. Il s'empressa de se relever et tendit sa main à Tallulah.

— Je préférerais ne pas avoir à expliquer à ton frère pourquoi on était couchés dans l'herbe, lui dit-il.

— Ça ne le regarde pas, répondit-elle comme par réflexe. Mais je t'accorde que je n'ai pas envie qu'il nous tombe dessus.

Ils se remirent en route — main dans la main, cette fois.

— Vous vous retrouvez tous chez toi après la chasse ? lui demanda-t-il.

— En général, on chasse jusqu'à l'aube et on prend le petit déjeuner chez moi. Mais cette soirée… ne s'est pas passée comme d'habitude.

— Je crois que je n'ai pas fait une très bonne impression à Tombi et à tes amis.

— Ce n'est pas grave. Tombi est notre chef, pas notre tyran — contrairement à Matt.

— Notre trêve est-elle déjà finie ?

— Notre discussion est loin d'être finie.

— C'est bien ce que je craignais.

Ils s'entendaient tellement mieux quand ils ne parlaient pas…

Payton hésita quand ils s'approchèrent de la cabane. Tallulah voulait-elle qu'il passe la nuit avec elle ? Non seulement il l'avait insultée en parlant de Bo, mais il n'avait pas la moindre idée de ce qu'elle pensait de sa nature.

C'était une nuit étrange et perturbante.

Il la suivit à l'intérieur et hésita quelques instants dans le vestibule.

— Je vais ramasser mes affaires et te laisser tranquille, dit-il.

— Comme tu voudras.

Elle se laissa tomber sur le canapé et bâilla.

— Je suis épuisée, ajouta-t-elle.

Il y avait une tache de sang sur son épaule.

— Ta blessure s'est rouverte ! As-tu de quoi la désinfecter ?

— Je vais b... Dans la salle de bains, sous le lavabo.

Il s'empressa d'aller chercher des compresses et un flacon de désinfectant. Quand il revint dans le salon, des bruits de moteur lui indiquèrent que les chasseurs rentraient chez eux. Il poussa un soupir de soulagement.

— Retire ton T-shirt ! ordonna-t-il à Tallulah.

Elle lui obéit en grimaçant.

Il prit une compresse et nettoya délicatement la blessure. Il fut soulagé de voir que les points de suture tenaient encore. Mieux : il n'y avait aucun signe d'infection.

Tallulah serra les dents, mais elle n'émit pas le moindre son.

— Je vais te chercher un T-shirt propre, dit-il quand il eut terminé. Veux-tu un comprimé d'antalgique ?

Merde. Ce n'était pas la bonne approche. Elle n'admettait jamais qu'elle souffrait.

— Ça réduira les risques d'inflammation, ajouta-t-il.

— Comme tu voudras, répondit-elle.

Il retourna dans la salle de bains et en revint avec le comprimé, un verre d'eau et une serviette humide.

— Que fais-tu avec cette serviette ? lui demanda-t-elle. Il me semble que la blessure est propre, maintenant.

— C'est pour ton visage.

Elle ferma les yeux et le laissa lui nettoyer le front, les joues et la gorge.

— Tu es magnifique, murmura-t-il.

Elle ouvrit les yeux.

— Toi aussi, répondit-elle sérieusement. Sous toutes tes formes.

Voulait-elle dire…

— J'étais surprise et furieuse quand tu t'es transformé, mais j'avoue que ta beauté m'a coupé le souffle, ajouta-t-elle.

Cette femme était pleine de surprises. Il ne s'était jamais transformé devant un humain et ce n'était vraiment pas la réaction à laquelle il s'attendait.

— Tu ne me trouves pas monstrueux ? s'étonna-t-il.

— Non. Si c'était le cas, je te le dirais.

Il pouffa. Décidément, il appréciait sa franchise.

— Je préférerais rester ici cette nuit, si tu veux bien, dit-il timidement. Au cas où tu aurais besoin de quelque chose.

— Comme tu voudras, répondit-elle encore.

Pour la deuxième fois de la soirée, il la sentit vulnérable — une part d'elle qu'elle cachait la plupart du temps.

Il la prit dans ses bras et l'emporta dans la chambre. Il allait lui être terriblement difficile de la quitter quand la meute s'en irait.

— Avez-vous reçu le rapport du médecin légiste ?

Le shérif s'enfonça dans son fauteuil, croisa les bras et scruta son visage.

— Pourquoi la mort de Jeb t'intéresse-t-elle autant ? demanda-t-il.

Tallulah haussa les épaules.

— Je suppose que je me sens un peu concernée parce que j'ai trouvé le corps.

— Oui, j'ai reçu le rapport, répondit Angier.

— Alors ? A-t-il été attaqué par un animal ou par un humain ?

— Par un animal.

— Quel genre d'animal ? demanda-t-elle en ayant du mal à cacher son impatience.

Angier se gratta le menton. Il devait se demander ce qu'il pouvait lui révéler.

— Le médecin légiste pense qu'il s'agit d'un gros chien ou d'un loup, finit-il par répondre.

— Alors ce n'est pas un meurtre.

— Je n'ai pas dit ça.

Sa réponse surprit Tallulah. Que sous-entendait-il ?

— Je vois, dit-elle après quelques secondes de réflexion. Quelqu'un peut avoir dressé un chien pour tuer.

Angier se pencha brusquement vers elle et posa ses coudes sur le bureau.

— Que sais-tu sur Payton Rodgers ? Il paraît que tu passes beaucoup de temps avec lui.

— Pourquoi me demandez-vous ça ? répondit-elle en essayant de rester impassible.

— On se connaît depuis longtemps et on sait tous les deux qu'il se passe des choses étranges dans le bayou.

Elle résista au réflexe de nier. Elle devait se montrer coopérative si elle voulait lui soutirer des informations.

— C'est vrai.

Il se leva et marcha jusqu'à la fenêtre. Son uniforme était impeccablement repassé et ses chaussures cirées. Angier avait tout du shérif efficace et consciencieux. Quels secrets avait-il découverts au cours de sa carrière ? Quelques années plus tôt, il avait arrêté un tueur en série dans des circonstances assez mystérieuses. On avait parlé de sirènes, à l'époque… Elle avait pensé que ce n'étaient que des affabulations inspirées par les légendes locales. Elle n'en était plus si sûre, à présent.

— Je pense que tous ces bûcherons sont dangereux et qu'ils protègent un meurtrier, déclara-t-il en se tournant vers elle.

Comment l'avait-il découvert ?

— Qu'est-ce qui vous fait croire ça ? demanda-t-elle prudemment. Votre instinct de policier ?

— Non. Quelque chose d'un peu plus consistant.

Il se rassit dans son fauteuil et soupira.

— Je ne devrais pas te livrer cette information, mais je veux tu sois consciente du danger.

Un frisson la parcourut.

— Quel danger ?

— Quand j'ai enregistré le dossier dans notre base de données, j'ai découvert qu'il y avait eu plusieurs meurtres similaires dans le Montana. Presque une dizaine… Ces cas n'ont pas été résolus et c'est de là que viennent les bûcherons.

Ce devait être Russell… qui était en fuite. Il fallait qu'on le capture le plus vite possible.

— As-tu entendu parler de ces crimes ? demanda Angier.

— Non, répondit-elle sincèrement.

Le shérif fronça les sourcils.

— Si tu sais quelque chose qui peut m'aider — et même si ce ne sont que des soupçons — c'est le moment de parler.

Angier pouvait trouver Russell. Il avait plus de ressources à sa disposition que la meute de Payton. Et il s'assurerait que Russell paie pour ses crimes alors que Tallulah ignorait tout des intentions des loups-garous.

— Vous devez trouver un dénommé Russell,

répondit-elle. C'est votre homme. Je suis désolée, je ne connais pas son nom de famille.

— Et il fait partie de l'équipe de bûcherons ? demanda Angier en plissant les yeux.

— Oui.

— Pourquoi crois-tu que c'est lui le coupable ? Possède-t-il un gros chien, ou quelque chose comme ça ?

— Quelque chose comme ça.

Elle n'en dirait pas plus.

— Je vois, murmura Angier en pianotant sur son bureau.

Un long silence s'ensuivit. Le cliquetis de la porte d'une cellule et des voix d'hommes leur parvinrent de l'étage du dessous.

— Ai-je raison de croire que les autres membres de l'équipe le protègent ? finit par demander Angier.

— Pas Payton, répondit-elle aussitôt.

Tant pis si les autres avaient des ennuis !

— Et les autres ?

— Peut-être. Ils prétendent que Russell s'est enfui, mais j'ai des doutes. Vous devriez interroger Matt, le chef de l'équipe.

— Je n'y manquerai pas. Si tu découvres quoi que ce soit d'autre, dis-le-moi immédiatement, s'il te plaît.

Elle acquiesça, se leva et grimaça lorsqu'elle mit son sac sur son épaule. Merde. Elle avait oublié sa blessure.

— Tu as mal à l'épaule ? s'inquiéta Angier.

Rien ne lui échappait. Elle avait intérêt à s'en souvenir.

— Ce n'est rien. Je vous appellerai si j'apprends quelque chose, promit-elle.

— Tallulah ! lui lança-t-il alors qu'elle fonçait vers la porte.

Elle se retourna.

— Sois prudente.

Le soleil était impitoyable. Payton ouvrit une bouteille d'eau et en vida la moitié d'un trait. Les pauvres diables qui maniaient les tronçonneuses devaient souffrir de la chaleur encore plus que lui.

Une voiture de police se gara au bord du chantier. L'appréhension gagna Payton même si la sirène était éteinte. Une silhouette familière en sortit. Le shérif Angier passait déjà son temps à tourner autour de la maison. Le fait qu'il débarque sur le chantier n'augurait rien de bon. Deux policiers l'accompagnaient.

Ils se dirigèrent vers Matt. Payton coupa le moteur de la pelleteuse. Tous les autres membres de la meute avaient arrêté de travailler. Ils étaient trop loin pour entendre ce qui se disait, mais ils pouvaient observer les réactions de leur alpha. Les policiers se plantèrent deux mètres derrière le shérif, raides comme la justice.

Matt pinça les lèvres, puis fronça les sourcils. Il y avait un problème. L'alpha tourna sur lui-même en invitant tout le monde à approcher.

Que se passait-il ? Payton sortit de la cabine et fut le dernier à rejoindre le groupe. Tout le monde se taisait.

— Le shérif veut vous dire quelques mots avant de vous interroger individuellement, annonça Matt. J'attends de vous une entière coopération avec la police, bien sûr.

Angier se mit à faire les cent pas devant eux

sans rien dire, ce qui accrut encore la tension du groupe. Si c'était une tactique policière, elle était particulièrement efficace.

— Le médecin légiste pense que Jeb Johnson a été tué par un animal, finit-il par dire. Mais j'ai fait une découverte étrange en enregistrant le dossier dans notre base de données. Je parie que la plupart d'entre vous savent ce que je m'apprête à dire.

Personne ne cilla.

— La mort de Jeb ressemble de manière frappante à plusieurs crimes non résolus qui se sont produits dans le Montana. Non seulement les morsures sont identiques, mais les analyses ont révélé la présence d'un virus inconnu dans tous les cas. Il pourrait s'agir d'une mutation du virus de la rage.

Payton s'attendait à ce que la police fasse cette découverte, mais la détermination qu'il lut sur le visage d'Angier le fit frémir. Cet homme ne reculerait devant rien pour trouver le coupable.

— Imaginez ma surprise quand j'ai découvert que vous arriviez du Montana, reprit le shérif en retirant ses lunettes. Et que vous aviez quitté cet État le lendemain de la mort de la dernière victime.

Tous les membres de la meute restèrent aussi immobiles et silencieux que des statues.

— Est-ce une coïncidence ? demanda Angier d'un ton sceptique avant de se tourner vers Matt. J'ai aussi découvert que l'un des membres de votre équipe avait disparu. Un certain Russell… Quel est son nom de famille ?

— Hull, répondit Matt d'une voix neutre.

Comment Angier l'avait-il découvert ? Payton serra les poings. Tallulah… Ce ne pouvait être qu'elle. Elle l'avait prévenu qu'elle parlerait au shérif. Il avait été stupide de croire qu'elle avait changé d'avis parce qu'ils avaient passé la nuit ensemble. La colère le gagna. Russell avait besoin d'être soigné, pas puni !

— Où est M. Hull ? demanda Angier.

Matt haussa les épaules.

— Je ne sais pas. Il a pris sa voiture et il est parti sans nous fournir d'explications il y a quelques jours. Personne n'a eu de ses nouvelles depuis. La chaleur ne devait pas lui convenir.

— Je vois. M. Hull possède-t-il un gros chien ?

— Non.

— Vous en êtes sûr ?

— Oui.

Angier se tourna brusquement vers eux.

— Sortez tous votre permis de conduire, s'il vous plaît.

Payton tira son portefeuille de sa poche et y chercha son permis, comme tous les autres. Avaient-ils deviné que c'était Tallulah qui avait informé le shérif ? Personne ne l'avait regardé bizarrement.

— Je vais vous interroger individuellement dans la voiture, annonça le shérif. Et je vous demande de ne pas parler entre vous avant que ce ne soit terminé. Mes adjoints resteront avec vous.

— Vous n'auriez pas pu attendre la fin de la journée ? se plaignit Adam. Il aurait été plus simple de nous interroger chez nous... Il fait une chaleur à crever, ici !

Matt lui jeta un regard sévère, mais le mal était fait. Angier esquissa un sourire glaçant.

— Je vous dérange ? Je vous présente mes excuses au nom des fils de Jeb Johnson, ironisa-t-il en allant se planter devant Adam. On n'est qu'au mois de mai, jeune homme. Vous n'avez pas fini d'avoir chaud.

Le sous-entendu d'Angier était clair. Ils auraient chaud aux fesses jusqu'à ce qu'il ait trouvé le coupable.

— Je vais commencer par vous, ajouta-t-il en lui prenant son permis. Adam Bentley…

Adam pinça les lèvres et suivit le shérif jusqu'à la voiture.

Les autres attendirent en silence. Plusieurs s'essuyèrent le front et Payton croisa quelques regards hostiles. Oui, ils lui en voulaient. Un fossé se creusait entre les autres membres de la meute et lui. Il finirait peut-être par devenir infranchissable…

Alors qu'adviendrait-il de lui ?

Il rencontra le regard dur de Matt. Quand le shérif en aurait fini avec lui, il aurait droit à un deuxième interrogatoire.

L'un des adjoints reçut un bref appel.

— Payton Rodgers ? lança-t-il. C'est à vous.

Payton se dirigea vers la voiture en sentant les regards de tous les autres braqués sur lui. Il frissonna en entrant dans le véhicule climatisé.

— Voilà l'homme qui m'intéresse le plus ! s'exclama le shérif.

Tallulah lui avait parlé. Payton ne pouvait plus en douter.

— Je crois deviner pourquoi, dit-il.

— Ne vous inquiétez pas. Elle vous a défendu avec véhémence. Ce sont des autres qu'elle se méfie.

— Nous n'avons rien fait de mal.

— Même Russell ?

— Je ne peux pas répondre à ça.

— Vous ne pouvez pas ou vous ne voulez pas ?

— Je ne sais pas où est Russell, répondit Payton.

— A-t-il tué Jeb Johnson ?

— Je n'en suis pas sûr.

C'était plus ou moins la vérité. Il n'avait pas été témoin du meurtre. Il avait seulement déduit que Russell l'avait commis parce qu'il était malade. Mais cette subtilité n'apaisa pas sa conscience.

— Vous n'êtes pas différent des autres, soupira le shérif avant de lui tendre une carte de visite. Appelez-moi si vous avez quelque chose à me dire. Je peux vous aider à trouver Russell et je ne veux pas qu'il y ait d'autres victimes.

Payton rangea la carte du shérif dans son portefeuille.

— Surtout, je ne veux pas voir souffrir Tallulah Silver, ni physiquement ni mentalement, ajouta Angier.

— Message reçu, répondit Payton. Vous avez terminé ?

— Oui. Ne quittez pas la ville.

Payton sortit de la voiture et résista à la tentation de claquer la portière. Il rejoignit les autres et attendit avec eux la fin des interrogatoires.

— Qu'est-ce qui nous a valu cette visite ? demanda Matt après le départ du shérif et de ses adjoints.

Personne ne répondit.

— Payton ?

Tous les regards se braquèrent sur lui.

On allait lui demander de rendre des comptes pour la deuxième fois en moins d'une heure — et il commençait à en avoir assez.

Matt eut au moins la courtoisie de l'entraîner à l'écart et d'ordonner aux autres de se remettre au travail.

— Ta copine a encore parlé au shérif, n'est-ce pas ? lui lança-t-il. Je suis sûr que c'est elle que nous devons remercier pour ce fiasco.

— Il semblerait.

— Es-tu donc incapable de la contrôler ?

Payton faillit pouffer.

— Tu l'as vue, non ?

— Qu'a-t-elle dit au shérif ?

— Je n'en ai aucune idée. Je ne savais même pas qu'elle lui avait parlé.

— Je sens que tu me caches quelque chose, grogna Matt. Je t'ordonne de tout me dire immédiatement !

Payton déglutit avec peine. Il n'existait pas de bonne manière d'annoncer la mauvaise nouvelle.

— Elle m'a vu me transformer hier soir, avoua-t-il.

Matt inspira entre ses dents.

— Elle a deviné le reste, poursuivit Payton. Elle sait que c'est Russell qui a tué Jeb et elle veut que le shérif l'arrête.

— Merde ! s'écria Matt. Tu as violé une règle sacrée.

— C'était une transformation involontaire, se défendit Payton. J'étais sous pression.

— Ce n'est pas une excuse. Tu aurais dû t'enfuir dès que tu as senti que tu perdais le contrôle. Qui d'autre t'a vu ?

— Personne d'autre.

C'était toujours cela de pris.

— Dis-moi tout, ordonna Matt. Que s'est-il passé ?

— J'ai accompagné Tallulah et ses amis dans la forêt. Elle m'a expliqué qu'ils étaient des « chasseurs d'ombres ». Il se trouve qu'ils ont des pouvoirs surnaturels, eux aussi. Ils ne se transforment pas, mais ils peuvent sentir la présence des créatures maléfiques qui vivent dans le bayou.

— Des créatures maléfiques ? répéta Matt en haussant un sourcil.

— Des esprits. Tallulah m'a expliqué que son peuple avait la responsabilité de préserver l'équilibre entre la lumière et les ténèbres dans le bayou. Ils ont un odorat, une ouïe et une vision nocturne particulièrement développés.

— C'est incroyable, murmura Matt. Voilà comment elle a pu voir Russell entrer chez nous en pleine nuit.

— Tallulah et les siens ont un secret, eux aussi. Il y a peu de chances pour qu'elle panique et qu'elle aille raconter ce qu'elle a découvert à tout le monde.

— Tu as quand même commis une faute grave en te transformant devant elle. Que s'est-il passé ?

Payton se raidit, mais il fallait bien qu'il réponde.

— Nous avons été attaqués par des esprits. J'ai eu peur que Tallulah ne soit blessée. Mon besoin de la protéger a provoqué la transformation.

Matt soupira.

— Ça ne me plaît pas du tout, mais je comprends. Que ça ne se reproduise pas ! Maintenant que tu as découvert comment Tallulah avait pu voir Russell, il est temps que tu prennes tes distances vis-à-vis de cette femme.

— N'est-ce pas à moi d'en décider ? se récria Payton.

— Tu as encore confiance en elle alors qu'elle nous a dénoncés à la police — *deux* fois ?

— Elle ne m'a pas menti, grommela-t-il.

Il lui en voulait d'être allée trouver le shérif, mais elle n'avait pas trahi sa confiance pour autant.

Matt se passa la main dans les cheveux et soupira encore.

— Soit. Il vaut peut-être mieux que tu continues à la tenir à l'œil. Tu es sûr que personne d'autre ne t'a vu te transformer ?

— Oui.

— Il ne faut pas que ça risque de se reproduire… Tu n'iras plus chasser avec elle. C'est compris ?

— C'est compris.

— Je suis désolé que tu te retrouves dans cette situation, dit Matt d'une voix plus douce en posant sa main sur son épaule. Mais c'est la sécurité de la meute tout entière qui est en jeu. Essaie de convaincre Tallulah de garder le secret.

— J'essaierai, mais je ne te promets pas de réussir.

12

— Il est peut-être temps que tu me donnes un double des clés, suggéra Payton alors que Tallulah ouvrait la porte de sa cabane.

— Si tu veux, répondit-elle comme si cela n'avait pas beaucoup d'importance.

— Donne-moi ça, dit-il en prenant le sac qu'elle portait. Nous avons reçu une visite du shérif, ce matin.

— Ah oui ? répondit-elle en lui jetant un bref coup d'œil. Et que voulait-il ?

Il posa le sac sur le comptoir de la cuisine et commença à le vider.

— Me faire savoir qu'il me tuerait si je te faisais du mal, ou quelque chose comme ça.

— Considère-toi comme prévenu, dit-elle d'une voix neutre. Nous veillons les uns sur les autres, dans le bayou.

— Pourquoi lui as-tu parlé, Tallulah ?

— Comme je te l'ai dit hier soir, il a plus de chances que vous de retrouver Russell, répondit-elle en rangeant un carton de lait dans le réfrigérateur.

— Ne peux-tu donc pas nous faire confiance pour régler le problème à notre manière ? Ne peux-tu pas *me* faire confiance ?

— La confiance que j'ai en toi n'a rien à voir avec les faits. Russell est en fuite. La police peut lancer un avis de recherche. Elle peut l'arrêter même s'il est reparti dans l'Ouest, comme vous le pensez.

— Mais que fera la police quand elle l'aura retrouvé ?

Tallulah haussa les épaules, puis elle retira ses chaussures et s'assit sur le canapé.

— Il sera arrêté et jugé, répondit-elle. Le problème sera réglé.

— Tu ne mesures pas les conséquences de ce que tu as fait, insista-t-il. Si on le met en prison, que se passera-t-il le jour où il se transformera ? Il ne faut surtout pas que les humains découvrent notre existence. Ils nous traqueraient sans relâche jusqu'à ce que notre espèce soit éteinte.

Tallulah blêmit.

— Parce que vous ne contrôlez pas vos transformations ?

— Pas toujours, comme tu as pu le constater hier soir. Le stress et les émotions violentes peuvent nous faire perdre le contrôle de notre part animale.

— Mais nous ne pouvons pas le laisser s'en tirer comme ça ! s'écria-t-elle. Que ferez-vous de lui si vous le capturez ?

— Nous l'enverrons dans une clinique spécialisée. Il a attrapé ce qu'on appelle la fièvre lycanthropique. Il ne peut pas s'empêcher d'attaquer des gens. Cette maladie lui a fait perdre son humanité. Il a besoin d'être aidé par des professionnels, pas puni par le système judiciaire.

— Ne compte pas sur moi pour avoir pitié de lui. Il a tué mon voisin. Il m'a attaquée *et* il a essayé de me faire accuser du meurtre de Jeb, tu te souviens ?

— Je ne l'ai pas oublié.

Il s'assit à côté d'elle et prit sa main en s'émerveillant de sa délicatesse. Elle ne portait ni bagues ni vernis à ongles, mais il y avait une bande de peau plus claire sur l'annulaire de sa main gauche.

— Tu as perdu une bague ? demanda-t-il.

— Non. J'ai continué à porter la bague de fiançailles que Bo m'avait offerte après sa mort.

La pauvre avait déjà tant souffert…

— Et quand l'as-tu retirée ?

— Le soir où l'on a fait l'amour pour la première fois.

Il plongea son regard dans le sien. Ainsi, cette soirée avait été un tournant pour elle comme pour lui. Elle avait symboliquement rompu avec son passé en même temps qu'il découvrait qu'elle était sa compagne prédestinée.

Tallulah était une combinaison fascinante de force et de féminité — une véritable Diane chasseresse. Elle lui offrit un sourire tremblant qui faillit lui faire tout oublier.

Reste concentré ! s'ordonna-t-il.

Il avait encore des choses à lui dire.

— Promets-moi de ne révéler notre secret à personne, exigea-t-il.

— Mais si…

— Promets-le-moi !

— Non, répondit-elle en lui retirant sa main. Nous pouvons vous aider. Nous sommes des chasseurs bien entraînés. Si Russell se cache dans la forêt, nous le retrouverons.

— Il a pris sa voiture.

— Ça ne veut pas dire qu'il ne reviendra pas. Vous êtes une sorte de famille, n'est-ce pas ?

— On peut dire ça comme ça.

Le lien qui les unissait était plus puissant que

l'amitié. C'était un besoin primitif d'appartenir à une communauté.

— Une chose est sûre : Russell aura beaucoup de mal à se faire accepter par une autre meute, ajouta-t-il.

— Nous serons très occupés ces prochains jours à cause de la pleine lune, mais nous pourrons nous concentrer sur Russell dès que cette phase délicate sera passée.

— Sûrement pas ! Tu ne dois pas en parler aux autres. Tu ne l'as pas déjà fait, j'espère ?

— Non, mais…

— Alors ne leur dis rien.

— Ces informations ne sortiraient pas de notre groupe, lui assura-t-elle.

— Nous ne pouvons pas courir ce risque.

— Le plus grand risque serait de ne rien faire, protesta-t-elle.

— Tu ne comprends pas… Matt était furieux quand je lui ai dit que tu m'avais vu me transformer. Il m'a ordonné de faire tout ce que je pouvais pour que ça n'aille pas plus loin.

Tallulah leva les yeux au ciel.

— J'en ai assez de Matt et de ses ordres !

— C'est facile pour toi. Tu ne fais pas partie d'une meute.

— Mais je fais partie d'un groupe très spécial, moi aussi.

— Ce n'est pas la même chose.

— Tu es un adulte ! s'écria-t-elle en écartant les bras. N'es-tu pas libre de penser et de faire ce que tu veux ?

— Bien sûr que si ! grommela-t-il.

Mais était-ce vraiment le cas ? Mal à l'aise, il se leva et se mit à faire les cent pas.

— Je n'en ai pas l'impression, quand je t'écoute.

Il soupira. Elle insisterait tant qu'elle n'aurait pas compris…

— Tu ne connais pas mon histoire, dit-il. J'ai de la chance que Matt m'ait accepté dans sa meute. Sans lui, j'aurais été pris en charge par l'assistance publique. Mes parents sont morts quand j'étais adolescent. Mon père avait commis un crime. À cause de ça, je croyais qu'aucune meute ne voudrait de moi.

Elle fronça les sourcils.

— Qu'a donc fait ton père ?

— Il a tué un membre de sa meute, répondit-il d'une voix mécanique pour en finir le plus vite possible. Il a toujours soutenu que cet homme manquait de respect envers ma mère. Ils se sont transformés au cours d'une dispute et mon père l'a tué.

Quelles qu'aient été ses raisons, son père avait commis un crime impardonnable en perdant le contrôle de sa part animale. Les loups-garous avaient évolué au fil du temps. C'est parce qu'ils étaient devenus civilisés qu'ils réussissaient à survivre dans le monde moderne.

Jusqu'à ce que la fièvre lycanthropique les fasse régresser de plusieurs siècles.

— C'est horrible…, murmura Tallulah. Je suis désolée.

Il poursuivit les yeux baissés.

— Mon père a été exclu de sa meute quatre ans avant sa mort. On ne lui a pas pardonné d'avoir violé une règle sacrée.

— Et on te le reproche aussi, n'est-ce pas ? Ce n'est pas juste.

— Peut-être, mais c'est comme ça. Personne ne

voulait de moi. J'ai une dette envers Matt et envers ma meute.

— Je t'accorde que ton Matt a fait quelque chose de bien, mais ta vie t'appartient, répliqua-t-elle. Matt n'attend quand même pas de toi que tu le suives de ville en ville en détruisant l'environnement jusqu'à la fin de tes jours… Ce n'est pas une vie.

Tallulah avait l'art de mettre le doigt là où cela faisait mal.

— J'ai un travail respectable, se défendit-il par réflexe. Ce n'est pas parce que tu as vécu dans la même petite ville toute ta vie que tout le monde a envie d'en faire autant.

— Quelle vie veux-tu, Payton ? demanda-t-elle calmement en croisant les bras.

Personne ne lui avait jamais posé cette question. Il se rassit et se gratta le menton. Que voulait-il ? Tallulah avait raison sur certains points. Les déplacements incessants avaient vite perdu le charme de l'aventure, et la méfiance des autres membres de la meute le blessait. Quant à son travail… Il avait de mauvais côtés. Payton aimait avoir un métier manuel et travailler dehors, mais le fait d'abîmer les endroits où ils passaient pesait sur sa conscience.

— Je ne sais pas vraiment, admit-il.

— Alors réfléchis-y. Où aimerais-tu être dans dix ans ? Toujours dans l'équipe de Matt, à obéir à ses ordres sans pouvoir t'installer nulle part ?

Payton ferma les yeux. S'il était libre de faire tout ce qu'il voulait… Il s'aperçut brusquement qu'il ne s'était jamais autorisé à rêver. Les rares fois où il avait envisagé son avenir, cela avait été pour espérer qu'il finirait par tomber amoureux de Jillian. C'était une compagne acceptable aux yeux de la meute. Ils auraient pu avoir des enfants, ce qui lui aurait donné l'impression de trouver un foyer. Mais la compagne que le destin lui avait attribuée était une femme avec laquelle il ne pouvait faire aucun projet d'avenir.

Il ouvrit les yeux quand Tallulah posa sa main sur son genou.

— Alors ? insista-t-elle.

— Tu as raison : il faut que j'y réfléchisse.

Elle poussa un soupir d'impatience.

— Tu…

— Si tu me dis une fois de plus que je ne me conduis pas comme un homme, je m'en vais ! la prévint-il.

— Je suis désolée. Je ne voulais pas t'insulter, grommela-t-elle.

— Et toi ? Es-tu réellement libre ? Tu m'as dit que tes pouvoirs de chasseuse d'ombres étaient un héritage génétique. Je ne vois pas en quoi c'est un choix.

Elle écarquilla les yeux.

— Mais j'aime chasser ! protesta-t-elle. Et j'aime le bayou.

— En es-tu sûre ? D'après ce que tu m'as dit, ta biologie t'y oblige.

— Je n'ai jamais envisagé les choses sous cet angle, reconnut-elle.

Ils se turent un long moment.

— La différence entre nous, c'est que ma vie et mon travail me satisfont, finit-elle par ajouter.

— Ah oui ? La plupart du temps, tu as l'air… en colère.

— Je ne suis pas en colère, dit-elle en fronçant les sourcils.

— Je suis ravi de l'apprendre, plaisanta-t-il.

À sa grande surprise, cela fit rire Tallulah.

— Je t'accorde que j'ai parfois du mal à lutter contre une certaine amertume, ajouta-t-elle. L'ouragan Katrina a tué mes parents, et puis j'ai perdu Bo…

Au moins, elle avait aimé quelqu'un. Il ne s'était jamais autorisé ce luxe. Sa vie était trop instable et sa nature, trop différente de celle des humains.

— Il y a encore quelque chose qu'il faut que tu saches, murmura-t-elle. Je n'aimerais pas que tu l'apprennes par quelqu'un d'autre.

— Je t'écoute, répondit-il en s'attendant au pire.

— J'ai fait quelque chose de très stupide, l'année dernière. Je suis sortie avec un chasseur d'ombres qui s'appelait Hanan. Ce n'était pas une relation sérieuse. Je me sentais seule et j'essayais d'oublier Bo…

Payton sentit la jalousie lui serrer le cœur.

Tallulah rougit et s'éclaircit la voix.

— Hanan nous a trahis, poursuivit-elle. Il s'est allié à Nalusa Falaya et il nous a tendu un piège.

Il songea à Russell.

— Seuls ceux qui sont proches de nous peuvent vraiment nous trahir, murmura-t-il. Pourquoi l'a-t-il fait ?

— Parce qu'il avait soif de pouvoir. Nalusa Falaya lui a promis la lune.

— Et où est-il, à présent ? demanda-t-il en espérant qu'il était parti à l'autre bout du monde.

— Il est mort. Je… l'ai tué.

Il croyait s'être préparé à tout, mais cet aveu le laissa sans voix.

— Il ne m'a pas laissé le choix, s'empressa-t-elle d'ajouter. Il aurait tué Annie si je n'étais pas intervenue. Si j'avais pu faire autrement, je t'assure que…

— Arrête, la coupa-t-il. Tu n'as pas à te justifier. Je te crois.

— C'est vrai ?

Il l'attira dans ses bras. Elle s'y blottit comme un chaton.

— Tu parles trop, par moments, tu sais, dit-il avant de déposer un baiser sur son front.

Comme elle ouvrait la bouche pour répondre, il pressa ses lèvres contre les siennes. *Voilà* ce dont il avait besoin après cette journée pénible.

Il glissa sa main sur ses reins pour l'attirer plus près.

Oui, c'était bien ce dont il avait besoin…

Le plaisir qu'il ressentit quand elle posa sa main sur son érection lui coupa le souffle. Il était d'une intensité exceptionnelle parce qu'elle était sa compagne prédestinée… Ce qu'elle ne savait pas encore.

13

Une petite rousse entra dans le centre culturel juste avant la fermeture. Tallulah la regarda discrètement slalomer entre les vitrines. Avec ses cheveux carotte et sa peau blanche, elle ne passait pas inaperçue.

Tallulah reporta son attention sur l'ordinateur. Elle n'avait plus que trois commandes à enregistrer avant de pouvoir fermer et rejoindre Payton.

Payton… Les six dernières semaines avaient ressemblé à un rêve. Si seulement elle pouvait arrêter de songer au moment où il partirait… Elle chassa résolument cette pensée de son esprit.

— Excusez-moi, êtes-vous Tallulah Silver ?

Tallulah sursauta. Elle n'avait pas entendu la rousse approcher. Cela ne lui ressemblait pas.

— Oui, répondit-elle. Que puis-je faire pour vous ?

— Je suis Jillian.

Ce nom était-il censé lui dire quelque chose ?

— Est-ce que nous nous connaissons ? demanda-t-elle prudemment.

— Payton ne vous a pas parlé de moi ? s'étonna la rousse en jouant avec son collier en diamants.

Tallulah observa ses ongles rouges, qui contrastaient avec sa peau pâle. Cette femme ne lui inspirait pas confiance. Elle portait un parfum démodé à la violette, qui recouvrait une odeur sauvage et perturbante.

— Non, désolée, répondit-elle.

— Je suis surprise. Tout le monde, dans la meute, sait qui *vous* êtes.

Sa voix était douce et son sourire plein d'innocence, pourtant la méfiance de Tallulah s'accrut.

— Il m'a dit qu'il y avait une femme parmi vous, mais il n'a pas mentionné votre nom.

Jillian perdit son sourire.

— C'est étrange. Nous sommes si proches… Je suppose qu'il ne voulait pas vous contrarier.

— Pourquoi serais-je contrariée ?

— Parce que Payton et moi avons une relation qui dure depuis des années. Il lui arrive d'aller voir ailleurs, mais il me revient toujours.

Tallulah se sentit blêmir.

— Pas cette fois.

— Vous n'êtes que la dernière d'une longue liste de conquêtes sans importance, répondit Jillian en haussant les épaules.

Quelle salope, songea Tallulah. Mais sa seule présence prouvait qu'elle ne croyait pas ce qu'elle disait.

— Alors que faites-vous là ? riposta-t-elle. Vous ne devriez pas vous sentir menacée.

— Je me lasse de ses amusements quand ils durent plus de quelques semaines, répondit Jillian. Je suis venue vous prévenir que votre petite affaire touche à sa fin.

— Vous devriez en parler à Payton. De toute évidence, il préfère vivre avec moi qu'avec vous.

— C'est une situation… inhabituelle, concéda Jillian. Mais il ne tardera plus à se lasser de vous. Je suis la femme de sa vie.

— Je n'en crois pas un mot.

L'éclat de rire de Jillian lui glaça le sang.

— *Vous* devriez peut-être lui en parler, répliqua-t-elle. Un loup-garou ne prend pas une humaine pour compagne.

— Pour compagne ?

— Laissez-moi vous expliquer comment ça marche. Les loups-garous éprouvent un besoin viscéral de trouver leur compagne. Nous n'avons pas de rituels de séduction élaborés. C'est instinctif. Quand nous rencontrons la personne qui nous est destinée, nous ne pouvons plus vivre sans elle. Les humains se marient et font des enfants… Nos relations sont plus profondes que ça. C'est la nature qui nous unit. *Voilà* ce qui me lie à Payton. Nous sommes faits l'un pour l'autre et il le sait.

— Je ne vous crois toujours pas.

Elle ne pouvait pas s'être trompée à ce point… La haine qu'elle avait lue dans le regard d'Hanan quand elle avait découvert ses véritables intentions lui revint à l'esprit. Si, elle le pouvait.

— Payton a besoin de nous. Si vous le connaissez un tant soit peu, vous devez savoir qu'il ne peut pas se passer de la meute.

Cela, au moins, était vrai, songea Tallulah, le cœur serré.

— Ces six dernières semaines ont été très éprouvantes pour lui. Je ne pense pas qu'il pourra continuer comme ça jusqu'à notre départ.

Tallulah se raidit.

— Que voulez-vous dire ? Il a l'air tout à fait heureux avec moi.

— Il ne l'est pas. Matt l'a juste chargé de vous

surveiller et de découvrir comment vous aviez pu voir Russell rentrer chez nous.

— Vous mentez.

— Vous en êtes sûre ? demanda Jillian en s'accoudant au comptoir. Payton nous a dit tout ce qu'il savait sur vous et sur vos amis. Nous avons quelque chose en commun, vous et moi. Je suis la seule femme de la meute et j'ai cru comprendre que vous étiez la seule femme de votre groupe.

Ainsi Payton avait livré leurs secrets à sa meute. Tallulah se força à rester parfaitement impassible. Elle n'offrirait pas à Jillian le plaisir de lui montrer sa déception et son chagrin.

— Je vous suggère de trouver un petit ami dans votre propre groupe, poursuivit celle-ci avec une douceur factice. Comme j'ai trouvé Payton.

— Et je vous suggère d'aller vous faire voir, riposta Tallulah.

Jillian se redressa vivement et perdit enfin son air condescendant.

— Allez-vous-en ! ajouta Tallulah, à bout de patience.

Jillian releva le menton.

— Vous êtes prévenue ! cracha-t-elle avant de se diriger vers la porte.

Tallulah essaya de retrouver son calme. Elle ne croyait pas la moitié de ce que Jillian lui avait dit, mais cela suffisait à la faire douter des sentiments de Payton. Il allait devoir lui fournir des explications.

— Peux-tu me passer la clé de 17, s'il te plaît ? demanda Chulah.

Payton la ramassa parmi les outils que Chulah

avait posés près de la moto qu'il réparait et la lui tendit.

— Je peux te donner un coup de main ? proposa-t-il.

— Si tu veux, répondit Chulah en écartant ses longs cheveux noirs de son visage. Desserre-moi ces écrous, s'il te plaît.

Payton se mit au travail avec plaisir. Il avait envie de rendre visite à Chulah depuis qu'il savait que celui-ci tenait un garage. La mécanique le passionnait. Avec son aide, il ne fallut que quelques minutes à Chulah pour remplacer les plaquettes de frein.

— Tu es doué, le complimenta le chasseur d'ombres. Tu as une moto ?

— J'ai eu une Harley pendant quelque temps, mais je l'ai vendue, répondit Payton. C'était trop compliqué de la déplacer à chaque fois qu'on changeait de chantier et personne d'autre ne fait de moto dans la meute.

— Je peux t'en prêter une pendant que tu es là, si tu veux. Je fais des promenades le samedi avec quelques amis. Il y a des routes magnifiques dans la région.

La proposition alla droit au cœur de Payton. Il ne s'était pas rendu compte que cette activité lui manquait terriblement.

— Viens voir ce que j'ai ! dit Chulah en l'entraînant de l'autre côté du garage.

Le regard de Payton fut immédiatement attiré par une Harley-Davidson blanche et dorée, qui avait une selle *vintage* et des sacoches assorties. Il émit un sifflement admiratif et consulta le compteur. Elle n'avait que cent mille kilomètres — ce qui était peu pour un modèle de 1995.

— Celle-ci me plaît beaucoup, dit-il. Elle est à vendre ?

— Oui, répondit Chulah. Mais je peux aussi te la prêter, si tu ne veux pas qu'elle t'encombre quand tu t'en iras.

Cette remarque tempéra l'enthousiasme de Payton. Quitter Tallulah serait la chose la plus difficile qu'il ait jamais faite. Mais sa meute avait pour habitude de se déplacer souvent pour minimiser le risque que des humains découvrent son secret.

Il chassa cette idée désagréable de son esprit. C'était un problème auquel il ferait face dans l'avenir.

— Sais-tu si Lulu aime faire de la moto ? demanda-t-il.

Chulah pouffa.

— Tallulah, tu veux dire ? Elle te laisse l'appeler comme ça ?

— Ça l'agaçait, au début, mais elle finira par s'y faire.

— Je crois que même Tombi n'a jamais osé lui donner un surnom… Tu es courageux, mon ami.

— Ou suicidaire, plaisanta Payton.

— Elle n'est pas si dangereuse que ça. La vie n'a pas été tendre avec elle ces dernières années, c'est tout. Elle t'a dit que je l'avais demandée en mariage, j'imagine ?

— Oui.

— Je suis content qu'elle ait refusé. On serait devenus fous ensemble. Et j'ai eu le coup de foudre pour April dès que j'ai posé les yeux sur elle.

Ce n'était pas étonnant, songea Payton, le sourire aux lèvres. La femme de Chulah était une blonde d'une beauté stupéfiante. Payton monta sur la Harley.

— Est-ce qu'elle t'accompagne quand tu te promènes à moto ? demanda-t-il.

— Oui. Elle serait folle de rage si je sortais sans elle. Elle dit que ça lui donne l'impression de voler.

— Combien coûte ce bébé ? demanda Payton en tapotant le guidon.

— Dans les huit mille dollars, répondit Chulah. Tu n'as qu'à l'essayer… Je te ferai un prix si elle t'intéresse.

— Génial.

Tallulah entra dans le garage à cet instant. Elle avait les lèvres pincées.

— Bonjour, Lulu ! lui lança Chulah en décochant un clin d'œil à Payton. Qu'est-ce qui t'amène ?

Payton réprima un sourire.

— Tu vois ce que tu as fait ? lui lança Tallulah. À cause de toi, tout le monde va utiliser ce surnom stupide !

Il ignora ses reproches et lui montra la Harley.

— Regarde ce que je vais m'acheter ! J'espère que tu aimes la moto. On pourra faire de chouettes balades…

La surprise calma un peu la mauvaise humeur de Tallulah.

— J'ai toujours aimé celle-ci, répondit-elle. À vrai dire, je songeais à l'acheter moi-même.

— Il faut que je me remette au travail, intervint Chulah. Tu sais où sont les clés, Payton, si tu veux faire un tour avec.

— Merci, répondit Payton avant de reporter son attention sur Tallulah. Tu ne m'as pas dit que tu savais conduire une moto.

— Ça t'ennuie ? demanda-t-elle sèchement.

— Bien sûr que non ! Pourquoi est-ce que ça m'ennuierait ?

Il l'imagina sur une moto. Elle devait être terriblement sexy…

— Je n'en ai jamais acheté mais j'ai appris à conduire, dit-elle.

— Parce que c'est un jouet trop cher ? demanda-t-il.

— Non… Bo ne voulait pas que j'en aie une, expliqua-t-elle après une brève hésitation. Il avait peur que j'aie un accident… Mais il me laissait monter derrière lui.

Payton en resta bouche bée. S'il avait osé lui imposer un interdit pareil, il était sûr qu'elle aurait acheté une moto le jour même pour lui prouver qu'il n'avait pas d'ordre à lui donner.

— Tu as l'air étonné, dit-elle.

— Parce que ça me surprend un peu, admit-il.

— Est-ce que ça t'ennuierait si j'en achetais une ?

— Non. Je pense que tu devrais le faire.

Tallulah retint un geste d'impatience. Voilà qu'il avait l'air de ne pas se soucier d'elle…

— Si tu es prudente, s'empressa-t-il d'ajouter.

Elle esquissa un sourire.

— C'est quelque chose que j'aime beaucoup chez toi, dit-elle.

— Quoi donc ?

— Le fait que tu me laisses être moi-même, répondit-elle avant de soupirer. Dire que je voulais te passer un savon en arrivant…

— Je m'en suis aperçu. Que se passe-t-il ?

Tallulah jeta un coup d'œil à Chulah, qui s'était remis au travail de l'autre côté du garage.

— Il ne peut pas nous entendre avec ce bruit de moteur, lui assura-t-il.

— Alors parle-moi de Jillian.

Payton se sentit rougir. C'était un sujet qu'il avait mis de côté. Il n'était pas prêt à l'aborder.

— Elle fait partie de ma meute, répondit-il prudemment.

— Ça, je le sais ! répliqua Tallulah avec impatience. Êtes-vous proches ?

— Pas plus que ça, répondit-il, de plus en plus mal à l'aise. Nous avons un peu flirté, mais je la considère surtout comme une amie. Pourquoi me demandes-tu ça ?

— Parce qu'elle prétend que votre relation est indestructible. Que vous êtes faits l'un pour l'autre.

— Quoi ? s'écria-t-il. C'est faux ! Elle a vraiment dit ça ?

— Oui. Elle est passée au centre culturel pour me l'expliquer. Elle m'a dit que tu t'amusais avec moi, comme avec une nouvelle fille dans chaque ville ou vous vous arrêtez, mais que tu finissais toujours par retourner auprès d'elle.

— Ce n'est pas vrai, se défendit-il. Je n'arrive pas à croire qu'elle soit allée te trouver pour te raconter de pareilles bêtises.

La Jillian qu'il connaissait était douce et paisible. Il la croyait incapable de ce que Tallulah lui rapportait. Mais sa conscience n'était pas tranquille. Il avait *essayé* de s'intéresser à elle. Cela avait été un échec, mais Jillian ne l'avait visiblement pas compris.

— Alors vous n'avez pas… de relation, tous les deux ?

— On est sortis ensemble deux ou trois fois, c'est tout.

— Mais ce n'est pas tout ce qu'elle m'a dit.

— Je t'écoute, grommela-t-il en enfonçant ses mains dans ses poches.

— Elle prétend que tu ne t'es installé chez moi que parce que Matt t'avait ordonné de me surveiller.

Cette demi-vérité lui fit l'effet d'un coup de poing dans l'estomac. Matt lui avait effectivement donné cet ordre, mais il ne s'était installé chez Tallulah que parce qu'il voulait passer chaque nuit dans ses bras.

— Il m'a ordonné de te surveiller, mais…

— Merde, Payton ! Comment as-tu pu…

Il l'attira dans ses bras et l'embrassa pour la faire taire.

— Écoute-moi une minute, s'il te plaît, Lulu, murmura-t-il contre ses lèvres.

— Arrête de m'appeler comme ça ! s'écria-t-elle.

Il lut autant de chagrin que de colère dans son regard.

— Je suis avec toi parce que je *veux* être avec toi, lui assura-t-il. Il n'y a pas d'autre raison.

— Alors tu ne t'amuses pas avec moi avant d'aller retrouver ta véritable compagne ?

Il serra les dents. Jillian n'avait pas le droit de dire qu'elle était sa compagne ! Ç'aurait été plus simple, mais c'était Tallulah que le destin avait choisie pour lui.

— On dirait que j'ai touché un point sensible, ajouta-t-elle en plissant les yeux.

— Jillian n'est pas ma compagne, point final, lâcha-t-il.

Mais il ne pouvait pas dire la vérité à Tallulah s'il n'avait pas l'intention de rester auprès d'elle quand la meute s'en irait. Depuis six semaines, ils tournaient autour du pot sans jamais aborder directement le problème.

Il se retrouvait dans une position intenable. Il ne trouverait jamais le bonheur auprès d'une autre femme s'il quittait Tallulah. S'il restait auprès d'elle, il perdrait sa meute, sa famille…

Tallulah croisa les bras.

— Non, cette discussion est loin d'être terminée, répliqua-t-elle. Crois-tu pouvoir…

— Chulah ! cria-t-il. Je vais faire un tour avec la Harley !

— Tu ne peux pas t'en aller alors qu'on est en pleine discussion ! s'écria Tallulah.

Chulah lui répondit en levant les pouces.

Tallulah suivit Payton dans le bureau, où il récupéra la clé de la Harley et deux casques.

— Pourquoi deux ? demanda-t-elle.

— On va prendre l'air ! répondit-il avec un grand sourire, comme s'ils n'étaient pas en train de se disputer.

— Je n'irai nulle part tant que tu ne m'auras pas répondu ! Mais… Que fais-tu ?

Elle lui martela le torse de ses poings tandis qu'il la soulevait pour l'emporter hors du bureau.

— Oublie Jillian, lui dit-il. C'est *toi* ma copine. On part en promenade et tu vas adorer ça.

Payton avait oublié à quel point il aimait sentir les vibrations du moteur entre ses cuisses et le vent sur son visage. Les bras de Tallulah enroulés autour de sa taille étaient un plus.

Sa compagne…

Il sentait qu'elle prenait autant de plaisir que lui à cette promenade. Il avait envie de rouler ainsi pour toujours, sans se soucier de l'avenir. Chaque jour les rapprochait de la fin du chantier. Cette perspective l'angoissait au point qu'il en rêvait la nuit et se réveillait en sursaut, le cœur affolé.

Ils étaient seuls sur la route qui longeait le golfe. Le paysage n'était pas aussi spectaculaire que dans les régions montagneuses où la meute était passée, mais il avait quelque chose de magique et de mystérieux.

Il roula une bonne partie de l'après-midi, jusqu'à ce que les ombres des arbres s'étendent en travers de la route.

— Veux-tu faire une pause ? suggéra-t-il à Tallulah.

— Oui.

Il s'arrêta au bord de la route. Tallulah descendit de la moto et s'étira.

Payton sortit une couverture et une bouteille d'eau des sacoches. En vrai motard, Chulah avait tout ce dont on pouvait avoir besoin pour une promenade improvisée dans son garage.

— Cherchons un coin d'ombre ! dit-il en lançant la bouteille à Tallulah.

Ils s'engagèrent sur un sentier qui les mena à une petite crique ombragée.

— C'est parfait ! déclara Payton.

Il étala la couverture sur le sable, reprit la bouteille et but à grands traits.

Tallulah retira ses chaussures avant de s'allonger tête-bêche près de lui. Il prit l'un de ses pieds pour en masser la plante.

— C'est bon ! gémit-elle.

Il réprima un sourire satisfait. Oui, c'était bien mieux que de se disputer dans le garage de Chulah. Il avait eu une idée de génie en proposant cette promenade ! Il massa la cheville et le mollet de Tallulah en admirant son vernis rose. Il avait découvert que les pédicures étaient l'une de ses faiblesses.

Il observa les environs. Cette crique était bien cachée… Ce qui lui donna une idée.

— Viens ici, que je te masse les épaules, ordonna-t-il en tapotant la couverture.

Tallulah se retourna sans discuter et l'encouragea par des gémissements approbateurs. Elle aimait ses caresses autant qu'il aimait la toucher.

— Et si tu retirais ton T-shirt ? suggéra-t-il d'une voix rauque.

Tallulah tourna la tête vers lui, les yeux brillants de désir, avant de lui obéir. Elle portait un soutien-gorge blanc qui soulignait l'éclat de sa peau brune. Quand elle se rallongea, il la fit frissonner en déposant une série de baisers sur sa nuque et ses épaules.

— Tu es magnifique, lui murmura-t-il à l'oreille avant de recommencer à la masser.

Le fait d'être en pleine nature exaltait son loup — comme si sa part humaine n'était pas assez excitée comme cela. Il laissa ses mains glisser vers les reins de Tallulah. Elle aimait particulièrement qu'on la masse à cet endroit.

Une chaleur qui n'avait rien à voir avec le climat l'envahit. Il dégrafa le soutien-gorge de Tallulah d'une main et la tourna sur le dos. Il ne l'avait jamais vue torse nu au soleil. Elle était d'une beauté à couper le souffle.

— Payton…, gémit-elle lorsqu'il pinça l'une de ses pointes de seins.

Le naturel avec lequel elle s'offrait à lui l'émerveillait.

Il se pencha pour l'embrasser et résista à la tentation de la prendre sur-le-champ. Ce qu'il voulait, c'était lui donner le plus de plaisir possible.

Tallulah caressa son érection à travers son jean, puis ouvrit sa braguette. La gourmandise avec laquelle elle contempla son membre faillit lui faire perdre la tête.

Comme il continuait à la caresser langoureusement, elle perdit patience et retira elle-même son jean. La gorge sèche, il glissa un doigt en elle.

— Maintenant ! ordonna-t-elle, le souffle court.

— Non, pas encore.

Il embrassa ses seins, puis son ventre, avant de se glisser entre ses cuisses. Elle gémit et se cambra sous les caresses de sa langue, mais elle ne le laissa pas longtemps se délecter de sa féminité.

— C'est mon tour ! décréta-t-elle en le repoussant.

Ses sensations furent si intenses quand elle prit son membre dans sa bouche qu'il en eut un vertige. Personne ne pouvait lui procurer autant de plaisir qu'elle… Parce qu'elle était la femme qui lui était destinée, même si elle l'ignorait.

— Arrête ! grogna-t-il lorsque le plaisir devint une torture. J'ai besoin de me sentir en toi.

Tallulah se plaça au-dessus de lui et le prit en elle. Quand elle atteignit l'orgasme, il perdit tout contrôle sur son corps et l'accompagna dans la jouissance.

Ils s'effondrèrent dans les bras l'un de l'autre. Comblé et détendu, il lui caressa longuement les cheveux.

Comment parviendrait-il à quitter une femme aussi parfaite ?

14

— Il faut qu'on parle, annonça-t-il à Jillian.

Elle lui décocha un grand sourire, qu'elle perdit en découvrant son air contrarié.

Il s'adossa au comptoir de la cuisine et croisa les bras.

— J'ai appris que tu avais rendu visite à Tallulah.

— J'avais envie de voir le centre culturel, répondit-elle en s'essuyant les mains sur son tablier. Elle y travaillait à ce moment-là.

— Ce n'est pas ce qu'elle m'a dit.

Les traits de Jillian se durcirent.

— Et que t'a-t-elle dit ?

— Que tu lui avais soutenu que nous étions ensemble. Que je n'avais que des aventures passagères et que je retournais toujours auprès de toi.

— C'est vrai. Je suis toujours là et nous nous déplaçons en permanence. Quand tu te lasses des autres, tu reviens vers moi.

— Tu sais bien que c'est faux, Jillian. Nous sommes sortis ensemble deux ou trois fois, mais…

Elle l'empêcha de finir sa phrase en se jetant sur lui. Pris de court, il se retrouva plaqué contre le comptoir.

— Excusez-moi…, dit Matt en entrant dans la cuisine.

Jillian s'écarta et repoussa ses cheveux derrière ses épaules.

— Que veux-tu ? lui demanda-t-elle.

— Juste un soda, répondit Matt. Ne vous occupez pas de moi.

Merde. Pourquoi avait-il fallu que ce soit *lui* qui les surprenne dans cette situation embarrassante ?

— Il faut que tu arrêtes de te conduire comme ça, dit Payton d'une voix ferme dès que Matt fut reparti. Nous ne sommes pas ensemble. Et nous ne serons même plus amis si tu retournes débiter des mensonges à Tallulah.

Jillian plissa les yeux.

— À quoi joues-tu ? répliqua-t-elle. Nous serons bientôt partis. Tu n'as aucun avenir avec elle, ni avec personne d'autre d'ailleurs.

Le coup porta. À en juger par le sourire satisfait de Jillian, elle en avait bien conscience.

— C'est peut-être vrai, mais nous ne sommes pas ensemble pour autant, grogna-t-il.

S'il devait être cruel pour être clair, tant pis !

— Je ne suis pas amoureux de toi, ajouta-t-il alors qu'elle ouvrait la bouche pour répondre. Je suis désolé mais il n'y a aucune chance pour que ça change.

— Mais pourquoi ? Nous formerions un couple parfait. Nos enfants seraient parfaits. Nous appartenons à la même meute, nous avons les mêmes amis, le même mode de vie…

— Ça n'a aucune importance, la coupa-t-il. Tallulah est ma compagne.

Jillian blêmit.

— C'est impossible ! s'écria-t-elle.

— C'est vrai. Je suis sincèrement désolé. Tu es

une très belle femme. Tous les membres de la meute seraient ravis de sortir avec toi — tous, sauf moi.

Jillian prit un verre sur le comptoir et le jeta par terre. Payton sursauta. Il s'attendait à des larmes, pas à une crise de colère.

— Amuse-toi bien à nettoyer ça, ironisa-t-il en se dirigeant vers la porte. Et je t'interdis de t'en prendre à Tallulah !

Il s'échappa de justesse alors que Jillian lui lançait une assiette à la tête.

La pleine lune apparaissait brièvement entre les nuages et le vent était de plus en plus fort.

Tallulah soupira, les yeux fixés sur le feu de camp, dont les flammes dansaient comme des démons.

— Quelque chose ne va pas ? s'inquiéta Payton.

— Non. C'est juste le temps qui m'inquiète. Une tempête approche.

— On devrait peut-être rentrer, suggéra Payton.

— Et annuler la chasse de la première nuit de pleine lune ? s'écria-t-elle. C'est le jour où les esprits sont le plus actifs. C'est hors de question !

Les autres chasseurs leur jetèrent des regards surpris.

— Il ne comprend pas nos traditions, s'empressa-t-elle d'expliquer.

Presque tous les chasseurs du bayou étaient là. Ils avaient déjà effectué la danse rituelle et méditaient avant d'entrer dans les bois.

Chulah s'approcha et posa sa main sur l'épaule de Payton.

— Un peu de pluie ne nous tuera pas, lui dit-il. On est habitués aux caprices de la nature, par ici.

— La pluie ne me dérange pas non plus, répondit Payton en haussant les épaules.

Tallulah réprima un sourire. Payton était même celui que la pluie dérangeait le moins. Il était bien protégé par son épaisse fourrure… Mais elle ne pouvait pas le dire aux autres, pas même à Tombi. Elle avait promis à Payton de garder son secret.

Il était bien intégré dans le groupe, à présent, et elle s'en réjouissait. Les chasseurs l'avaient d'autant plus facilement accepté qu'elle tuait beaucoup plus de feux follets et d'Ishkitini depuis qu'il l'accompagnait. Les autres ne comprenaient pas comment il l'aidait, mais les résultats étaient là.

Une voiture se gara devant la cabane de Tombi. Les chasseurs échangèrent des regards surpris. Tous ceux qui les connaissaient savaient qu'il ne fallait pas interrompre le rituel de la pleine lune. Tallulah reconnut immédiatement les trois personnes qui sortirent de la voiture : Koi et Shikalla Chase, accompagnés de leur fille de quinze ans, Nita. Koi et Shikalla avaient essayé d'avoir un enfant pendant des années. Quand leur fille était née, ils l'avaient baptisée Kwanita, qui signifiait « Dieu est généreux » en choctaw.

Nita était petite, mince et vive. Contrairement à la plupart des Choctaw, qui portaient les cheveux longs, elle avait un carré assez court agrémenté de mèches roses. L'affection de ses parents aurait pu en faire une enfant gâtée, mais Nita était sensible et douce, quoiqu'un peu têtue par moments.

Cela semblait être l'un de ces moments.

Nita, qui marchait plusieurs mètres devant ses parents, se planta devant Tombi avec un air déterminé.

— Je veux me joindre à vous, annonça-t-elle en

levant le menton. Je veux devenir une chasseuse d'ombres.

Personne ne ricana, mais Tallulah surprit plusieurs échanges de regards amusés. Son cœur se serra. Elle se souvenait parfaitement de ce qu'elle ressentait à l'âge de Nita, quand les chasseurs avaient recruté Tombi, mais pas elle. Ils ne l'avaient acceptée qu'après le passage de l'ouragan Katrina, qui avait donné des forces aux esprits maléfiques — et seulement parce que Tombi avait insisté.

— Nous sommes désolés de vous déranger, dit Koi en secouant la tête. Nous n'avons pas réussi à lui faire entendre raison.

— Notre fille pense avoir la vocation, expliqua Shikalla.

Tombi fronça les sourcils.

— Et qu'est-ce qui te fait croire ça ? demanda-t-il à Nita.

— Depuis un an, j'y vois de mieux en mieux dans le noir et mon odorat se développe, répondit-elle.

— Tu es trop jeune. C'est très dangereux, lui dit Tombi avant de se tourner vers Koi. Si ça l'intéresse toujours dans quelques années…

— Je veux devenir une chasseuse *maintenant*, le coupa Nita.

Cela lui valut de nombreux regards réprobateurs.

— La discipline et le respect sont les premières vertus d'un chasseur, intervint Chulah. Tombi est notre chef. Tu ne dois pas l'interrompre quand il parle.

La mère de Nita baissa les yeux et Koi posa une main sur l'épaule de sa fille.

— On va vous laisser tranquilles, dit-il.

Les yeux de Nita s'emplirent de larmes.

— Attendez ! s'écria Tallulah. Je n'étais pas

beaucoup plus âgée que Nita quand j'ai découvert mes pouvoirs. Je pense qu'on devrait lui laisser une chance de prouver qu'elle a la vocation.

Tombi lui jeta un regard surpris tandis que Payton l'encourageait en glissant sa main dans la sienne.

— Un homme plein de sagesse m'a dit que je devais obéir à mon instinct, ajouta-t-elle. Et mon instinct me dit que Nita mérite une chance de prouver sa valeur.

— S'il vous plaît ! insista Nita, le regard plein d'espoir.

— Depuis quand voles-tu au secours des enfants, Tallulah ? grommela Tombi.

— Depuis que quelqu'un a transformé Lulu en une femme douce et gentille, répondit Chulah en donnant un coup de coude à Payton.

— Payton est le seul à avoir le droit d'utiliser ce surnom ridicule ! protesta-t-elle.

Chulah pouffa.

— Tu n'as peut-être pas tant changé que ça, finalement…

— Très bien, soupira Tombi. On peut faire passer quelques tests à Nita.

Son ton prouvait qu'il ne la croyait pas capable de réussir.

— Écartons-nous du feu et commençons par vérifier que ta vue est aussi bonne que tu le dis.

— Merci ! s'écria Nita.

Elle ne semblait pas douter de ses capacités. Tallulah pria pour que sa confiance soit justifiée. Si Nita échouait, elle aurait l'air d'une idiote — et elle détestait perdre la face devant les chasseurs.

Tombi se dirigea vers l'orée des bois. Tout le monde le suivit.

— Quoi qu'il arrive, tu as bien fait de la défendre, chuchota Payton à l'oreille de Tallulah.

Il semblait toujours capable de deviner ses pensées et cela commençait à l'effrayer. Que deviendrait-elle quand il s'en irait ? Son cœur se serra, comme à chaque fois qu'elle pensait à son départ.

L'obscurité les enveloppa comme un manteau.

Tombi suspendit son sac à dos à l'une des branches d'un chêne. Comme il était noir, il se fondait presque entièrement dans la nuit.

— Peux-tu prêter ton lance-pierre à Nita, Tallulah ? demanda-t-il.

Tallulah plaça l'arme dans les mains tremblantes de Nita.

— Bonne chance, chuchota-t-elle.

— Essaie d'atteindre le sac à une distance de vingt mètres, ordonna Tombi.

L'un des chasseurs se chargea de mesurer les vingt mètres et d'indiquer à Nita l'endroit d'où elle devait tirer.

Nita s'y posta, les jambes un peu écartées pour gagner en stabilité, et tira. Le caillou atterrit en plein milieu du sac à dos.

— Je t'accorde que tu es douée, commenta Tombi en se grattant le menton.

Contrairement aux parents de Nita, Tallulah réussit à réprimer son sourire.

— Essaie de quarante mètres, maintenant ! ordonna Tombi.

Nita s'éloigna et frappa encore le centre du sac à dos.

— Bravo ! s'écria Tallulah malgré elle.

Nita leva le lance-pierre avec un grand sourire comme si c'était une médaille d'or.

Tallulah observa les visages des autres chasseurs et y lut un respect grandissant — qui semblait les contrarier.

— Voyons comment tu t'en sors à soixante mètres, reprit Tombi.

— Ce n'est pas juste ! intervint Tallulah. Même les chasseurs expérimentés ne touchent pas toujours leur cible quand ils sont à une telle distance.

— J'en suis capable, lui assura Nita.

— L'orgueil précède la chute, soupira Chulah en secouant la tête.

— Je parie qu'elle y arrivera, intervint Payton. J'offre un dîner si elle rate.

— Du premier coup ? suggéra Chulah. C'est un dîner facilement gagné…

— Je n'avais pas dit du premier coup, mais soit, répondit Payton.

Les autres chasseurs parièrent aussi — tous contre Nita.

— Ça risque de te coûter cher, glissa Tallulah.

— J'ai confiance en elle, dit Payton.

Nita tira… Et manqua la cible.

Tout le monde éclata de rire.

— Tu as perdu, Payton ! lança quelqu'un.

— Et j'ai faim ! plaisanta quelqu'un d'autre.

Pauvre Nita… Elle jeta un regard désemparé à ses parents. Tallulah la rejoignit et lui tendit une poignée de cailloux.

— C'est difficile pour tout le monde, lui dit-elle. Essaie encore. Tu dois faire preuve de persévérance si tu veux devenir une chasseuse d'ombres.

— Mais j'y arrive, d'habitude…, se lamenta Nita.

— Prouve-le !

Nita hocha la tête, chargea le lance-pierre et

toucha le sac. Elle recommença encore et encore sans manquer la cible une seule fois.

— Ça suffit ! ordonna Tombi. Je t'accorde que tu as une très bonne vue et la main sûre.

— Je peux chasser avec vous, alors ? demanda Nita, pleine d'espoir.

Tombi pouffa.

— Pas ce soir. Tu es douée, mais il faut s'entraîner beaucoup pour devenir un chasseur d'ombres. Tu n'es encore qu'une enfant… C'est trop dangereux.

— Nous sommes d'accord, s'empressa de dire Koi. Mais vous lui feriez un grand honneur si vous acceptiez de l'entraîner jusqu'à ses dix-huit ans.

— Trois ans ! s'écria Nita avant de se tourner vers Tallulah. Mais tu as commencé à chasser à seize ans…

Génial. Voilà ce que cela lui rapportait de l'avoir soutenue…

— C'était dans des circonstances exceptionnelles, répondit-elle.

— Je veux juste dire que je te trouve extraordinaire ! dit Nita. J'ai toujours voulu te ressembler et suivre ton exemple.

Encore mieux. Tallulah se sentait vieille, à présent.

Payton lui décocha un sourire avant de se pencher vers son oreille.

— Grand-mère ! chuchota-t-il.

— Ça fait de toi un gérontophile, grommela-t-elle.

— Reviens nous voir ce week-end pour qu'on évalue ton endurance, proposa Tombi à Nita. Si tu peux nous suivre, nous commencerons ton entraînement.

— Merci ! s'écria Nita. Je vous promets que vous ne serez pas déçus.

Tallulah la regarda s'éloigner avec ses parents. Tout à coup, les siens lui manquèrent terriblement. Étaient-ils vraiment morts depuis dix ans ? Elle ferma les yeux et crut sentir le parfum du pain de maïs de sa mère. Elle revit son père sculpter des figurines délicates comme si elle avait admiré son habileté la veille.

Payton l'attira dans ses bras. Les battements de son cœur, puissants et réguliers, la rassurèrent. Mais tout pouvait finir si vite...

Elle avait déjà perdu sa mère, son père, Bo...

Elle agrippa le T-shirt de Payton.

— Qu'y a-t-il, Lulu ? murmura-t-il.

— Rien.

Elle s'empressa de s'essuyer les yeux et lui offrit un sourire crispé.

— Es-tu prêt à chasser ? lui demanda-t-elle.

— Si ça peut t'aider à te sentir mieux, répondit-il en écartant une mèche de son visage.

Elle était bien trop vulnérable pour supporter des gestes de tendresse... Elle inspira profondément.

— Je vais bien, lui assura-t-elle par réflexe.

— Si tu le dis.

Ils entrèrent dans les bois et s'éloignèrent des autres chasseurs le plus vite possible. Troublée par sa tristesse, Tallulah faisait craquer des brindilles à chaque pas.

— Tu n'as pas l'air très concentrée pour quelqu'un qui prétend aller bien, commenta Payton.

Elle se retourna en posant un doigt sur ses lèvres.

— Moins fort ! chuchota-t-elle.

Payton pouffa.

— Comme toi ? Allons... Dis-moi ce qui ne va pas.

Elle soupira. Autant le lui dire, puisqu'il ne la laisserait pas tranquille tant qu'elle ne l'aurait pas fait.

— C'est juste que voir Nita avec ses parents m'a fait penser aux miens. Ils me manquent.

— Je comprends, répondit-il. Mes parents me manquent aussi. Je pense qu'ils me manqueront toujours.

Qu'elle pouvait être stupide, par moments ! Elle n'était pas la seule à avoir connu des tragédies.

— Je suis désolée, murmura-t-elle.

Et elle n'était vraiment pas douée pour s'excuser, ni pour réconforter les gens.

— C'est inutile, répondit-il.

Il prit son visage entre ses mains et lui décocha un sourire qui lui coupa le souffle. Avait-elle autant d'effet sur lui ? C'était très peu probable. Elle se remit en route — en silence cette fois. Payton ne faisait pas plus de bruit qu'elle. Ils formaient une si bonne équipe, tous les deux… Une fois de plus, elle se demanda comment elle supporterait la solitude quand il serait parti. Elle essaya de chasser ces pensées tristes de son esprit, mais elles résistèrent.

Elle s'arrêta brusquement quand l'évidence lui apparut. Comment avait-elle pu être aussi sotte ?

Elle était tombée amoureuse d'un loup-garou qui allait bientôt la quitter.

C'était sans doute la plus grave erreur qu'elle ait jamais commise.

Les femmes !

Payton avait l'impression de marcher dans les bois depuis des heures. Les autres chasseurs étaient trop près pour qu'il se transforme. Il suivait Tallulah, qui évitait clairement son regard et toute forme de communication. Qu'avait-il fait, cette fois ?

Même cachée derrière les nuages, la pleine lune lui mettait les nerfs à vif. Sa part animale était aussi soumise à son influence que les marées.

Il avait *besoin* de se transformer. Sa prudence était sûrement excessive… Il céda à la tentation. Sous forme animale, il n'avait pas besoin d'essayer de comprendre Tallulah, de faire plaisir à son alpha, ni de travailler. Il pouvait se contenter d'exister.

Le sol vibra sous ses pattes dès qu'il changea de forme. Les odeurs de plusieurs humains lui chatouillèrent la truffe.

— Quelqu'un approche ! chuchota Tallulah. Cache-toi !

Mais il était trop tard.

Tombi, Chulah et d'autres chasseurs apparurent à quelques mètres d'eux. Ils le contemplèrent avec stupeur. Ils combattaient des esprits maléfiques depuis des années, mais ils n'avaient jamais vu un homme se transformer en animal.

Payton se retrouva déchiré entre deux réflexes opposés : celui de disparaître dans la nuit et de faire comme si rien ne s'était passé, et celui de reprendre forme humaine pour exiger leur silence.

Il reprit forme humaine, remit son jean et leur fit face. Tallulah s'approcha de lui pour lui offrir son soutien. Il scruta les visages des chasseurs d'ombres en y cherchant de la colère ou du dégoût, mais il n'y lut que de la détermination et un peu de curiosité.

Qu'allaient-ils faire ? Que *pouvaient*-ils faire ? Quoi qu'ils pensent de lui, il resterait un loup-garou et il n'avait aucune intention de prendre ses distances vis-à-vis de Tallulah.

— Je m'en doutais, dit Tombi d'une voix neutre. J'ai même demandé à Tallulah si c'était possible, mais elle peut être muette comme une tombe, quand elle veut.

C'était bien la dernière des réactions auxquelles Payton s'attendait.

— Pas moi ! dit Chulah. Je croyais qu'on était amis. Pourquoi ne m'as-tu rien dit ?

— C'est la loi de la meute, répondit Payton. Nous devons garder le secret. Vous êtes mieux placés que la plupart des gens pour comprendre.

— Il ne devrait pas y avoir de secrets entre amis, insista Chulah. Si…

— Et ma sœur ? le coupa Tombi.

Payton haussa un sourcil.

— Que veux-tu dire ?

— Ça la concerne, non ? Je veux savoir quelles sont tes intentions à son égard.

— Arrêtez de parler de moi comme si je n'étais pas là ! grogna Tallulah.

Tombi fronça les sourcils.

— Vous vivez ensemble depuis des semaines, mais envers qui est-il loyal ? Sa meute ou toi ?

Merde. Tombi avait mis le doigt sur le problème en moins de dix secondes.

— Ça ne te regarde pas ! répondit Tallulah sèchement.

— Il y a peut-être une question plus importante…, suggéra Chulah. Qui a tué Jeb Johnson ?

Au lieu de le désarçonner, ce brusque changement de sujet soulagea Payton.

— Il s'appelle Russell Hull, répondit-il. Il s'est enfui quand nous avons découvert ce qu'il avait fait.

— Mais pourquoi l'a-t-il tué ? demanda Chulah. Tu ne ferais jamais une chose pareille !

La confiance que Chulah avait en lui le surprit et l'émut.

— Russell est malade. Il a attrapé ce qu'on appelle la fièvre lycanthropique, un virus qui l'a transformé en monstre sanguinaire.

— Il a mordu Tallulah, dit Tombi, les mâchoires crispées.

— C'est vrai, répondit Payton. Je ne remercierai jamais assez ta femme de l'avoir sauvée.

— Mais n'oublie pas que c'est Payton qui m'a trouvée et qui m'a ramenée chez moi, intervint Tallulah. Lui aussi m'a sauvée.

Tombi hocha la tête et tendit la main à Payton.

— Je te considère comme l'un des nôtres, déclara-t-il.

Quand Payton serra sa main, il se pencha et lui chuchota à l'oreille :

— Je te tuerai si tu fais du mal à ma sœur.

— Qu'as-tu dit ? demanda Tallulah, les poings sur les hanches.

Payton se contenta d'acquiescer. Il comprenait l'inquiétude de Tombi. Il aurait sans doute agi de la même manière s'il avait eu une sœur.

Chulah s'approcha pour lui tendre la main à son tour.

— Je te considère comme l'un des nôtres — en plus poilu, ajouta-t-il avec un sourire espiègle.

Sa plaisanterie détendit l'atmosphère. Tous les chasseurs vinrent lui serrer la main l'un après l'autre.

Il en eut presque les larmes aux yeux. Jamais sa meute n'aurait accepté un étranger de cette manière. Ces hommes étaient bien plus tolérants et ouverts d'esprits que ceux qu'il considérait comme ses frères.

Vivement ému, il attira Tallulah dans ses bras. Il devait convaincre la meute que les chasseurs d'ombres étaient des humains exceptionnels. Ils pouvaient peut-être former une alliance…

Tombi, Chulah et les autres disparurent dans la nuit en le laissant seul avec Tallulah. Ne sachant comment exprimer ce qu'il ressentait, il la serra contre son cœur, peut-être un peu trop fort. Cette nuit était l'une des plus belles de sa vie.

Heureusement, Tallulah n'était pas une femme fragile. Elle se blottit dans ses bras sans dire un mot.

Alors quelque chose bougea entre les arbres et un grognement sourd résonna à moins de vingt mètres d'eux. Payton plissa les yeux. Seuls les crocs blancs et les yeux bleus de la créature étaient visibles dans l'obscurité.

Tallulah banda son lance-pierre par réflexe.

— Qu'est-ce que c'est ? demanda-t-elle. Comment cela a-t-il pu s'approcher autant sans qu'on s'en rende compte ?

— Baisse ton arme, répondit-il calmement. C'est un loup.

Un loup isolé… Quelqu'un qui avait désobéi aux ordres de leur alpha.

Et pour cause, car c'était l'alpha lui-même.

15

Le lendemain, Payton évita Matt. Il se réjouit plus que jamais d'être enfermé dans la cabine de sa pelleteuse. Il la quitta à contrecœur quand l'heure du déjeuner arriva. Il envisagea brièvement de manger à l'écart des autres, mais il valait mieux qu'il assume ses responsabilités le plus vite possible — à condition que Matt assume les siennes. Il avait violé ses propres règles, après tout.

Payton s'installa à la table de pique-nique. Les autres membres de la meute bavardaient et riaient. Matt, au bord de la route, s'entretenait avec un homme qui portait un costume et une cravate. Ce devait être un conseiller municipal, ou quelque chose comme cela. Comment supportait-il de porter un costume par une chaleur pareille ?

Payton ouvrit son tupperware et en examina le contenu en soupirant. Comme il s'était réveillé en retard, il avait préparé son déjeuner en catastrophe. Il avait des raisins secs, des crackers et du bœuf en conserve. Ce n'était pas très appétissant, mais il fallait bien qu'il se nourrisse. Il coupa une tranche de bœuf et la posa sur un cracker.

Alors qu'il s'apprêtait à mordre dedans, Adam s'assit à côté de lui.

— Matt veut te parler, lui dit-il.

Payton soupira, posa son cracker et but une gorgée d'eau avant de quitter la table. Il rejoignit Matt à l'ombre d'un grand chêne — l'un des rares arbres qu'ils avaient épargnés.

Matt alluma un cigare, ce qui prouvait qu'il était énervé, stressé ou les deux. Il ne lui accorda pas un regard.

— Tu voulais me dire quelque chose ? demanda Payton, agacé par son attitude.

Matt arrêta enfin de fixer le bout de son cigare. Son regard perçant fit à Payton l'effet d'un coup de poing en pleine mâchoire.

— J'ai des tas de choses à te dire, répondit-il. Qu'est-ce qui t'a pris de te transformer devant tous ces gens ?

— Que faisais-tu seul dans les bois ? riposta Payton.

Matt aspira une bouffée et fit des ronds de fumée avant de répondre :

— De la reconnaissance.

— Tu te fous de moi ?

— Fais attention à ce que tu dis, petit.

— Je ne suis plus un « petit » et j'en ai assez de recevoir des ordres.

Cette réponse le surprit lui-même. Il n'avait jamais parlé à Matt sur ce ton.

— Je suis ton alpha, lui rappela celui-ci. Tout ce que je fais est dans l'intérêt de la meute.

— Ce doit être bien agréable d'imposer des règles à tout le monde sans les respecter soi-même…, ironisa Payton.

— Je *te* surveillais, répliqua Matt en pointant un doigt accusateur sur lui. Je voulais savoir ce que tu fabriquais avec cette fille bizarre et ses amis.

— Pourquoi ?

— Parce que c'est à cause d'elle que le shérif nous tourne autour. Il ne peut rien prouver, mais il me rend nerveux.

— Ne fais pas attention à lui, suggéra Payton. On sera bientôt repartis, de toute manière.

— Tu oses me dire ce que je devrais faire ? s'écria Matt.

Payton se mordit la langue pour ne pas répondre. Se quereller avec Matt n'arrangerait rien.

Quand l'alpha jeta son cigare et l'écrasa rageusement, Payton eut l'impression de le voir écraser ses espoirs de la veille. Une alliance ? Matt n'y était pas prêt et les chasseurs d'ombres n'accepteraient jamais d'obéir à ses ordres. C'étaient des hommes libres.

Subitement, cela lui parut la chose la plus désirable du monde.

— J'attends de toi une loyauté sans faille, dit Matt, brisant le fil de ses pensées tout à fait déloyales. Je t'ai accepté dans ma meute alors que personne ne voulait de toi.

— Je ne l'oublierai jamais, répondit calmement Payton. Mais qu'attends-tu en échange ? Une vie entière de servitude ?

Matt écarquilla les yeux.

— C'est comme ça que tu vois les choses ?

— Par moments, oui. Et de plus en plus souvent ces derniers temps.

— La manière dont je dirige la meute ne dérange personne d'autre.

— Peut-être parce que personne n'ose te critiquer.

Matt secoua la tête.

— C'est à cause de cette Tallulah… Ta petite salope t'a lavé le cerveau.

— Je t'interdis de l'insulter ! s'écria Payton en faisant un pas menaçant vers son alpha.

Matt ne s'excusa pas.

— Je dis les choses comme je les vois, répondit-il. Cette fille ne nous a apporté que des ennuis depuis le premier jour où elle a protesté contre notre chantier.

— Elle a le droit de protester. Cette forêt est…

— Et elle ne s'est pas arrêtée là, le coupa Matt. Elle a poussé le shérif à enquêter sur nous et elle t'a monté contre nous. Elle est néfaste.

— Pour toi, peut-être, mais pas pour moi. C'est la femme la plus honnête et la plus courageuse que j'aie jamais rencontrée. Elle est gentille et…

— Gentille ? s'écria Matt. Cette sorcière ? Elle passe son temps à se plaindre et à accuser les gens. Comment peux-tu t'intéresser à elle alors que tu pourrais avoir Jillian pour compagne ?

Voilà donc de quoi il s'agissait. Matt lui en voulait d'avoir repoussé les avances de sa sœur.

— Tu sais ce qui s'est passé entre Jillian et moi ? demanda-t-il.

— Tout le monde le sait. Il n'y a pas de secrets entre nous. Il n'y en *avait* pas jusqu'ici, du moins.

Payton devait au moins essayer de s'expliquer.

— En ce qui concerne Jillian… Il n'y a pas ce que tu crois entre nous.

— Je peux te dire que ça existe de son côté, répliqua Matt. Elle pleure depuis des semaines — au cas où tu t'en soucierais.

— Bien sûr que je m'en soucie.

Mais il savait aussi qu'elle avait menti à Tallulah pour lui faire du mal. Jillian n'était pas la femme douce et généreuse pour laquelle tout le monde la prenait.

— Au moins, elle a enfin compris qu'il n'y avait rien entre nous. Elle va pouvoir passer à autre chose, comme je l'ai fait.

— Avec Tallulah ? Cette relation n'a aucun avenir, tu le sais très bien. Je ne te comprends pas. Jillian est plus belle, plus douce… Elle serait parfaite pour toi.

Quoi ? Matt n'était visiblement pas objectif en ce qui concernait sa sœur.

— Tu sais bien qu'on ne choisit pas de qui on tombe amoureux, lui rappela-t-il.

— Nous n'aurions jamais eu tous ces ennuis si nous n'étions pas venus dans ce trou à rats et si tu n'avais pas rencontré cette salope, soupira Matt.

Le sang de Payton ne fit qu'un tour.

— Retire ça tout de suite ! s'écria-t-il en agrippant le T-shirt de Matt.

Matt le repoussa brutalement et se mit en garde. Il l'imita.

— Vaut-elle vraiment la peine que tu te battes pour elle ? grogna l'alpha. Mais tu ne veux peut-être plus faire partie de la meute… C'est ça, le problème ?

Du coin de l'œil, Payton vit les autres se rapprocher — sans doute pour défendre leur alpha.

— C'est le dernier avertissement, petit, poursuivit Matt. Tu es sur le point de tout perdre à cause de la pire furie que j'aie jamais rencontrée.

— La ferme ! grogna Payton. Elle est tout ce que j'ai toujours désiré chez une femme.

— C'est vrai ?

Il était si furieux qu'il lui fallut quelques secondes pour identifier la voix féminine qui venait d'intervenir.

Matt baissa les poings, l'air un peu penaud.

Payton se retourna vers Tallulah, qui tenait un

sac en papier sur lequel était imprimé le logo de l'un de ses restaurants préférés.

— J'ai pensé que ça te ferait plaisir de manger quelque chose de chaud au déjeuner, pour changer, dit-elle.

— Bonne idée, répondit-il stupidement.

Sa seule présence le calma d'un seul coup. Elle portait une robe violette qui mettait sa silhouette sensuelle en valeur, mais ce fut son regard qui l'hypnotisa. Il était plein de mystère et… d'amour ?

Elle lui tendit le sac.

— Merci, balbutia-t-il.

— J'espère que tu ne passeras pas toute ta pause à te battre, dit-elle avant de jeter un coup d'œil à Matt.

Celui-ci s'éloigna en faisant signe aux autres de le suivre.

Quelques secondes plus tard, Payton se retrouva seul avec Tallulah.

Qu'avait-elle entendu ? Il se sentit rougir. Avait-il vraiment dit qu'elle était tout ce qu'il désirait chez une femme ?

— Je suis désolé que tu aies assisté à cette scène, marmonna-t-il. Matt est susceptible quand il s'agit de sa sœur.

— Je m'en suis aperçue, répondit-elle.

— Veux-tu rester déjeuner avec moi ? proposa-t-il.

— Non merci. J'ai déjà mangé et j'ai une journée chargée. À ce soir!

Elle repartit vers sa voiture et lui envoya un baiser avant d'y monter. Il en resta bouche bée. Cela ne ressemblait pas à la Tallulah qu'il connaissait…

***

— Qu'est-ce qui te fait sourire comme ça ? demanda Laverna Finley, sa patronne, en remontant ses lunettes sur son nez.

Tallulah haussa les épaules.

— Rien de particulier, mentit-elle.

— Je n'en crois pas un mot et je parie qu'il s'agit d'un homme, répondit Laverna. C'est agréable, en tout cas.

— Parce que je suis désagréable, d'habitude ?

— Oui. Mais ça ne t'empêche pas d'être une excellente employée. Maintenant, remets-toi au travail !

— Oui madame ! Est-ce que… Je pourrais partir un peu plus tôt, aujourd'hui ? demanda Tallulah après une brève hésitation. J'aimerais prendre de l'avance dans la préparation du dîner.

Laverna pouffa.

— Je suis sûre que tu aimerais prendre de l'avance pour quelque chose, mais ça m'étonnerait qu'il s'agisse de ton dîner.

Tallulah se sentit rougir.

— Tu mets de jolies robes, tu souris, tu veux partir plus tôt…, poursuivit Laverna. Vas-y ! Profite de ta jeunesse !

— Oui madame ! répéta Tallulah.

Elle ramassa son sac sous le comptoir et se précipita vers la porte.

Laverna éclata de rire.

— Ça doit être un oiseau rare ! lui lança-t-elle.

Tallulah fit semblant de ne pas avoir entendu. Mais à quoi bon ? Une fois dehors, elle rouvrit la porte pour répondre :

— Il s'appelle Payton et oui, c'est un oiseau rare.

Elle courut jusqu'à sa voiture en composant mentalement le menu du dîner : steak, pommes au four, salade et tarte aux noix de pécan — les plats préférés de Payton.

« Elle est tout ce que je désire chez une femme », avait-il dit.

Cette phrase tournait dans sa tête depuis midi et l'emplissait de joie. Elle ne croyait pas revivre cela un jour. Il devait l'aimer, même s'il ne le lui avait pas encore dit… Il le ferait peut-être ce soir.

Elle dansa presque dans l'épicerie et devant ses fourneaux. Elle imagina le plaisir de Payton quand il rentrerait.

Ah oui, ce sont tes plats préférés ? Je ne m'en souvenais plus, mentirait-elle.

En plus d'être sexy, elle faisait bien la cuisine. Comment auait-il pu quitter le bayou à la fin du chantier ? Qu'elle avait été bête de s'inquiéter pour rien !

« Elle est tout ce que je désire chez une femme. »

Payton n'était pas Hanan. À cause de la trahison de ce dernier, elle s'était demandé des centaines de fois si Payton n'était pas plus attaché à sa meute qu'à elle. Quelle idiote !

Une odeur de fourrure — qui n'était pas celle de Payton — la perturba. Elle balaya la cuisine du regard en fronçant les sourcils, puis fit le tour de sa cabane. Tout était en ordre. Elle retourna dans la cuisine et inspira profondément sans retrouver l'odeur.

C'était la troisième fois de la semaine que cela se produisait et cela commençait à l'agacer. Son inconscient ne devait pas encore s'être remis de l'attaque de Russell.

Elle courut à la fenêtre quand des pneus crissèrent dans l'allée. C'était Payton. Elle s'empressa de mettre la table sans pouvoir s'empêcher de sourire. Cette soirée serait parfaite !

Il était en nage et avait les traits tirés, mais elle ne remarqua ni bleu, ni bosse.

— Matt et toi ne vous êtes pas battus, finalement ? demanda-t-elle.

— Non, répondit-il avant de renifler. Tu as préparé des steaks ?

— Avec des pommes au four et une tarte aux noix de pécan. Pourquoi vous disputiez-vous ?

Elle lui servit un verre de thé glacé qu'il vida avant de répondre.

— Parce que Matt m'a vu me transformer devant Tombi et les autres, hier soir.

— C'était lui, le loup ?

— Oui, et l'incident l'a mis hors de lui. Nous ne sommes pas censés révéler notre nature aux humains, et encore moins nous transformer devant eux.

— Ce n'est pas si grave… Aucun des chasseurs ne te trahira.

— *Nous* le savons, répondit-il. Mais Matt se méfie de tout le monde.

— Il s'en remettra quand il verra que ce qui s'est passé hier soir n'a aucune conséquence.

— Je n'en suis pas si sûr, soupira Payton. Nous nous sommes dit des choses sous le coup de la colère… Matt a menacé de m'exclure de la meute.

Cela ne lui semblait pas une si mauvaise nouvelle. Son appartenance à la meute était trop contraignante. Elle menaçait leur relation.

— Serait-ce vraiment si terrible ? demanda-t-elle. Souviens-toi de la manière dont ils ont réagi quand tu as dénoncé Russell… Ils ne sont pas loyaux envers *toi*.

Les mâchoires de Payton se crispèrent.

— Tu ne comprends pas. Nous sommes une vraie famille. Matt m'a recueilli alors que personne ne voulait de moi.

— Soit. Ils t'ont rendu service *une fois*, répliqua-t-elle en commençant à perdre son calme. Cela t'oblige-t-il à passer le reste de ta vie avec eux en te déplaçant en permanence ? C'est ridicule !

Elle regretta immédiatement d'avoir dit cela. Elle aurait dû aborder le sujet avec un peu plus de tact — mais ce n'était pas sa spécialité.

— Que ressentirais-tu si les chasseurs d'ombres ne voulaient plus de toi ? demanda Payton après quelques secondes d'un silence pesant.

— J'en souffrirais, reconnut-elle. Mais ce ne serait pas la fin du monde.

Pas si nous étions ensemble, songea-t-elle en s'interdisant de le dire.

Au moins, elle n'aurait pas sacrifié sa dignité si Payton décidait finalement de partir avec sa meute.

— En es-tu sûre ?

Ce n'était vraiment pas ainsi qu'elle avait imaginé leur soirée romantique. Son cœur se serra. Elle aurait sans doute tort d'insister… Mais il fallait qu'elle sache.

— Tu m'as dit que ta meute partait à la fin du mois. C'est dans deux semaines… Partiras-tu avec elle ?

— Je ne sais pas, répondit-il calmement.

Elle se leva et posa les plats sur la table avec tant de force qu'elle fut un peu surprise de ne pas les casser.

— Lulu… Ne nous disputons pas ce soir, s'il te plaît. Ça a été une dure journée.

— Je ne voudrais surtout pas te contrarier, répliqua-t-elle.

Elle s'assit, posa un steak dans son assiette et l'attaqua comme s'il était son pire ennemi. Elle était la femme la plus stupide du monde. Elle n'était la femme idéale de personne. Payton n'avait sûrement dit cela que pour provoquer Matt. Il partirait bientôt et elle se retrouverait seule, comme toujours.

Payton beurra sa pomme de terre en soupirant et commença à manger. Le bruit de leurs couverts tint lieu de conversation. Elle avait quitté son travail plus tôt pour *ça* ? Elle posa sa serviette alors qu'elle n'avait mangé que la moitié de son steak. Elle n'en tirait décidément aucun plaisir.

Elle se leva et vida son assiette dans la poubelle.

— Arrête, s'il te plaît, dit Payton. Tu sais que je tiens à toi. C'est juste que… La situation est compliquée. Il faut que je réfléchisse.

— Prends ton temps, je t'en prie, répondit-elle avec amertume. Tu as encore deux semaines pour savoir ce que tu veux.

Il se leva et la retint par le bras alors qu'elle sortait de la cuisine.

— Arrête ! Je reconnais que la situation me perturbe. Tu es ma compagne. C'est quelque chose que je ne peux pas prendre à la légère. Quand je…

— Je suis quoi ? s'écria-t-elle en fronçant les sourcils. Je croyais que c'était quelque chose qui ne se produisait qu'entre vous…

— C'est le cas, en général. Mais la personne qui nous est destinée peut être n'importe qui. Et *tu es* la femme qui m'est destinée.

Cela ne semblait pas lui faire plaisir.

— Qu'est-ce que ça veut dire, au juste ? Et depuis quand le sais-tu ?

— C'est difficile à expliquer.

— Essaie quand même, grommela-t-elle.

— Ça veut dire qu'aucune autre femme ne peut me satisfaire.

— Alors où est le problème ? Reste avec moi !

Elle s'interdit d'ajouter quoi que ce soit. Elle s'était juré de ne jamais supplier un homme et elle n'en était plus très loin. Payton ne l'aimait pas, si le fait qu'elle soit sa compagne le contrariait autant.

— Depuis quand le sais-tu ? demanda-t-elle encore.

— Depuis la première fois qu'on a fait l'amour.

— Pourquoi ne m'as-tu rien dit ?

— Parce que ça m'a surpris et parce que je ne sais pas quoi en penser. Rester avec toi suppose que je change radicalement de mode de vie.

— Ça suppose que tu perdes ta précieuse meute, répondit-elle sèchement. Et je n'en vaux pas la peine… Alors va-t'en ! Rentre chez toi !

— C'est vraiment ce que tu veux ? demanda-t-il.

Non. C'était son amour qu'elle voulait. Elle plongea son regard dans le sien. Le comprendrait-elle jamais ? Sa part animale l'influençait peut-être d'une manière que son esprit purement humain ne pouvait pas saisir.

Ou bien il jouait avec elle en attendant de partir vers de nouveaux horizons.

— Si tu t'en vas, je ne veux pas que tu m'écrives, ni que tu m'appelles, dit-elle. Je veux une rupture propre et définitive.

Il hocha la tête.

— Je comprends. Je ne veux surtout pas te faire de mal.

Sauf que c'est déjà fait, songea-t-elle.

Si elle faisait preuve d'un peu plus de patience, finirait-il par comprendre qu'il était libre de choisir la vie qu'il voulait ?

Elle inspira profondément.

— Je vais me resservir, déclara-t-elle. Nous n'avons pas fini de dîner.

16

Plus que six jours.

Cela passait bien trop vite. Tallulah s'agrippait à chaque seconde en regrettant de ne pas pouvoir suspendre le cours du temps.

Ironiquement, c'était en partie à cause d'elle si le chantier de Payton s'achevait plus tôt que prévu. April avait parlé à Sashy, qui avait à son tour convaincu son mari de ne pas déboiser entièrement leur terrain. La vente des arbres qui avaient déjà été abattus leur rapporterait assez d'argent pour financer les études de leurs enfants. Ils avaient même renoncé à vendre le terrain à des promoteurs. Payton et ses amis n'avaient donc plus qu'à finir de déblayer la zone défrichée.

Tallulah était déchirée entre la satisfaction et le désespoir. Elle était contente d'avoir gagné la bataille, mais l'imminence du départ de Payton lui brisait le cœur.

La mission qu'elle devait accomplir aujourd'hui n'arrangeait rien, mais elle était nécessaire. À vrai dire, c'était quelque chose qu'elle aurait dû faire depuis longtemps.

En périphérie de La Siryna, elle s'engagea dans Bosarge Lane, un quartier qu'elle évitait, en général.

Elle passa entre de vieilles maisons charmantes, quoiqu'un peu délabrées.

Au bout de la rue, elle entra dans la résidence des Magnolias. Ce nom lui avait toujours semblé ironique. Il n'y avait pas un seul magnolia — ni la moindre fleur — dans cette partie de la ville, rien que de petites maisons en briques parfaitement identiques. Elle s'arrêta devant le 22A. L'un des volets pendait dangereusement et l'herbe qui poussait devant la maison avait besoin d'être tondue. Tous ces signes de dégradation étaient autant de preuves que Bo était mort.

Tallulah soupira et sortit de sa voiture. Fala devait être chez elle, puisque sa vieille Plymouth était garée dans l'allée. Tallulah lissa sa jupe et s'approcha de la porte, qui s'ouvrit avant qu'elle n'ait frappé.

— Que fais-tu là ? demanda Fala.

Elle était toujours aussi agréable…

— Moi aussi, je suis contente de te voir, répondit Tallulah. Je peux entrer ?

Fala croisa les bras et fronça les sourcils, mais elle s'écarta pour la laisser passer.

La mère de Bo avait pris un coup de vieux. Ses cheveux avaient blanchi et ses rides s'étaient creusées. Avec son nez busqué et ses yeux noirs remplis de méfiance, elle ressemblait de plus en plus à l'animal dont elle portait le nom : le corbeau.

Et, comme un corbeau, elle avait donné des coups de bec à tous ceux qui l'entouraient jusqu'à ce qu'ils l'abandonnent — comme le père de Bo.

Tallulah s'assit sur le vieux canapé à motif floral et se souvint du jour où elle s'y était assise pour la première fois, avant le bal de fin d'année du lycée. Fala avait pris des photos et s'était émerveillée de la beauté de son fils en ignorant sa petite amie, qui ne pouvait pas être digne de lui.

— Tu n'as aucune raison de venir maintenant que mon garçon est mort, dit Fala en s'installant dans un fauteuil. Nous n'avons jamais été proches.

— J'ai essayé, murmura Tallulah.

Elle balaya la pièce du regard. Rien n'avait changé. Il y avait toujours des photos de Bo partout. Elle se leva et s'approcha de celle qu'elle préférait : Bo, à cinq ans, qui tendait un lance-pierre pour enfants avec un grand sourire.

— Que fais-tu ? aboya Fala. Ce sont mes photos. N'espère pas que je t'en donne une.

— Je ne te l'ai pas demandé, répondit Tallulah. J'admirais celle-ci, c'est tout.

— Mon Bohpoli portait bien son nom. C'était le meilleur tireur du bayou.

Tallulah retourna s'asseoir en réprimant un sourire. Bo détestait son nom.

— Oui, c'était le meilleur, répondit-elle.

Les traits de Fala s'adoucirent un peu.

— Que veux-tu ? demanda-t-elle encore.

Tallulah se mordit la lèvre pour l'empêcher de trembler. Une part d'elle avait juste envie de s'enfuir. Ne sachant pas quoi dire, elle se contenta de retirer sa bague de fiançailles et de la tendre à Fala. Elle l'avait portée une dernière fois pour l'occasion.

— Te rendre cette bague, murmura-t-elle. Bo m'a dit qu'elle appartenait à ta mère. C'est à toi qu'elle revient.

Fala la regarda comme si elle venait de la gifler.

— Pourquoi ? Elle n'est pas assez bien pour toi ?

Le chagrin et la colère envahirent Tallulah.

Personne n'était plus doué que Fala pour la faire sortir de ses gonds.

Encore deux minutes de patience et ce sera fini, s'encouragea-t-elle.

— Je l'ai chérie, assura-t-elle à Fala. Mais je pense qu'elle doit rester dans ta famille.

— Non, ce n'est pas ça, répliqua sèchement Fala. Je sais que tu vis avec un autre homme. Je ne suis pas aussi isolée que tu le crois.

— Bo est mort depuis deux ans. Ce n'est pas comme si je le trompais…

Fala lui arracha la bague.

— Très bien. Je la prends, si tu n'en veux plus.

Heureusement qu'elle ne s'attendait pas à de la gratitude. Il lui semblait seulement que c'était quelque chose qu'elle devait faire, un dernier geste symbolique avant de tourner la page. Son avenir était avec Payton — s'il décidait de rester.

— Je m'en vais, annonça-t-elle en se levant.

Elle inspira profondément et fit ses adieux à la maison dans laquelle Bo avait grandi. Elle n'avait aucune raison d'y remettre les pieds. C'était triste, mais ainsi allait la vie.

— Attends ! lui lança Fala alors qu'elle s'apprêtait à sortir.

Fala décrocha la photo de Bo à cinq ans et la lui tendit.

— Tiens ! C'est pour toi.

Tallulah la rangea soigneusement dans son sac.

— Merci, répondit-elle, les larmes aux yeux.

Sur une impulsion soudaine, elle serra Fala dans ses bras. La mère de Bo ne lui rendit pas son étreinte, mais ce n'était pas grave. Tallulah savait qu'elle avait consacré tout l'amour qu'elle avait en elle à Bo. Quand elle la lâcha, Fala lui tapota l'épaule avec maladresse et s'éclaircit la voix.

— *Chi pisa lachike*, lui dit-elle.

« À bientôt. »

Il n'existait pas de mot pour dire « adieu » en choctaw, mais elles savaient l'une et l'autre qu'elles ne se reverraient pas.

Tallulah monta dans sa voiture le cœur plus léger et regagna le centre-ville, qui lui était aussi familier que la forêt. Elle s'arrêta devant la boutique la plus récente de La Siryna. La vitrine était remplie de figurines qui représentaient des fées et des sirènes.

Une odeur d'océan et de forêt enveloppa Tallulah quand elle entra. La propriétaire de la boutique — la femme de Chulah — fabriquait des huiles parfumées et des sels de bain qui avaient un succès fou.

April vint à sa rencontre de sa démarche gracieuse. Elle avait de longs cheveux blonds et une peau lumineuse.

— Si tu n'étais pas aussi gentille, je te détesterais, lui dit Tallulah en guise de bonjour.

Il n'y avait rien d'étonnant à ce que Chulah l'adore. Même si elle venait d'un autre monde, leur relation était harmonieuse. Tallulah essaya de tirer un peu de réconfort de cette idée. Tombi et Annie étaient très différents, eux aussi, mais ils se complétaient à merveille.

Si seulement elle pouvait avoir autant de chance avec Payton…

April pouffa.

— Qu'est-ce qui t'amène ? demanda-t-elle de sa voix mélodieuse.

Tallulah jeta un bref coup d'œil à son reflet dans un miroir. April et elle étaient aussi différentes que le jour et la nuit. Pourtant, Chulah l'avait désirée, à une époque… Avant qu'April ne s'aventure hors de la forêt et ne vole son cœur.

Tallulah s'était souvent demandé ce que serait devenue sa vie si elle avait accepté d'épouser Chulah. Elle ne l'aimait pas comme elle aimait Payton, mais ils étaient amis depuis toujours et c'était un homme sur qui on pouvait compter.

— Pourquoi es-tu si triste ? demanda April en enroulant un bras autour de ses épaules. T'es-tu disputée avec Payton ?

La mauvaise conscience envahit Tallulah. Elle n'avait pas le droit de penser à Chulah de cette manière.

— Non, mais il s'en va dans une semaine, répondit-elle.

— En es-tu sûre ? demanda April avec un froncement de sourcils qui la rendit encore plus adorable.

Tallulah haussa les épaules.

— Non, mais c'est une possibilité.

— Tu pourrais peut-être le suivre, suggéra April.

— Et quitter le bayou ?

Cette idée ne lui avait jamais traversé l'esprit.

— Je sais que tu adores cet endroit, comme tous les chasseurs d'ombres, mais ce n'est pas le centre du monde…

— Et toi ? Pourrais-tu quitter le bayou ? demanda Tallulah.

— Je n'en suis pas sûre. C'est aussi chez moi — en un sens. Mais Payton n'est pas d'ici. Il n'a pas de racines dans la région.

— Moi si.

Comment pourrait-elle quitter le bayou ? C'était

la terre de ses ancêtres et elle avait pour vocation d'en préserver l'équilibre.

— Tu devrais peut-être y réfléchir, insista April avec douceur. J'ai choisi de quitter le monde des fées pour vivre avec Chulah.

— Mais les fées te détestaient… Ça n'a pas dû être très difficile.

— Ce monde n'était pas parfait, reconnut April, mais c'était le seul que je connaissais.

— Tu marques un point, grommela Tallulah.

— D'après ce que Chulah et toi m'avez dit, je pense que Payton voit Matt comme un père. Et nous n'avons pas la moindre idée du lien qui unit les membres d'une meute. Son instinct l'oblige peut-être à vivre parmi d'autres loups-garous.

— Tu es toujours si raisonnable ! soupira Tallulah. En tout cas, Payton ne peut pas hésiter éternellement, ni me donner de faux espoirs. Ce ne serait pas juste. Je lui ai interdit de rester en contact avec moi s'il décidait de quitter le bayou.

— Je comprends. Mais il faut parfois que l'un des deux fasse plus d'efforts que l'autre pour qu'un couple fonctionne, même si ce n'est pas juste. Tu ne veux donc pas être heureuse ?

Tallulah secoua la tête.

— Alors tu crois que je devrais proposer à Payton de l'accompagner ? Il ne me l'a même pas demandé !

— Sans doute parce qu'il pense que tu refuseras ou parce qu'il ne veut pas t'imposer ce sacrifice.

Le doute assaillit Tallulah. Elle regretta le confort et la simplicité de sa colère.

— Ai-je eu tort de lui demander de choisir entre sa meute et moi ?

— Je ne sais pas. J'essaie juste d'envisager le problème sous tous ses angles. Tu es la seule à savoir ce qui est le mieux pour toi.

Rien ne pouvait faire perdre sa patience et sa bonne humeur à April. Tallulah balaya la boutique du regard.

— Je ne suis pas venue que pour me lamenter, soupira-t-elle. Je cherche un cadeau d'anniversaire pour Nita. Je sais qu'elle adore les chevaux. As-tu autre chose que des fées et des sirènes ?

— Bien sûr ! Nita est la jeune fille qui veut devenir chasseuse d'ombres, c'est ça ? demanda April en allant fouiller un coin de sa boutique.

— C'est ça.

Tallulah examina les figurines exposées dans la vitrine. Tous les objets qu'Avril vendait avaient quelque chose de magique.

Un jour, pour plaisanter, elle lui avait demandé si c'étaient des fées qui fabriquaient ses figurines. April lui avait répondu par un sourire énigmatique.

— Crois-tu que ça pourrait plaire à Nita ?

Tallulah se retourna.

— C'est magnifique ! s'écria-t-elle.

April tenait une grande statuette qui représentait une Indienne sur un cheval cabré. La femme et la bête étaient d'une beauté fascinante.

— Je vais t'en prendre deux, décida-t-elle.

April lui décocha un clin d'œil.

— J'ai toujours l'impression d'avoir réussi ma journée quand un client vient pour acheter un cadeau et repart avec quelque chose pour lui-même, dit-elle joyeusement.

Tallulah quitta la boutique avec les deux statuettes qui valaient largement leur prix. Elle les plaça dans le coffre de sa voiture et en sortit le sac de vêtements qu'elle devait déposer au pressing.

Une odeur de fourrure la frappa alors qu'elle s'apprêtait à entrer dans le pressing. Il y avait des animaux autour d'elle parce que le pressing se trouvait à côté d'un vétérinaire, mais l'odeur ne venait d'aucun d'eux. Ce n'était pas non plus celle de Payton.

Elle avait quelque chose de malsain…

Russell.

Où était-il ? Elle scruta la foule des passants en faisant abstraction des femmes et des enfants et finit par repérer un homme qui portait un uniforme marron et un grand bidon en métal. Il lui tournait le dos, ce qui l'empêchait de voir son visage, mais il était de la même taille que Russell et il avait des cheveux de la même teinte.

Elle le suivit et le vit s'engager dans une ruelle perpendiculaire. Un bruit métallique résonna quelques secondes plus tard. Elle se mit à courir.

Le bidon roula à ses pieds quand elle atteignit l'entrée de la ruelle, mais l'homme avait disparu. Se cachait-il derrière une benne à ordures ? Elle avança prudemment, tous ses sens en alerte.

Soudain, elle vit un loup jaillir de derrière une benne et filer par l'autre bout de la ruelle, un morceau de tissu marron dans la gueule.

Son instinct lui ordonna de le poursuivre comme s'il s'était agi d'un esprit maléfique.

Elle lâcha son sac de vêtements, se remit à courir et déboucha dans une autre rue commerçante. Un jeune homme et une jeune fille qui promenaient un chien regardaient quelque chose sur sa droite avec l'air d'avoir vu un fantôme. Le chien aboyait furieusement. Elle tourna la tête et vit le loup disparaître dans une autre ruelle. Trop tard… Elle n'avait aucune chance de le rattraper.

— Merde ! grommela-t-elle, le souffle court.

— Vous avez vu cet énorme chien ? s'écria la jeune fille.

— Oui.

— J'aurais juré que c'était un loup, balbutia son compagnon.

— Il n'y a pas de loups en Alabama, répondit Tallulah en rebroussant chemin pour aller récupérer son sac de vêtements.

Par contre, il y avait des loups-garous.

Russell était revenu.

Tallulah écrasa l'accélérateur et fonça vers la maison de Jeb sans se soucier des limites de vitesse. Elle devait prévenir Payton et les autres. Ils n'allaient pas apprécier la nouvelle. Russell n'aurait pas pu choisir un pire moment pour réapparaître… Mais il l'avait sûrement fait exprès. Il devait avoir attendu son heure en ruminant sa vengeance.

Les loups-garous avaient prévu de se transformer ce soir, ce qu'ils n'avaient pas fait depuis longtemps. Comme il n'y avait pas eu d'autre crime et comme il ne pouvait rien prouver, le shérif avait fini par les laisser tranquilles.

D'après ce que savait Tallulah, Matt avait organisé une grande réunion pour rappeler à ses hommes toutes les mesures de précaution qu'ils devaient prendre.

La joie de Payton l'avait contrariée, au début, mais ce serait sa dernière occasion de courir librement avec sa meute s'il décidait de rester. Elle ne pouvait pas lui reprocher d'en avoir envie.

Elle consulta son téléphone pour la millième fois. Toujours aucune réponse de Payton à ses messages…

— Crétin ! s'écria-t-elle en abattant son poing sur le tableau de bord.

S'il était fidèle à lui-même, Matt avait probablement ordonné à ses hommes d'éteindre leurs téléphones pendant qu'il parlait.

Elle prit un virage trop vite, dérapa et s'aperçut alors que le feu suivant était rouge. Elle écrasa le frein pour éviter de percuter la dernière voiture à l'arrêt, donna un coup de volant par réflexe et démolit une boîte aux lettres à la place. Génial. Une sirène résonna une seconde plus tard comme par magie. Elle coupa le moteur en soupirant, tira son permis de conduire de son portefeuille et sortit de la voiture pour évaluer les dégâts.

Trois quarts d'heure plus tard, elle reprit la route à une vitesse plus raisonnable. Quand elle approcha du but, le doute l'assaillit.

Était-il vraiment nécessaire qu'elle interrompe la réunion de la meute ? Matt serait sans doute furieux et Payton lui en voudrait peut-être. Après tout, ils savaient déjà que Russell était dangereux. Si seulement elle avait eu son lance-pierre sur elle… Elle aurait pu blesser Russell et appeler le shérif pour qu'il l'arrête.

Tu ne pouvais pas savoir que tu tomberais sur lui, se dit-elle pour apaiser sa conscience.

Elle n'avait jamais eu besoin d'être armée pour faire du shopping.

Comme d'habitude, il y avait une dizaine de voitures dans la cour, dont la Chevrolet rouge de Payton.

Elle se gara et hésita. Que pouvait faire Russell si la meute était réunie ? C'était à Payton, à Matt et à elle qu'il en voulait, songea-t-elle en pianotant sur le tableau de bord.

Mais qu'avait-elle vraiment à perdre ? Elle se moquait éperdument de la contrariété de Matt, et Payton ne pouvait pas lui reprocher d'interrompre la réunion si c'était par souci de leur sécurité.

Elle ouvrit résolument sa portière. Le ventilateur de la voiture de Payton tournait encore, ce qui signifiait qu'il n'était arrivé que quelques minutes avant elle. Cela la rassura un peu.

Alors qu'elle se dirigeait vers la porte, elle remarqua une camionnette marron garée sur le côté de la maison. Elle ne l'avait jamais vue… Curieuse, elle s'en approcha.

Il y avait un logo sur la porte latérale — celui d'une entreprise de dératisation.

Un frisson la parcourut. Russell portait un uniforme… Était-ce un uniforme de dératiseur ?

Le bidon…

Bien sûr ! Elle tira son téléphone de sa poche et envoya un texto à Tombi.

Rejoins-moi chez Jeb. Payton et ses amis sont en danger. Appelle le shérif.

Elle sentit soudain des bras puissants s'enrouler autour de son torse et la serrer à lui couper le souffle. Une odeur putride de fourrure et de maladie lui fit venir les larmes aux yeux.

— La curiosité est un vilain défaut, dit Russell d'une voix amusée. Pourquoi faut-il que tu mettes ton nez dans les affaires de tout le monde ? Tu mourras comme les autres.

Comme les autres… L'image de la gorge déchiquetée de Jeb lui revint à l'esprit.

Ne le laisse pas te mordre ! lui cria son instinct de survie.

— Je comptais m'occuper de toi plus tard, mais c'est encore mieux comme ça, poursuivit Russell. Je vais pouvoir te tuer devant Payton.

Elle entendit un bruit de ruban adhésif et se débattit, mais il ne fallut que quelques secondes à Russell pour lui attacher les bras derrière le dos.

— Tu es malade ! s'écria-t-elle.

Elle réussit à lui faire lâcher prise d'un coup de pied dans le tibia, mais ce répit ne dura qu'une fraction de seconde. Il absorba la douleur en grognant sans desserrer son étreinte. Il était bien plus fort qu'elle, soit parce qu'il était un loup-garou, soit parce que son métier de bûcheron avait développé sa musculature, soit les deux. Quoi qu'il en soit, elle n'avait aucune chance de lui échapper.

Elle cria, au cas où le shérif se serait trouvé dans les environs, mais c'était peu probable.

— La ferme ! grogna Russell en l'entraînant vers le perron.

Au moins, il avait l'air de craindre les témoins… Il ne lui restait plus qu'à espérer que quelqu'un l'entende.

17

Un calme inquiétant régnait dans la maison. La meute était-elle sortie sans lui ? Il n'était pas en retard *à ce point-là*. Et Matt lui avait dit qu'il voulait lui parler seul à seul.

— Il y a quelqu'un ? appela-t-il. Je suis désolé d'être en retard.

Ses pas sur le plancher lui parurent horriblement bruyants dans ce silence. Il se figea. Tout le monde aurait dû être encore là. Il se concentra sur ses perceptions à la recherche d'un indice, mais il n'y avait rien : pas de sons, pas d'odeurs, pas de mouvements.

Il retourna prudemment dans l'entrée et s'arma de la batte de base-ball que Matt posait toujours près de la porte. Son arme à la main, il s'enfonça de nouveau dans la maison.

Lorsqu'il s'approcha de la cuisine, une odeur douceâtre lui fit froncer le nez. C'était une odeur médicale qui n'avait rien à faire dans une maison. Il entra dans la pièce, la batte levée, mais il ne vit qu'une glacière bleue posée sur la table. Il baissa sa batte et ouvrit la glacière.

Il y trouva des seringues remplies de sang éparpillées sur des cubes de glace, comme une sorte de tableau macabre. Il les compta. Il y en avait treize — autant que de membres de la meute.

Il y avait d'autres seringues remplies d'un liquide transparent à côté de la glacière. Était-ce une drogue ? Un poison ?

Il ressortit de la cuisine, l'estomac noué. Ce qui l'attendait dans la pièce voisine ne pouvait pas être bon.

Dans le salon, il trouva Matt et Eli sur le canapé. Ils étaient bâillonnés, ligotés et inconscients.

Il se précipita auprès d'eux. Matt respirait péniblement — mais il respirait. Il était blanc comme un linge et ses lèvres commençaient à bleuir. Eli était dans le même état.

C'était forcément l'œuvre de Russell. Ils n'avaient pas d'ennemis — pas d'amis, mais pas d'ennemis non plus.

Les loups-garous fuyaient les médecins et les hôpitaux comme la peste, de peur qu'ils ne découvrent leur anomalie génétique, mais la situation justifiait une exception. Payton tira son téléphone de sa poche d'une main tremblante et appela le SAMU.

Il venait juste de raccrocher quand il entendit une voix d'homme et de l'agitation sur le perron. Russell était-il de retour ? Avait-il l'intention de les éliminer un par un à mesure qu'ils rentreraient ?

Il comprit brusquement ce qu'il y avait dans les seringues. Russell voulait injecter son propre sang à tous les membres de la meute pour les punir de l'avoir rejeté. Il voulait faire d'eux une meute de parias.

Le salaud !

La terreur le gagna quand il entendit une voix de

femme. Tallulah… Que faisait-elle là ? Il posa son téléphone et quitta le salon.

Russell ouvrit la porte d'un coup de pied alors qu'il venait d'arriver dans le couloir. Il tenait Tallulah et pressait un couteau contre sa gorge.

Mais ce ne fut pas le couteau qui effraya le plus Payton : ce fut le regard de Russell. Ses yeux cerclés de rouge avaient l'éclat de la folie. La fièvre lycanthropique avait détruit son ami. Il n'était plus qu'une bête terrifiante dépourvue d'âme.

Il avait une longue griffure en travers de la joue. Quel dommage que Tallulah n'ait pas réussi à lui crever un œil.

Payton déglutit péniblement. Il ne devait pas faire le moindre faux mouvement. Russell n'avait besoin que d'une fraction de seconde pour trancher la gorge de Tallulah.

Elle devait être terrifiée, mais elle n'en montrait rien. Il n'y avait que de la fureur et de la détermination dans son regard. Manifestement, elle était décidée à se battre jusqu'au bout. C'était l'une des choses qu'il aimait en elle.

Il aimait tout en elle.

Il l'aimait, *elle*.

Il le comprenait enfin alors qu'il était peut-être trop tard. La sauver devint subitement plus important que tout. Tant pis si tous les membres de la meute se transformaient en monstres sanguinaires, dès lors qu'elle échappait au sort que Russell lui réservait. C'était à cause de lui qu'elle se retrouvait dans cette situation. Il ne lui avait apporté que des ennuis.

— C'est entre toi et moi, Russell, dit-il. Laisse-la partir.

— Pourquoi ferais-je ça ? demanda Russell avec un sourire de dément. Je veux que tu la voies mourir.

Payton réprima la tentation de lui sauter à la gorge. Il ne pouvait pas être plus rapide que le couteau.

— Tu tiens déjà Matt et Eli et je suis là. C'est nous qui t'avons banni, pas Tallulah.

— Elle en sait trop sur moi, grogna Russell.

— Allons ! Bats-toi comme un homme ! lança-t-il en espérant qu'il restait quelque chose de l'orgueil de son ancien ami. À moins que la fièvre ne t'ait trop affaibli… Est-ce pour ça que tu t'en prends aux femmes, à présent ?

Russell plissa les yeux.

— Je sais ce que tu essaies de faire, répondit-il. Je t'accorde qu'il serait amusant de torturer ta copine en t'infectant devant elle, mais c'est trop risqué.

Payton lut dans les yeux de Russell qu'il était sur le point de passer à l'acte.

— Attends ! s'écria-t-il, désespéré. J'ai une idée. J'ai vu les seringues dans la cuisine. Je m'injecterai ton sang moi-même si tu laisses partir Tallulah.

Russell hésita.

— C'est pour ça que tu es revenu, non ? Treize seringues, une pour chacun de nous…

Il recula de deux pas en levant les mains.

— Tu vois ? Je ne t'attaquerai pas, promit-il.

— Non ! s'écria Tallulah. Ne fais pas ça, Payton, je t'en supplie !

— Tout va bien, bébé, lui dit-il. Ne t'inquiète pas.

Ils se dirigèrent si lentement vers la cuisine que le couloir lui parut deux fois plus long qu'il ne l'était. Tallulah traîna des pieds pour retarder l'inévitable.

Finalement, le dos de Payton heurta la table de la cuisine.

— Vas-y ! ordonna Russell.

— Non ! cria encore Tallulah. J'ai appelé Tombi. Les chasseurs vont arriver d'un instant à l'autre.

Bluffait-elle ou avait-elle vraiment appelé son frère ? Il n'avait aucun moyen de le savoir.

— Dépêche-toi ! grogna Russell avant de jeter un coup d'œil par la fenêtre.

Payton ouvrit lentement la glacière.

— Y a-t-il assez de sang pour nous tuer, ou seulement pour nous contaminer ? demanda-t-il pour gagner du temps.

— Comment le saurais-je ? aboya Russell. Je ne suis pas médecin !

— Qu'y a-t-il dans les autres seringues ?

— Un anesthésique. Je l'ai volé chez un vétérinaire. Il est assez puissant pour endormir un cheval.

Laisserait-il des séquelles chez Matt et Eli s'ils survivaient ?

— J'aimerais comprendre... Comptes-tu tous nous tuer ou nous imagines-tu vivre tous ensemble avec la même maladie ?

— Je vous tuerai, Matt, Eli et toi, répondit Russell. Puis je deviendrai l'alpha du reste de la meute.

Russell avait complètement perdu la raison. Pouvait-il se servir de sa logique tordue contre lui ?

— Les autres ne voudront jamais de toi comme alpha, le prévint-il. Ils te haïront si tu les contamines.

Russell fronça les sourcils.

— Tu mens. Ils auront besoin de mes conseils quand la fièvre prendra le dessus.

— Ça ne marchera pas, Russell. Le mieux que tu as à faire, c'est de filer. Je peux te donner de l'argent, si tu veux. Retourne dans l'Ouest. Il y a forcément d'autres loups contaminés, là-bas. Trouve-les et commence une nouvelle vie.

— Tu sais très bien que ma vie est terminée ! Alors arrête d'essayer de gagner du temps et fais-toi cette injection !

Payton prit une seringue dans la glacière et en examina le contenu. Il commençait à être à court d'options.

— Combien de temps t'a-t-il fallu pour remplir toutes ces seringues ? demanda-t-il encore. Ça fait beaucoup de sang. Si…

Il tourna vivement la tête vers la fenêtre.

— Qu'est-ce que c'était ? s'écria-t-il.

Sa ruse fonctionna. Russell se laissa distraire une seconde. C'était tout ce dont Tallulah avait besoin. Elle lui écrasa le pied si brutalement que Payton entendit un os craquer. Tandis que Russel hurlait de douleur, elle lui échappa et se réfugia de l'autre côté de la table.

— Va-t'en ! lui cria Payton avant de donner un coup de pied dans le bras de Russell pour lui faire lâcher le couteau.

Russell se jeta aussitôt sur lui. Ils renversèrent la glacière et roulèrent sur le carrelage au milieu des glaçons et des seringues.

Du coin de l'œil, Payton vit les jambes de Tallulah. Elle semblait guetter une occasion de donner un coup de pied à Russell. Bien sûr, elle était toujours là. Elle était exaspérante !

Il sentit le souffle de Russell sur sa nuque.

Ne le laisse pas te mordre !

Dans la position dans laquelle il était, il n'y avait qu'un seul moyen de lui échapper. Il se transforma.

*
* *

Tallulah balaya la cuisine du regard, cherchant un moyen de se débarrasser du scotch. Il y avait des couteaux partout, mais ils ne lui serviraient à rien. Ses yeux tombèrent sur une machine à découper le jambon. Cela pouvait marcher…

Elle grimpa sur le plan de travail où elle était posée et plaça ses mains de part et d'autre de la lame.

Des grognements la firent tressaillir. Payton et Russell s'étaient transformés. Elle se concentra sur son objectif. Si elle ne retrouvait pas sa liberté de mouvement, elle serait condamnée au rôle de spectatrice — ce qui ne cadrait pas avec son instinct de chasseuse.

Elle se coupa à plusieurs reprises, mais elle finit par avoir raison du scotch.

Elle était enfin libre ! Dès qu'elle put écarter les bras, elle se débarrassa du scotch resté collé à ses poignets et examina ses coupures. Par chance, aucune veine ne semblait touchée. Elle sauta du plan de travail et attrapa le premier couteau qui lui tomba sous la main.

Les deux loups se faisaient face, les poils dressés et les babines retroussées.

Elle cacha le couteau dans son dos et se glissa discrètement derrière le loup qui avait une bande de poils noirs sur la tête.

Elle frappa à l'instant précis où Russell se jetait sur Payton et l'atteignit à la cuisse.

Son hurlement de douleur lui perça les tympans. Elle fit un bond en arrière par réflexe, ce qui lui permit d'échapper aux crocs du monstre.

Payton en profita pour attaquer. Malheureusement,

Russell se retourna juste à temps pour être mordu au poitrail plutôt qu'à la gorge.

Ils recommencèrent à se défier. Payton lui jeta un bref coup d'œil et inclina la tête sur le côté. Essayait-il de la faire sortir de la pièce. Il recommença avec plus d'insistance. Après quelques secondes d'hésitation, elle lui obéit.

Elle quitta la cuisine et entra dans le salon, où elle aperçut deux corps sur le canapé. Elle reconnut Matt, et l'autre homme lui parut vaguement familier.

Alors qu'elle les regardait en tremblant, Matt grogna. Il n'était pas mort !

Elle se précipita auprès de lui et le détacha. L'autre ne bougeait pas. Elle posa deux doigts sur sa gorge et soupira de soulagement quand elle sentit son pouls. Elle s'empressa de couper ses liens. Malheureusement, ils n'étaient ni l'un ni l'autre en état d'aider Payton.

Ils avaient besoin de soins. Mais elle n'avait plus son téléphone… Il était tombé dehors quand Russell l'avait attaquée. Elle hésita. Devait-elle aller le chercher ou aider Payton ?

Elle retourna dans la cuisine.

Les deux loups se battaient au milieu des seringues et des glaçons qui commençaient à fondre.

Russell avait le dessus. Il avait réussi à plaquer Payton au sol. Elle leva son couteau, mais elle n'osa pas frapper de peur de blesser Payton.

Alors ses yeux tombèrent sur une large blessure qu'il avait au flanc.

Il avait été mordu…

L'horreur la fit tomber à genoux.

Pétrifiée, elle regarda les crocs de Russell s'approcher de la gorge de Payton.

Il allait mourir. Elle allait le perdre comme elle avait perdu tous ceux qu'elle aimait. La colère l'arracha à sa stupeur.

Alors qu'elle levait son couteau une nouvelle fois, quelque chose siffla au-dessus de sa tête.

Payton était à bout de forces. Il avait donné tout ce qu'il pouvait, mais cela ne suffisait pas à vaincre Russell. La fièvre lui conférait une énergie surnaturelle. Il semblait capable d'encaisser n'importe quelle blessure et de continuer à se battre.

Il le sentit lui mordiller la gorge sans percer la peau par pur sadisme.

C'est la fin, songea-t-il.

Pauvre Lulu. Il était sur le point de l'abandonner comme Bo l'avait fait. Elle allait le pleurer et se renfermer sur elle-même, peut-être pour toujours, cette fois.

Il ferma les yeux. Il valait mieux que cela finisse ainsi. Il avait été mordu plusieurs fois. Sa vie était terminée, quoi qu'il arrive. Il préférait mourir que de devenir un monstre comme Russell. Il ne voulait pas lire l'horreur dans le regard de Tallulah. Il ne voulait pas être banni de la meute et condamné à une vie d'errance solitaire.

Si seulement il avait eu un jour de plus… Il l'aurait passé à faire l'amour à Tallulah. Il lui aurait dit qu'il l'aimait et qu'il ne pouvait pas vivre sans elle. Il avait laissé passer sa chance. Elle ne saurait jamais qu'il avait décidé de rester auprès d'elle. Pourquoi avait-il hésité pendant des semaines ?

Un gémissement lui échappa.

Je t'aime, Lulu !

Même si elle ne pouvait pas le comprendre, il s'agrippa à cette pensée quand les crocs de Russell s'enfoncèrent dans sa gorge.

Je t'aime !

18

Quelque chose frappa Russell assez fort pour que Payton ressente la vibration du choc. Russell le lâcha pour hurler de douleur. Payton en profita pour le repousser et se relever.

Tombi se tenait dans l'embrasure de la porte, un lance-pierre à la main. Tallulah était à côté de lui, toujours armée d'un couteau.

Elle était en vie !

Il secoua la tête pour se ressaisir. Il devait aider Tombi à neutraliser Russell. Tombi était un excellent chasseur, mais Payton doutait de l'efficacité d'un lance-pierre contre un loup enragé.

Avant tout, il devait redevenir humain pour que la transformation guérisse ses blessures. Il ordonna à son loup d'abandonner le combat et changea de forme dans d'atroces douleurs. Comme il l'espérait, il retrouva des forces dès que ce fut terminé.

— Ça va ? demanda Tallulah avec angoisse.

— Oui, mentit-il avant de lui prendre son couteau. Maintenant, va-t'en !

Il ne s'attendait pas à ce qu'elle lui obéisse, mais cela valait la peine d'être tenté.

Tombi lança un autre caillou sur Russell, mais celui-ci se jeta sur lui comme s'il ne s'en était pas aperçu et le renversa. Payton enfonça le couteau dans la gorge de Russell en priant pour que Tombi n'ait pas été mordu.

Russell hurla, recula et reprit forme humaine. Il avait eu le même réflexe que lui…

— Arrête, s'il te plaît, le supplia son ancien ami en levant les mains.

Nu, couvert de sang et le regard affolé, il était pitoyable.

Le cœur de Payton se serra. La blessure qu'il lui avait faite à la gorge était assez profonde pour saigner encore malgré sa transformation.

Je n'avais pas le choix, songea Payton.

Russell aurait égorgé Tombi s'il n'était pas intervenu.

— Surtout, ne l'écoute pas ! dit Tallulah.

— Va-t'en ! lui ordonna-t-il encore — en même temps que Tombi, cette fois.

— Je te promets de me faire soigner, continua à supplier Russell. Je ne voulais pas que les choses en arrivent là.

— Garde les mains en l'air ! grogna Payton en s'interdisant de s'attendrir.

Il fit un signe de tête à Tombi pour qu'il se tienne prêt à attraper l'autre bras de Russell.

Russell comprit ce qu'ils s'apprêtaient à faire et se précipita hors de la cuisine.

Payton faillit le rattraper dans le couloir, mais Russell lui fila entre les doigts et réussit à quitter la maison. Payton en sortit deux secondes après lui et s'arrêta net.

Les chasseurs d'ombres s'étaient postés en demi-cercle dans la cour. Ils étaient tous armés de leur lance-pierre et visaient Russell, qui s'était figé aussi.

Il ne pourrait pas s'échapper, cette fois.

Plusieurs voitures arrivèrent à cet instant et les

autres membres de la meute en jaillirent. Un moment de confusion s'ensuivit.

— C'est Russell ! cria quelqu'un.

— Que se passe-t-il ?

— Attrapez-le !

Russell jeta des regards affolés autour de lui.

— Couche-toi par terre, bras et jambes écartés ! lui ordonna Payton.

Les hurlements d'une sirène se mêlèrent au vacarme. Merde.

— Va me chercher un pantalon, s'il te plaît, demanda-t-il à Tallulah, qui venait de le rejoindre avec Tombi.

— Va le chercher toi-même ! répondit-elle.

— Tu ne feras donc jamais ce qu'on te demande ? grommela-t-il.

— Ne t'inquiète pas : Russell ne peut pas nous échapper, intervint Tombi. Va t'habiller !

Russell était dangereux. Son instinct lui ordonnait de le capturer lui-même, mais la sirène se rapprochait. Il rentra à contrecœur, enfila le premier jean qu'il trouva et prit un rouleau de scotch dans la cuisine. Des gémissements l'attirèrent dans le salon.

— Matt ?

Matt et Eli tournèrent péniblement la tête vers lui. Dieu merci ! Ils avaient repris conscience. Avec un peu de chance, ils se remettraient complètement de l'injection que Russell leur avait faite.

— Les secours arrivent ! leur dit-il avant de se précipiter dehors.

Russell était couché face contre terre. Tombi et Tallulah tenaient ses bras, Chulah et Adam, ses jambes. Payton s'approcha pour prendre la place de Tallulah.

— Va remettre de l'ordre dans la cuisine ! lui dit-il. Il ne faut pas que la police trouve les seringues.

Comme elle pinçait les lèvres, il ajouta :

— S'il te plaît, Tallulah.

— Tu vois que tu peux être poli, quand tu veux, le taquina-t-elle. Je m'en occupe. Et je parlerai au shérif.

— Dis-lui…

— Je suis capable d'inventer une histoire plausible, le coupa-t-elle. Russell sera arrêté et…

— Non, il ne faut pas qu'on l'arrête, dit-il avant de se tourner vers les deux membres de sa meute les plus proches de lui. Riley, viens prendre ma place ! Jason, rapproche ta camionnette !

— Quoi ? s'écria Tallulah.

— Il a besoin d'être soigné.

— Non ! protesta Tallulah. Il doit payer pour ses crimes !

Il devait lui faire entendre raison…

— La police croit que Jeb a été tué par un animal, lui rappela-t-il. Il ne faut surtout pas que les humains découvrent notre existence. Veux-tu nous voir tous traqués et abattus ? Ou transformés en rats de laboratoire ? Parce que c'est ce qui se passera si nous sommes découverts.

Tallulah pinça les lèvres.

— Je déteste que tu aies raison, grommela-t-elle avant de rentrer dans la maison.

Payton s'empressa d'attacher les bras et les jambes de Russell, qui se débattit avec désespoir quand on le chargea à l'arrière de la camionnette de Jason.

— Lâchez-moi ! hurla-t-il. Laissez-moi partir ! Ils me tueront, là-bas… Ne me faites pas ça !

Personne ne lui répondit, mais il se trouva une âme charitable pour jeter une couverture sur lui.

— Choisis deux hommes pour t'accompagner, dit Payton à Jason. Relayez-vous au volant et ne vous arrêtez pas en chemin.

Jason acquiesça.

— Où étiez-vous ? demanda Payton.

— Nous savions que Matt et Eli voulaient te parler, répondit Jason, l'air penaud. Comme on savait que ça se passerait mal, on a préféré ne pas s'en mêler…

— Je vois, grommela Payton.

Jason se tourna vers les autres.

— Steve ! Ash ! Vous venez avec moi !

Les deux hommes qu'il avait désignés montèrent dans la camionnette, qui croisa la voiture du shérif en quittant la propriété. Il était moins une, songea Payton en s'essuyant le front.

Les chasseurs et les loups serrèrent les rangs. Le rouleau de scotch disparut mystérieusement.

Le shérif sortit de sa voiture et s'approcha avec un air sévère.

— Quel est le problème, messieurs ? leur lança-t-il.

— Rien qu'un léger différend entre lui et moi, répondit Tombi en indiquant Payton d'un signe de tête. Cette affaire est réglée.

Angier observa Payton de la tête aux pieds.

— On dirait que vous avez perdu, lui dit-il. Y a-t-il d'autres blessés ?

Payton ne put s'empêcher de tourner la tête vers la maison… Et écarquilla les yeux.

Matt et Eli étaient assis sur les marches du perron, une bouteille de bière à la main. Leurs regards troubles pouvaient être attribués à un excès d'alcool.

— Tout va bien par ici ! dit Matt d'une voix pâteuse.

Angier fronça les sourcils.

— Vous vous êtes battus, c'est tout ?

— Oui, shérif, répondit Tombi. Ça ne se reproduira pas.

Mais Angier ne semblait pas convaincu.

— Qui a appelé une ambulance ? demanda-t-il.

— C'est moi, répondit Tallulah, qui se tenait sur le pas de la porte. J'ai paniqué, désolée.

— Et pourquoi vous êtes-vous battus ? demanda Angier, qui sentait visiblement qu'on lui cachait quelque chose.

— Le fait que Payton se soit installé chez ma sœur me posait un problème, répondit Tombi.

Payton lui jeta un regard surpris. Cette réponse lui était venue bien facilement... Était-ce vrai ?

L'ambulance arriva à cet instant. L'infirmier qui en sortit mit des gants en caoutchouc et s'approcha de Payton.

— Ces blessures sont vilaines, lui dit-il. Je vais désinfecter tout ça et vous conduire à l'hôpital. Vous avez besoin de points de suture.

Payton baissa les yeux vers les morsures qui saignaient encore et se souvint qu'il était contaminé. Maudit Russell ! Au moins, il vivrait assez longtemps pour faire ses adieux à Tallulah.

— C'est inutile, répondit-il à l'infirmier.

Celui-ci secoua la tête.

— Je ne peux pas vous y forcer, mais vous seriez stupide de ne pas vous faire soigner.

— Ma religion me l'interdit, répondit Payton d'un air grave. Je suis désolé que vous vous soyez déplacé pour rien.

— Voulez-vous porter plainte ? demanda Angier.

— Non. Le problème est réglé.

Angier fronça les sourcils et se tourna vers Tallulah.

— Peux-tu me suivre, s'il te plaît ? lui lança-t-il. J'aimerais te dire quelques mots.

Tallulah suivit Angier jusqu'à sa voiture, contre laquelle il s'adossa.

— Peux-tu m'aider à comprendre ce qui se passe ? demanda-t-il.

Elle haussa les épaules.

— Je n'ai rien à ajouter, shérif, répondit-elle. Ce n'était qu'une bagarre.

— Tu n'oserais pas me mentir, j'espère ?

— Bien sûr que non !

Il l'examina sans rien dire pendant de longues secondes. Tallulah s'efforça de rester impassible et pria pour qu'il s'en aille vite. Elle devait conduire Payton chez Tombi de toute urgence pour qu'Annie le soigne. Était-il déjà trop tard pour le débarrasser de la fièvre ?

— Vouliez-vous me demander autre chose ? ajouta-t-elle quand le silence lui devint intolérable.

— Je suis sûr qu'il se passe quelque chose de louche, par ici. J'ai du mal à croire que tu n'aies vraiment rien à me dire.

Elle devait lui révéler quelque chose. Tel qu'elle le connaissait, ne rien comprendre allait le rendre fou.

— Vous avez raison. Il s'est passé des choses étranges, mais c'est terminé, lui assura-t-elle. Les bûcherons s'en iront la semaine prochaine et il n'y aura aucun autre incident.

— Tu en es sûre ? insista Angier.

— Oui, répondit-elle d'une voix ferme.

— Et Jeb Johnson ? Son meurtre reste impuni.

— Justice a été rendue, lui assura-t-elle.

Angier soupira et se passa la main dans les cheveux.

— Ça ne me plaît pas, mais tu ne me diras rien de plus, n'est-ce pas ? Tu as toujours été têtue.

Elle lui décocha un grand sourire.

— Comme vous me l'avez dit un jour, nous avons tous des secrets, dans le bayou. Je parie que vous en avez un ou deux vous-même.

Le shérif monta dans sa voiture sans répondre. Alors qu'elle retenait un soupir de soulagement, il baissa sa vitre.

— Encore une chose…

— Vous n'allez pas jouer les Columbo ! s'écria-t-elle.

Il esquissa un sourire.

— Non. Je voulais juste te donner un petit conseil. Mon instinct me dit que ce Payton est quelqu'un de bien, mais je comprends Tombi… Il ferait bien de te passer la bague au doigt s'il veut rester dans le coin.

Elle répondit par un grognement exaspéré qu'Angier n'entendit pas parce qu'il avait déjà relevé sa vitre. L'ambulance s'en alla juste après lui. Tallulah courut vers Tombi.

— Nous avons besoin d'Annie ! lui lança-t-elle.

— Je l'ai déjà appelée, répondit son frère. On doit la retrouver chez toi dans dix minutes.

Les membres de la meute et les chasseurs d'ombres s'étaient mêlés pour commenter les événements. Si elle n'avait pas eu besoin d'arracher Payton à ses amis, elle aurait été ravie de voir les deux groupes faire connaissance. Mais Annie disait toujours qu'on avait plus de chances de guérir quand on se soignait vite.

Alors qu'elle s'approchait de Payton, Matt se leva péniblement.

— J'ai quelque chose à dire ! lança-t-il, ce qui fit

taire tout le monde. Payton, je ne t'ai pas autorisé à envoyer Russell à la clinique.

Tallulah serra les poings. Comment osait-il critiquer Payton ?

— Mais tu as fait ce qu'il fallait, poursuivit Matt. Sans tes amis et toi, Eli et moi serions morts, à l'heure qu'il est. Et Russell aurait sûrement réussi à tuer d'autres membres de la meute avant qu'on ne le capture. J'ai été dur envers toi, ces derniers temps, et j'en suis désolé. J'aimerais que tu deviennes mon bras droit.

Payton s'approcha de Tallulah et passa un bras autour de ses épaules avant de répondre :

— Je te remercie, mais je ne prendrai aucune décision avant d'en avoir discuté avec ma moitié.

Sa moitié... Elle se sentit rougir et sourire comme une adolescente. Embarrassée, elle baissa la tête pour se cacher derrière ses cheveux.

— Le temps presse, chuchota-t-elle. Annie est en route pour ma cabane. Il faut qu'elle s'occupe de tes morsures.

Payton hocha la tête et déposa un baiser sur son front.

— Nous devons partir, dit-il à Matt. A plus tard !

Elle le poussa dans sa voiture et fonça vers sa cabane en dépassant toutes les limites de vitesse. Elle soupira de soulagement en découvrant la voiture d'Annie garée devant chez elle. Il y avait de la lumière dans la cuisine. Annie devait déjà être en train de préparer l'une de ses potions infectes.

— Peux-tu marcher jusqu'à la porte ? demanda-t-elle à Payton en coupant le moteur.

— Evidemment ! grommela-t-il.

Il sortit de la voiture et se dirigea vers la maison

sans son aide, mais sa démarche était un peu raide. Maintenant que son taux d'adrénaline était retombé, la douleur et la fatigue prenaient le dessus. Elle lui ouvrit la porte.

— Assieds-toi ! lui ordonna-t-elle. Annie ! On est là ! Merci d'être venue si vite.

Payton se laissa tomber sur le canapé et soupira.

— As-tu d'autres ordres à me donner ? demanda-t-il.

— Oui : sois un bon patient. Bois les potions d'Annie jusqu'à la dernière goutte même si ton estomac te dit le contraire.

Il prit sa main pour l'attirer à côté de lui.

— Il faut qu'on parle tant qu'on est seuls, dit-il.

La tristesse qu'elle lut dans son regard la fit frémir. Elle n'allait pas aimer ce qu'il s'apprêtait à dire.

— D'accord, murmura-t-elle en écartant une mèche blonde qui lui était tombée dans les yeux. Je t'écoute.

— Il faut que tu comprennes que je suis contaminé. Il ne faut pas que tu sois déçue si Annie ne réussit pas à me soigner. Russell m'a mordu plusieurs fois.

— Ça marchera comme ça a marché pour moi, répondit-elle avec assurance.

L'autre hypothèse était trop horrible pour qu'elle l'envisage.

— Soyons lucides : les chances que je guérisse sont minces, insista-t-il. Si je ne guéris pas, la fièvre prendra vite le dessus. Je ne pourrai pas me contenter de petits animaux très longtemps.

— Tu te trompes, balbutia-t-elle, la gorge sèche. Tu es assez fort pour résister aux symptômes.

— Je risque de me transformer en monstre, Lulu.

— Tu ne seras *jamais* comme Russell. Jamais !

— Ça peut se produire.

— Non.

Il poussa un soupir exaspéré.

— Nous n'avons pas le temps de nous disputer ! Il faut que tu comprennes que la fièvre altère la personnalité de ceux qui la contractent. L'esprit cherche des moyens de justifier le besoin de tuer.

Elle résista à la tentation de se boucher les oreilles. Elle ne pouvait pas imaginer Payton en meurtrier sans conscience.

— J'aimerais me croire incapable de faire du mal à des innocents, surtout à toi, poursuivit-il. Mais je ne veux courir aucun risque. Je me ferai conduire à la clinique dès les premiers symptômes.

— Pourquoi ? Ces gens ne peuvent pas te soigner, si j'ai bien compris... Cet endroit ressemble plus à une prison qu'à une clinique.

— Pour le moment, reconnut-il. Mais les médecins qui y travaillent font des progrès. Ils ont déjà trouvé des moyens de ralentir la progression de la maladie. Ils finiront peut-être par découvrir un remède.

— Non, protesta-t-elle. Les chasseurs et moi pourrons te fournir du gibier. Nous nous occuperons de toi.

— Ça ne marchera pas, répondit-il en secouant tristement la tête. Si Annie ne réussit pas à me soigner, je veux que tu me promettes de m'oublier. Je ne veux pas que tu espères ma guérison et que tu attendes mon retour. Je ne veux pas que tu arrêtes de vivre à cause de moi comme tu l'as fait quand Bo est mort.

Il était un peu tard pour qu'elle protège son cœur. Il appartenait à Payton depuis des semaines, sinon des mois. Elle lui offrit un sourire tremblant.

— Tu te souviens du jour où l'on s'est rencontrés ?

— Le jour où tu t'es plantée devant ma pelleteuse ? Comment pourrais-je l'oublier ? pouffa-t-il. À la réflexion, j'ai dû tomber amoureux de toi à cet instant précis.

Elle écarquilla les yeux.

— Parce que… ?

— Oui : je t'aime, ma Lulu. Et je suis désolé de ne pas te l'avoir dit plus tôt.

Elle en oublia ses blessures et l'embrassa passionnément jusqu'à ce qu'Annie s'éclaircisse la voix juste à côté d'eux. Sa belle-sœur se tenait devant le canapé, un plateau dans les mains.

— Je suis désolée de vous interrompre, mais plus vite on s'y met, mieux ça vaut, dit-elle.

— Bien sûr ! s'écria Tallulah en bondissant sur ses pieds. Je vais chercher des serviettes et des bandages.

— Merci, répondit Annie avant de tendre une tasse à Payton. Bois !

Le regard malheureux de Payton fit sourire Tallulah.

Alors qu'elle prenait des serviettes dans la salle de bains, la porte s'ouvrit et la voix de son frère résonna dans le salon. Sur le chemin du retour, elle s'arrêta dans l'embrasure de la porte. Elle avait sous les yeux les trois personnes qu'elle aimait le plus au monde : son frère, la seule famille qu'il lui restait, Annie, qu'elle considérait maintenant comme une sœur, et Payton. Son cœur se serra. Elle ne pouvait pas perdre Payton. Elle voulait contempler ce tableau encore d'innombrables fois.

Elle posa les serviettes et les bandages sur la table basse, puis regarda Annie travailler. Après avoir nettoyé les morsures, sa belle-sœur posa sa main sur le cœur de Payton, ferma les yeux et murmura une incantation. Elle fronça peu à peu les sourcils.

Quelque chose n'allait pas.

Deux minutes plus tard, Annie ouvrit les yeux et secoua tristement la tête.

— Ça ne marche pas, dit-elle.

Tallulah bondit sur ses pieds.

— Alors continue ! s'écria-t-elle.

— Ça ne servira à rien. Je sens une présence maléfique qui empêche la magie des saints d'agir. Elle est trop puissante pour moi.

— Mais il faut que tu le soignes !

Payton se leva calmement et serra la main d'Annie.

— Merci d'avoir essayé, lui dit-il avant de se tourner vers Tombi. Merci à toi aussi, mon frère.

— On pourrait essayer autre chose, suggéra Tombi. Nous avons un shaman qui pratique les exorcismes. Il pourrait essayer d'exorciser ta fièvre…

Tallulah reprit espoir.

— Je n'avais pas pensé à Nash ! C'est une excellente idée. Merci, Tombi.

Payton haussa les épaules.

— Ça ne coûte rien d'essayer, dit-il. Mais je préfère être honnête : je ne crois pas beaucoup à ce genre de chose.

— Tu n'as pas besoin d'y croire pour que ça marche, lui assura-t-elle.

— Et votre shaman ne voudra peut-être pas m'aider…

— Pourquoi ça ? demanda Annie.

— Parce que je ne suis pas… l'un d'entre vous.

— Tu es l'un d'entre nous par le cœur, murmura Tallulah en se blottissant dans ses bras.

— Ça n'a aucune importance pour Nash, répondit Annie avec assurance. Je lui ai envoyé des gens qui avaient emprunté des chemins de vie très variés… Il les a tous soignés.

— Alors essayons ! conclut Payton.

— Les loups-garous ne devraient pas être aussi sceptiques en matière de surnaturel, le taquina Tallulah.

— Tu marques un point, lâcha-t-il.

Tombi et Annie s'en allèrent. Après avoir fermé la porte derrière eux, Tallulah regagna les bras de Payton.

— Tu n'as pas le droit de m'abandonner, murmura-t-elle.

— Je ne le ferai que si ça devient nécessaire, répondit-il avant de déposer un baiser sur ses cheveux.

Bo aurait toujours une place spéciale dans son cœur, mais l'amour de Payton lui avait fait découvrir une part d'elle-même qu'elle ne connaissait pas — une part plus douce et plus heureuse.

— Je t'aime, Payton, avoua-t-elle. Moi aussi, j'aurais dû te le dire plus tôt.

Il prit sa main pour déposer un baiser au creux de sa paume.

— Je le savais, répondit-il. Je crois même que je l'ai su avant toi.

Elle pouffa et lui frappa le torse.

— Aïe ! s'écria-t-il.

— Désolée ! Je t'ai fait mal ?

Il éclata de rire.

— Ce n'est pas drôle !

Mais ses lèvres la trahirent. Elle lui sourit, puis rit avec lui.

Cela valait mieux que de pleurer.

19

Si la fièvre ne le tuait pas, la chaleur s'en chargerait. Quel dément avait eu l'idée d'installer des saunas en Alabama ?

Et il devait rester sous cette tente une heure entière ? Il n'en pouvait déjà plus après cinq minutes. Si la chaleur était censée le rapprocher de son être spirituel, c'était un échec cuisant. À cet instant, il était prêt à vendre son âme pour plonger dans un torrent glacé.

Il vida l'une des bouteilles d'eau que Tallulah lui avait apportées et observa son environnement. Il y avait un trou creusé dans le sol, au centre de la tente. Il était rempli de cailloux brûlants que Nashoba Bowman avait arrosés pour qu'ils dégagent de la vapeur. Le shaman avait promis de revenir régulièrement pour prendre de ses nouvelles et arroser les cailloux.

Il inspirait confiance. Il ne lui avait pas promis la lune et il lui avait expliqué très simplement ses raisons de perpétuer les traditions de ses ancêtres. Même si Payton avait du mal à prendre l'idée de purification spirituelle au sérieux, il se savait entre de bonnes mains. Tallulah lui avait dit que Nashoba signifiait « loup » en choctaw. Elle lui avait expliqué que le grand-père du shaman avait eu la vision d'un loup la première fois qu'il l'avait pris dans ses bras.

Payton avait du mal à croire au monde des esprits, mais il s'était tout de suite senti à l'aise en présence de Nash.

Une grande fatigue le gagnait. Il ne s'était écoulé que vingt-quatre heures depuis que Russell l'avait mordu, mais il avait déjà remarqué certains changements : il était plus faible, plus irritable, et il avait toujours de vagues crampes à l'estomac, même après un repas copieux.

Il se coucha par terre. Le sol était brûlant, mais il avait besoin de s'allonger. Pouvait-il s'endormir malgré cette chaleur ? C'était le meilleur moyen de ne pas voir passer son heure de torture.

Il ferma les yeux et ne songea plus qu'à la sueur qui sortait par tous ses pores. Il avait du mal à croire qu'on puisse se débarrasser d'une maladie en transpirant, mais il était prêt à tout tenter pour vaincre la fièvre lycanthropique. Même s'il s'était efforcé de faire bonne figure devant Tallulah, il se savait en sursis.

Il passa sa langue sur ses lèvres desséchées, se redressa pour boire encore, puis se rallongea en soupirant.

La main qui se posa sur son épaule le fit sursauter. Il s'assit brusquement et jeta des regards inquiets autour de lui. Il y avait tant de vapeur dans l'air qu'il pouvait à peine respirer.

— Que se passe-t-il ? balbutia-t-il. Où suis-je ?

— Tout va bien, Payton. C'est moi, Nashoba. Tu es ici pour te purifier, tu te souviens ? Tiens ! Bois un peu d'eau.

Payton retrouva son calme et vida le verre que Nash lui tendait.

Nash tâta son pouls et hocha la tête.

— C'est bien, dit-il.

— Je peux sortir, maintenant ? demanda Payton, plein d'espoir.

Nash pouffa.

— Tu n'es là que depuis un quart d'heure.

— Tu veux rire ?

— Non. Tallulah est dehors. Crie-lui que tu vas bien. Elle s'inquiète.

— Lulu ? appela-t-il. Tu es dans le coin ?

— Oui. Ça va ?

— Non. Ton ami essaie de me tuer, plaisanta-t-il. Je regrette que tu n'aies pas le droit de venir t'amuser avec moi.

Nash lui avait expliqué qu'il devait être seul pour que la purification soit efficace.

Il se rallongea et regarda Nashoba sortir de la tente. Pendant deux secondes, la fraîcheur — toute relative — du dehors lui caressa la peau. Toute cette vapeur avait au moins un bon côté : il n'y avait pas un seul insecte dans la tente, songea-t-il pour se consoler.

Il referma les yeux et se détendit. Il perdit vite la notion du temps. Il pouvait s'être écoulé trois minutes ou une demi-heure, et cela n'avait plus aucune importance. Son corps et son esprit s'étaient habitués à la chaleur. Il n'en souffrait plus et ne se sentait plus tout à fait lié à la terre et aux vivants. Ses perceptions, en revanche, étaient amplifiées. Il sentait chaque goutte de sueur qui roulait sur sa peau et entendait le vent agiter les branches des arbres qui entouraient la tente.

Il était un loup sans en être un. Il était humain, mais pas complètement. Des ailes battirent furieusement tout près de son oreille sans que cela l'effraie ou le surprenne.

Tout va bien.

La voix rassurante de Nashoba résonnait dans son esprit. Il flottait dans l'air aussi naturellement que s'il avait marché sur la terre. Un hibou blanc passa près de lui, pourchassé par un aigle doré.

Il éclata de rire. Si la tisane que Nashoba l'avait forcé à boire avant de le faire entrer dans la tente était hallucinogène, c'était un excellent produit. Quand l'aigle revint vers lui, Payton plongea son regard dans celui de son protecteur. Une sagesse immense et ancestrale l'enveloppa. Tout près de lui, quelqu'un parlait dans une langue qu'il ne comprenait pas.

Il prit de la vitesse pour voler avec l'aigle. Jamais il ne s'était senti aussi libre.

— Payton ? Payton ! l'appela-t-on d'en bas.

C'était une voix familière, la voix de quelqu'un qu'il aimait.

Il devait faire un choix : voler avec l'aigle ou retourner auprès de Tallulah.

Son corps et son esprit s'alourdirent et il tomba en vrille. La voix l'attirait vers le sol. Quelqu'un se mit à chanter dans la langue qu'il ne comprenait pas, mais il savait que c'était une promesse et un encouragement.

Tiens bon… Tiens bon… Tiens bon…

Il tomba… tomba… Jusqu'à regagner son corps et sa conscience.

— Payton ? Ça va ? Dis quelque chose !

Il ouvrit péniblement les yeux et devina les visages flous d'un homme et d'une femme.

— Lulu, murmura-t-il.

Elle pouffa.

— Ça ne m'a jamais fait autant plaisir d'entendre ce surnom ridicule !

Quelqu'un l'aida à se redresser et Tallulah lui tendit un verre d'eau.

— Bois !

— Tu aimes vraiment me donner des ordres, hein ? plaisanta-t-il.

L'eau fraîche lui rendit un peu de lucidité. C'était Nashoba qui le soutenait. Il banda ses muscles et se leva avec l'aide de Nash et de Tallulah. Un vertige le força à fermer les yeux.

— Rassieds-toi ! lui ordonna Tallulah. Tu vas tomber.

— Je vais bien et j'ai envie de sortir d'ici, dit-il avant de se tourner vers Nashoba. J'espère que je ne t'offense pas... C'était une expérience stupéfiante.

Nash hocha la tête.

— Et ça a marché. J'ai senti la fièvre quitter ton corps. L'aigle l'a emportée quand il a chassé le hibou blanc.

Comment Nash pouvait-il savoir ce qu'il avait vu ? Subitement, le shaman lui inspira le plus profond respect.

— Mais nous n'avons pas terminé, l'avertit Nashoba. La fièvre est partie, mais tu as besoin d'un autre rituel pour retrouver tes forces et te protéger du mal.

Quelle nouvelle forme de torture avait-il en tête ? Payton regretta immédiatement cette pensée. Il était guéri. Les souffrances que Nashoba lui réservait ne pesaient rien en comparaison.

— Es-tu sûr qu'il est guéri ? s'inquiéta Tallulah.

— Demande-le-lui, suggéra Nashoba.

— C'est vrai ?

— C'est vrai.

Les traits de Tallulah se détendirent et elle ferma les yeux un bref instant. Elle avait bien conscience du danger auquel il venait d'échapper.

Avec son aide et celui de Nash, Payton quitta la tente. L'air frais de la nuit acheva de lui rendre sa lucidité et il put vite marcher sans assistance.

— Par ici ! dit Nash en l'entraînant vers un grand cercle de coquillages.

Quand ils étaient arrivés, Tallulah lui avait expliqué que c'était une roue médicinale que Nashoba avait bénie et consacrée aux quatre éléments, aux Grands Esprits et aux quatre esprits animaux — l'ours, le buffle, l'aigle et la souris.

Lorsqu'il fut à l'intérieur du cercle, Nashoba lui passa une plume blanche et marron sur tout le corps, puis recommença avec une plume rouge.

— C'est la dernière phase du rituel, lui expliqua-t-il. Celle qui va te rendre ta vitalité.

Payton n'aurait pas su dire si c'était l'effet des plumes ou seulement celui de l'air frais, mais il se sentit vite beaucoup mieux. Et pas que physiquement… Son esprit était en paix, comme Nash le lui avait promis.

Finalement, Nashoba retira l'un de ses colliers en coquillages pour le placer autour de son cou.

— Porte-le pendant deux jours, lui dit-il. Il te donnera des forces et il te protégera. Pour finir, nous devons offrir du tabac aux esprits pour les remercier d'avoir répondu à nos prières.

Ils prirent tous les trois une pincée de tabac dans la bourse en cuir que leur tendit Nashoba et la jetèrent en l'air. Tallulah et Nash dirent quelques mots en choctaw.

— Merci, murmura Payton.

Il crut entendre un battement d'ailes au loin.

— C'est fini ! annonça Nash. Rentre chez toi, bois beaucoup d'eau et repose-toi.

Cette conclusion ressemblait aux conseils de n'importe quel médecin. Payton prit la main de Tallulah et quitta le cercle sacré sans dire un mot. Une fois dehors, il se sentit de nouveau libre de parler. Son ancien ami et tous les loups contaminés occupaient ses pensées. Ils méritaient qu'on les aide comme il venait d'être aidé.

— Tu pourrais sauver beaucoup de gens dans le Montana, Nash, dit-il.

— Je n'étais pas sûr de réussir à te sauver, répondit Nash. Si tu avais attendu plus longtemps avant de venir me voir…

— Je comprends, soupira Payton.

Les autres étaient à un stade trop avancé de la maladie.

— Et les guérisseurs comme moi tirent leurs pouvoirs de la terre de leurs ancêtres, ajouta Nash. Pour cette raison, il nous est aussi plus facile de guérir les gens qui ont un lien avec cette terre.

— Comme moi, murmura Payton avant de se tourner vers Tallulah. J'ai l'impression d'être chez moi ici.

— Tu es chez toi si tu le souhaites, répondit-elle.

Il le souhaitait, mais c'était une discussion qu'ils devaient avoir en tête à tête. Il tendit la main à Nash.

— Je ne sais pas comment te remercier, dit-il.

— Ce sont les esprits que tu dois remercier, pas moi, répondit Nash. Porte-toi bien, mon ami.

Tallulah voulut conduire et il ne protesta pas. Il s'enfonça dans son siège et laissa la climatisation le rafraîchir. Ils firent le trajet en silence, tout émerveillés par le miracle qui venait de se produire. La cabane de Tallulah, éclairée par une lampe qu'elle avait laissée allumée, semblait les attendre avec bienveillance.

Quand Tallulah tira ses clés de son sac, il la retint par le bras.

— Restons sur le perron un moment, si tu veux bien.

À sa grande surprise, elle accepta sans la moindre protestation. Il leva les yeux vers le ciel étoilé, plein de gratitude pour la deuxième chance qui lui était offerte. Ils inspirèrent l'air de la nuit dans un silence paisible.

— J'étais sérieux, tout à l'heure, finit-il par dire. Je me sens chez moi, ici, et je ne m'en irai pas.

— Mais ta meute ?

— Elle partira à la fin de la semaine. Sans moi.

— Es-tu sûr que c'est ce que tu veux ?

— Oui. J'éprouverai toujours de la reconnaissance envers Matt parce qu'il m'a accueilli alors que j'étais seul au monde, mais l'existence marginale que j'ai menée avec mes parents a dû m'influencer plus que je ne le croyais. Les règles de la meute commençaient à me paraître… oppressantes.

— Mais tu seras le seul loup-garou du bayou. Ne crains-tu pas d'en souffrir ?

— Non. Je pourrai chasser les esprits maléfiques avec tes amis et toi. Je pourrai aussi rendre visite à la meute de temps à autre.

— Je ne veux pas que tu te sentes obligé de rester. Je veux dire…

Il l'embrassa jusqu'à ce qu'elle enroule ses bras autour de son cou en gémissant.

— Tu sais quel est ton problème, n'est-ce pas ? murmura-t-il contre ses lèvres.

— Je suis tombée amoureuse d'un loup-garou ?

— Non : tu parles trop.

Elle lui donna un petit coup de genou.

— Mais ce n'est pas grave, ajouta-t-il. J'aime les femmes bavardes.

— Et j'aime les hommes poilus.

— Sorcière !

— Loup-garou !

Il prit sa main pour caresser doucement sa paume, puis la bande de peau plus claire sur son annulaire.

— Ça ne te manque pas de porter la bague de Bo ? demanda-t-il.

— Non. Je ne l'ai même plus. Je l'ai rendue à sa mère. C'était la bague de sa grand-mère et il me semblait qu'elle devait rester dans leur famille.

— Je peux te poser une question ? demanda-t-il timidement.

— Tout ce que tu voudras.

— Portes-tu encore son deuil ?

— Non. Il restera toujours dans mon cœur, mais le moment est venu de tourner la page. Je n'aurais pas dû passer autant de temps à l'endroit où il est mort ces deux dernières années. Je m'en rends compte, à présent. Grâce à toi, je peux de nouveau trouver le bonheur parmi les vivants.

Cela ne lui suffisait pas. Cela aurait dû, mais il avait besoin d'être sûr qu'elle ne s'engageait pas dans une relation avec lui seulement parce que Bo était mort. Il avait besoin d'être sûr qu'elle l'aimait de tout son cœur.

— Je suis désolé de te demander ça, mais m'aimes-tu autant que tu l'aimais ?

Les yeux de Tallulah s'emplirent de larmes.

— Oui. Mille fois oui ! Quand nous avons fait l'amour pour la première fois, tu n'as pas été le seul à comprendre que nous étions faits l'un pour l'autre. Je n'ai jamais été aussi heureuse qu'à cet instant-là.

Payton était l'homme le plus chanceux du monde.

— Ma douce Lulu, murmura-t-il avant de déposer un baiser sur ses cheveux.

Le bonheur l'enivra. Il aurait dû prendre une douche, mais il se sentait incapable de quitter Tallulah, même pour cinq minutes. Elle ne semblait pas plus pressée que lui de rentrer. Après un long silence, elle le regarda bizarrement et demanda :

— Que s'est-il passé dans la tente ?

— Tu n'as jamais fait cette expérience ?

— Jamais. J'ai une santé de fer.

— J'ai beaucoup souffert, au début, répondit-il. Puis on s'habitue à la chaleur. On se détend complètement et on se met à voir des images étranges. C'est difficile à expliquer…

Elle posa un doigt sur ses lèvres.

— Je n'ai pas besoin de connaître tous les détails, surtout en ce qui concerne tes visions. C'est entre les esprits et toi. C'est ce que tu as dit qui m'a rendue curieuse.

Il fronça les sourcils.

— Je ne me rappelle pas avoir dit quoi que ce soit. Mais d'autres gens parlaient dans une langue que je ne comprenais pas.

— Je ne sais pas ce que tu veux dire par « d'autres gens », mais nous t'avons entendu parler.

— Moi ? Qu'est-ce que j'ai dit ?

— Tu répétais : « Tiens bon. »

— À voix haute ? J'ai rêvé que tu m'appelais pendant que je volais avec l'aigle de ma vision. Je savais qu'il m'emmènerait dans l'Au-Delà si je continuais à voler avec lui. Mais tu m'appelais et j'avais besoin de te rejoindre. J'avais peur que tu perdes espoir… Heureusement, tu as continué à m'appeler. Sans toi… Tu m'as sauvé, Lulu.

Elle secoua lentement la tête.

— C'est bizarre. Et le plus bizarre, c'est que tu parlais en choctaw.

— Quoi ? s'écria-t-il en écarquillant les yeux. C'est impossible ! Je ne parle pas un mot de choctaw.

— C'était bien ta voix, pourtant.

Il secoua la tête à son tour.

— Ça alors !

Tallulah prit sa main et y déposa un baiser.

— Merci d'être revenu au lieu de suivre l'aigle dans l'Au-Delà. Et merci de ne pas suivre ta meute. Merci d'avoir choisi de rester avec moi.

Il posa un doigt sous son menton et souleva son visage pour contempler ses yeux aussi noirs, mystérieux et doux que la nuit.

— Je te choisirai toujours, promit-il.

20

— Nos femmes arrivent avec le déjeuner, annonça Tombi. Et si on fermait pour faire une promenade à moto, cet après-midi ?

Payton s'essuya les mains. Il travaillait dans le garage de Chulah depuis presque un mois — et ce travail lui procurait une joie presque enfantine. Pour la centième fois de la matinée, il tâta la poche dans laquelle il avait mis la bague.

Chulah leur tendit des canettes de soda et ils s'installèrent dans son bureau pour faire une pause.

— Merci de nous avoir donné un coup de main, Tombi, dit Chulah. Et je suis partant pour une balade !

— La lune est presque pleine. Voulez-vous chasser ce soir ? demanda Payton.

— Attendons demain, répondit Tombi. Les esprits maléfiques sont moins actifs que d'habitude, depuis quelque temps.

Tant mieux, songea Payton.

Il adorait accompagner les chasseurs, mais il avait d'autres projets pour cette soirée — des projets qui exigeaient de l'intimité.

Mais chaque chose en son temps… Il jeta un coup d'œil insistant à Chulah, qui était dans la confidence. Son ami acquiesça discrètement et dit :

— Euh… J'ai quelque chose à vérifier. Je reviens dans cinq minutes.

Ce n'était pas la plus habile des sorties, mais cela ferait l'affaire. Payton se retrouva seul avec le frère de Tallulah. Sa gorge s'assécha. Cela ne s'annonçait pourtant pas très difficile… Ils étaient amis et il vivait avec Tallulah depuis des mois.

— Le jour où nous avons capturé Russell…, commença-t-il.

— Il s'est diablement défendu ! le coupa Tombi. J'ai eu peur qu'il n'échappe à tes amis avant qu'ils n'atteignent le Montana.

— Moi aussi, reconnut Payton. Mais ils sont arrivés sans incident. Russell reçoit les meilleurs soins possible.

— Pardonne-moi, mais je ne me soucie pas beaucoup de la santé de ton ami, grommela Tombi avant de boire une gorgée de soda. Ce qui m'intéresse, c'est qu'il soit dans un endroit où il ne pourra plus faire de mal à personne.

Payton pouvait difficilement lui en vouloir. Tombi n'avait pas connu Russell avant que la fièvre lycanthropique ne détruise son humanité.

— Je ne sais pas combien de membres de la meute il aurait tué ce jour-là si vous n'étiez pas intervenus, répondit-il.

— Jeb était notre voisin, lui rappela Tombi. Nous lui devions de mettre la main sur son meurtrier. Et nous avons pour mission de protéger les habitants du bayou des créatures surnaturelles… Les loups-garous me paraissent entrer dans cette catégorie.

Payton profita de l'ouverture.

— Est-ce que ça t'ennuie que Tallulah vive avec un loup-garou ? demanda-t-il.

— J'ai confiance en toi. Mais ça me pose deux petits problèmes, puisque tu abordes le sujet…

— Je t'écoute.

— Commençons par le problème qui concerne le fait que tu *vives* avec ma sœur, suggéra Tombi en posant ses coudes sur le bureau de Chulah. Vas-tu l'épouser, oui ou non ? Comme notre père est mort, je crois avoir le devoir de te poser cette question à sa place.

Payton tira la bague de sa poche.

— Je compte la demander en mariage aujourd'hui même.

— Parfait, répondit Tombi. Il était temps !

— Puis-je en déduire que j'ai ta bénédiction ? Comme tu es la seule famille de Tallulah, je suis sûr que c'est très important pour elle.

— Evidemment que tu as ma bénédiction ! Tallulah est folle de toi. Tu la rends heureuse sans te laisser écraser. C'est une prouesse !

Un problème de réglé.

— Tu disais avoir deux problèmes… Quel est le deuxième ?

À sa grande surprise, Tombi rougit.

— Tu aurais raison d'estimer que ça ne me regarde pas, mais souviens-toi que je joue le rôle du père, commença-t-il.

— Je m'en souviens. Vas-y.

— Si vous avez des enfants, seront-ils des loups-garous comme toi ?

Payton se raidit et se prépara au pire. Les humains avaient des préjugés sur son espèce depuis la nuit des temps et les enfants étaient toujours un sujet délicat.

— Oui. Je leur transmettrai ma particularité génétique, même si leur besoin de se transformer ne sera sans doute pas aussi puissant que le mien. J'espère que vous les accepterez comme vous m'avez accepté…

— Est-ce que Tallulah le sait ?

— Oui.

— Est-ce que ça la dérange ?

— Non.

— Alors ça ne me dérange pas non plus, conclut Tombi en lui tendant la main. Bienvenue dans la famille !

Leurs hommes allaient adorer le pique-nique qu'elles avaient préparé, songea Tallulah. Les odeurs de poulet rôti, de salade de pommes de terre et de fromage qui s'échappaient des paniers lui mettaient l'eau à la bouche.

— Vous êtes sûres qu'ils sont tous au garage ? demanda-t-elle.

— Je viens d'avoir Tombi au téléphone, répondit Annie. Il est là-bas.

— Et Chulah n'en sort presque jamais, dit April. S'il ne le possédait pas, je suis sûre qu'il paierait pour avoir le droit d'y travailler.

— Payton est si content que Chulah l'ait embauché ! soupira Tallulah. Il a toujours adoré la mécanique et il en avait assez d'abattre des arbres.

— Est-ce que sa meute lui manque ? demanda Annie. Elle n'est pas partie depuis très longtemps, mais ils avaient tous l'air si proches les uns des autres…

— Un peu. Mais nous avons prévu d'aller les voir de temps à autre.

Personnellement, elle n'était toujours pas une

grande fan de Matt, mais elle gardait son opinion pour elle la plupart du temps. Cela rendait la vie plus douce… Et c'était tout à fait faisable, maintenant que la meute était à des centaines de kilomètres du bayou.

— Je suis contente que tu aies trouvé le bonheur, Tallulah, dit April. Je sais que tu as eu des années difficiles.

Annie lui décocha un clin d'œil.

— Lulu a presque toujours le sourire, ces temps-ci.

— Je déteste toujours ce surnom, grommela Tallulah. Rassurez-moi : je n'ai pas changé tant que ça ?

— Ne t'inquiète pas, répondit April. Tu es toujours toi, mais en mieux.

Elles s'arrêtèrent devant le garage et sortirent les paniers du coffre.

Le silence se fit dans l'atelier dès qu'elles entrèrent. Payton fut le premier à les accueillir.

— Vous êtes des anges ! s'écria-t-il. Est-ce que je sens une odeur de poulet ?

— Oui, répondit Tallulah.

Elle l'embrassa sans se soucier des traces de cambouis qu'il avait sur le visage.

Payton souleva le torchon qui couvrait le panier et inspecta son contenu.

— Quoi ? s'écria-t-il. Pas de tarte aux noix de pécan ? Pas de cookies au chocolat ?

Elle planta ses poings sur ses hanches.

— Ingrat ! On a passé plus d'une heure à peler des pommes de terre et…

Payton décocha un clin d'œil à Chulah avant de l'embrasser pour la faire taire. Crétin ! Il avait l'art de lui faire perdre son calme.

— Tu mangeras ce qu'on a cuisiné et tu trouveras ça délicieux ! lui ordonna-t-elle.

— Oui, madame ! Mais puis-je te poser une question d'abord ?

— Vas-y.

Il mit un genou à terre.

À quoi jouait-il ? Il n'allait quand même pas… Pas dans un cadre aussi peu romantique… Pas devant tout le monde… Elle tira sur son T-shirt pour le forcer à se relever, mais c'était peine perdue.

Il tira une bague ornée d'un gros diamant de sa poche.

— Tallulah, veux-tu…

Tant pis si c'était devant tout le monde ! Elle tomba à genoux et se jeta dans ses bras.

Payton haussa un sourcil.

— Est-ce que c'est un oui ?

Tout le monde éclata de rire, ce dont elle se moqua éperdument.

Mais un doute l'assaillit. Elle se pencha vers son oreille.

— Es-tu sûr de ne jamais avoir envie de me quitter pour rejoindre ta meute ?

— Jamais, répondit-il. Ma place est ici, auprès de toi. Les chasseurs d'ombres sont ma nouvelle famille.

Tallulah retint un juron. Elle allait perdre le peu de dignité qu'il lui restait en s'effondrant en larmes. Payton s'éclaircit la voix et jeta un coup d'œil à Chulah, qui hocha la tête. Que se passait-il ?

— *Chi hollo li,* dit Payton en articulant soigneusement.

Elle sentit un grand sourire s'épanouir sur son visage. Il avait pris la peine d'apprendre cette phrase en choctaw…

— Moi aussi je t'aime, répondit-elle.

Payton se releva, la prit dans ses bras et tourna sur lui-même.

— Je ne t'ai pas encore entendue dire oui ! lui lança son frère alors qu'elle riait aux éclats.

— Oui ! Oui ! Oui ! dit-elle. Ça va ? Tu es content ?

Pour sa part, elle était follement heureuse. Payton avait tout changé dans sa vie.

— Je t'aimerai toujours, murmura-t-il.

— Moi aussi.

Après une longue nuit de l'âme, l'amour de Payton était *onnat minti* — « l'aube d'un nouveau jour ».

Composé et édité par HarperCollins France.

Achevé d'imprimer en juin 2017.

CPI
BLACK PRINT

Barcelone

Dépôt légal : juillet 2017.

Pour limiter l'empreinte environnementale de ses livres, HarperCollins France s'engage à n'utiliser que du papier fabriqué à partir de bois provenant de forêts gérées durablement et de manière responsable.

Imprimé en Espagne.